O RAMO DE PRATA

Obras publicadas pela Editora Record:

A águia da nona

ROSEMARY SUTCLIFF

O RAMO DE PRATA

Tradução de
BEATRIZ MEDINA

GALERA RECORD
RIO DE JANEIRO • SÃO PAULO
2012

CIP-BRASIL. CATALOGAÇÃO-NA-FONTE
SINDICATO NACIONAL DOS EDITORES DE LIVROS, RJ

S966r
Sutcliff, Rosemary, 1920-
O ramo de prata / Rosemary Sutcliff; tradução de Beatriz Medina. – Rio de Janeiro: Galera Record, 2012.

Tradução de: The silver branch
Sequência de: A águia da nona
ISBN 978-85-01-08323-4

1. Grã-Bretanha – História – Período romano, 55 a.C.-449 – Literatura inglesa. I. Medina, Beatriz. II. Título. III. Série

11-3912

CDD: 028.5
CDU: 087.5

Título original em inglês:
The silver branch

Copyright © Anthony Lawton, 1957

Esta tradução de *O ramo de prata* originalmente publicada em inglês em 1957, e publicada em português mediante acordo com Oxford University Press.

Todos os direitos reservados. Proibida a reprodução, no todo ou em parte, através de quaisquer meios. Os direitos morais do autor foram assegurados.

Texto revisado segundo o novo Acordo Ortográfico da Língua Portuguesa.

Design de Capa: Sérgio Campante

Direitos exclusivos de publicação em língua portuguesa somente para o Brasil adquiridos pela
EDITORA RECORD LTDA.
Rua Argentina, 171 – Rio de Janeiro, RJ – 20921-380 – Tel.: 2585-2000, que se reserva a propriedade literária desta tradução.

Impresso no Brasil

ISBN: 978-85-01-08323-4

Seja um leitor preferencial Record.
Cadastre-se e receba informações sobre nossos lançamentos e nossas promoções.

Atendimento e venda direta ao leitor:
mdireto@record.com.br ou (21) 2585-2002.

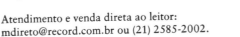

NOTA HISTÓRICA

Mais de cem anos se passaram entre a época desta história e a queda de Roma; até que as últimas legiões se retirassem da Britânia, a Luz de Rutúpias se apagasse e a Idade das Trevas começasse. Mas os dias grandiosos haviam acabado. Em todas as fronteiras, Roma era molestada pelos bárbaros, e na sede do Império os generais lutavam para se tornar imperadores, e imperadores rivais brigavam entre si pelo poder. Marco Aurélio Caráusio foi uma pessoa de verdade; Alecto, o Traidor, e o legado Asclepiodoto também; e é claro que César Constâncio, cujo filho Constantino foi o primeiro imperador cristão de Roma, existiu igualmente. Quanto ao resto: o corpo de um guerreiro saxão enterrado com as suas armas foi encontrado num dos fossos do Castelo de Richborough, que era Rutúpias na época das Águias. A Basílica de Caleva foi queimada no final da ocupação romana e, mais tarde, reconstruída grosseiramente, e a águia sobre a qual escrevi em outra história foi descoberta durante as escavações das ruínas de uma das salas dos tribunais, atrás do Salão Principal. Também em Caleva — ou Silchester, como se chama hoje — foi encontrada uma pedra com o nome de um homem gravado com as letras do irlandês antigo; o nome era Evicatos, ou Ebicatos, que significa "Lanceiro".

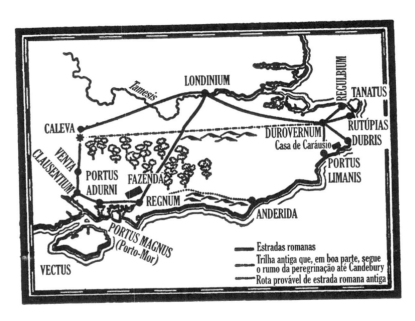

SUMÁRIO

I.	O LITORAL SAXÃO	9
II.	UM SUSSURRO NO VENTO	26
III.	A CASA NO PENHASCO	38
IV.	O LOBO DO MAR	50
V.	BELADONA!	64
VI.	EVICATOS DA LANÇA	73
VII.	"ÀS PARCAS, QUE SEJAM BONDOSAS"	85
VIII.	A FESTA DE SAMHAIN	101
IX.	A MARCA DO GOLFINHO	117
X.	O *BERENICE* ZARPA PARA A GÁLIA	133
XI.	A SOMBRA	149
XII.	UM BROTO DE GIESTA	162
XIII.	O RAMO DE PRATA	180
XIV.	UMA INSÍGNIA ANTIGA	198
XV.	A VOLTA ÀS LEGIÕES	212
XVI.	"CARÁUSIO! CARÁUSIO!"	226
XVII.	A ÁGUIA NAS CHAMAS	237
XVIII.	LOUROS TRIUNFAIS	256
	LISTA DE NOME DE LUGARES	271

I

O LITORAL SAXÃO

Num dia tempestuoso de outono, uma galera imbicava pela curva ampla de um rio britânico que se alargava no porto de Rutúpias. A maré estava baixa, e os bancos de areia a cada lado, que a maré alta cobriria, estavam cheios de maçaricos e batuirinhas. Do descampado de bancos de areia e terra salgada, alagada pelo mar, mais alto e mais perto com o passar do tempo, erguia-se Rutúpias: a corcova comprida da ilha, como a de uma baleia, e os baluartes cinzentos da fortaleza, com os galpões das docas amontoados abaixo.

O rapaz em pé na proa da galera observava a fortaleza se aproximar com grande expectativa; os pensamentos se voltavam alternadamente para o futuro que lá o aguardava e para uma certa conversa que, havia três meses, tivera com Licinius, o comandante da sua coorte, do outro lado do Império. Fora a noite em que lhe comunicaram o seu novo posto.

— Você não conhece a Britânia, não é? — perguntara Licinius.

Justino — Tiberius Lucius Justinianus, para citar o nome completo escrito nas placas de registro do corpo médico do exército, em Roma — fizera não com a cabeça, dizendo com a leve gagueira que nunca conseguia dominar por completo:

— N-não, senhor. O meu avô nasceu e foi criado lá, mas se instalou na Niceia quando deixou as Águias.

— Então está ansioso para ver a província com os próprios olhos.

— Sim, senhor, só que... nunca esperava ser mandado para lá com as Águias.

Conseguia se lembrar tão vivamente da cena! Via Licinius a observá-lo do outro lado da chama cor de açafrão da lâmpada sobre a mesa, o desenho que as pontas de madeira dos pergaminhos faziam nas prateleiras, e as guirlandas de areia soprada nos cantos da sala de paredes de barro; conseguia escutar os risos distantes no acampamento e, ainda mais longe, os uivos dos chacais e a voz seca de Licinius:

— Só que você não sabia que éramos tão amigos da Britânia, ou melhor, do homem que se fez imperador da Britânia.

— Pois é, senhor, parece estranho. Foi agora, na primavera, que Maximiano mandou César C-Constâncio expulsá-lo do território gaulês...

— Concordo. Mas há explicações possíveis para essas transferências de outras partes do Império para as legiões britânicas. Pode ser que Roma busque, por assim dizer, manter as linhas de comunicação. Pode ser que não queira que Marco Aurélio Caráusio tenha, sob o seu comando, legiões totalmente isoladas do resto do império. Dessa maneira, surge uma força combatente que segue apenas o seu comandante, sem nenhum vínculo com a Roma Imperial. — Licinius se inclinara para frente e tampara o tinteiro de bronze com um barulhinho intencional. — Honestamente, gostaria que o seu posto fosse em qualquer outra província do Império.

Justino fitou-o, perplexo.

— Por que, senhor?

— Porque conheci o seu pai e, portanto, tenho um certo interesse no seu bem-estar... Na verdade, até que ponto você entende a situação da Britânia? O que sabe do imperador Caráusio, o que, nesse caso, é a mesma coisa?

— Temo que muito pouco, senhor.

— Muito bem, então escute e talvez entenda um pouco melhor. Para começar, pode tirar da cabeça a ideia de que Caráusio é feito do mesmo estofo da maioria dos imperadores que tomam o poder pela espada e só duram seis meses, como aconteceu antes que Diocleciano e Maximiano dividissem a púrpura. Ele é filho de pai germânico e mãe hibérnia, e essa mistura produz chispas; nasceu e foi criado numa das feitorias comerciais que os manopeus do mar germânico criaram faz tempo em Hibérnia, e só voltou para junto do povo do pai quando chegou à idade adulta. Era prático no rio Scaldis, quando o conheci. Depois foi para as Legiões, só os deuses sabem como. Serviu na Gália e na Ilíria e, sob o imperador Caro, na guerra contra os persas, sendo promovido o tempo todo. Foi um dos braços direitos de Maximiano para sufocar as revoltas na Gália oriental, e conquistou tamanha fama que Maximiano, recordando o seu treinamento naval, lhe deu o comando da frota estacionada em Gesoriacum e a tarefa de limpar os mares do Norte dos saxões que por lá enxameavam.

Licinius parou aí, parecendo perdido em pensamentos, e dali a pouco Justino perguntou, com todo o respeito:

— Não havia uma hi-história de que ele deixou os lobos do mar passarem em seus ataques e depois caiu sobre eles quando os barcos estavam pesados com a pilhagem, a caminho de casa?

— Pois é... e não mandou nada do espólio a Roma. Foi isso, imagino, que provocou a ira de Maximiano. Nunca saberemos a verdade dessa história; mas, em todo caso, Maximiano ordenou a sua execução, e Caráusio fugiu a tempo e seguiu para a Britânia, acompanhado pela frota inteira. Ele é um daqueles homens que todos seguem alegremente. Quando a ordem oficial da execução chegou a Gesoriacum, Caráusio já havia cuidado do governador da Britânia e se proclamou imperador, com três legiões britânicas e uma grande tropa da Gália e da Baixa Germânia para apoiar a sua pretensão, com o mar varrido pelas suas galeras entre ele e o carrasco. Ah, em galeras e marinheiros melhores do que aqueles Maximiano jamais poria as mãos. E, no final, Maximiano não teve escolha senão fazer a paz e tê-lo como irmão imperador.

— Mas não m-mantivemos a paz — dissera Justino sem rodeios.

— Não. E para mim, as vitórias de Constâncio no norte da Gália, nesta primavera, são mais vergonhosas para nós do que a derrota. A culpa não é do jovem César; ele é um homem que obedece ordens, embora algum dia vá ocupar o lugar de Maximiano... Bem, a paz continua, de certa forma. Mas é uma situação que pode pegar fogo a qualquer momento e, se isso acontecer, que os deuses ajudem quem estiver entre as chamas. — O comandante empurrou a cadeira e se levantou, virando-se para a janela. — Ainda assim, de um jeito estranho, acho que o invejo, Justino.

— Então gostava dele, senhor? — perguntara Justino.
E então se lembrou de como Licinius fitou a noite enluarada.

— Eu... eu nunca tive certeza — dissera ele —, mas o seguiria até as portas do próprio Érebo. — E virou-se de novo para a lâmpada.

Isso foi quase tudo, só que, no final, Licinius o deteve no portal, dizendo:

— Se em algum momento você vier a falar com o grande homem em pessoa, saúde-o em meu nome e pergunte-lhe se recorda do javali que matamos sob os pinheiros na terceira curva do Scaldis.

Mas era bastante improvável, pensou Justino, que um cirurgião iniciante tivesse oportunidade de dar algum recado ao imperador Caráusio.

Ele voltou à realidade com um sacolejo e descobriu que tinham entrado num mundo de quebra-mares de pedra e madeira, cercados de velarias, armarias e estaleiros, abrindo caminho entre as galeras ancoradas em águas protegidas. O fedor mesclado de piche, madeira encharcada de sal e metal candente penetrou-lhe pelas narinas e, acima da batida dos remos da galera e do revolver das águas se abrindo sob a proa, conseguiu ouvir o zumbido confuso e múltiplo de plainas e serrotes e martelos em bigornas que era a voz das docas do mundo todo. E, acima dele, erguiam-se os baluartes de Rutúpias; uma proa cinzenta de baluartes recém-construídos, do meio dos quais brotava a torre coroada pelo farol da Luz.

Depois de desembarcar, apresentar-se ao comandante e ao cirurgião titular, deixar as suas coisas na cela caiada que lhe fora destinada no prédio dos oficiais, partir em busca da casa de banhos e perder-se pelo caminho na imensidão apinhada e hostil da imensa fortaleza, Justino viu-se de pé bem diante daquela torre.

A coisa não era páreo para o Farol de Alexandria, mas vista de perto também era grande o bastante para tirar o fôlego de qualquer um. No centro do espaço aberto erguia-se um plinto de cantaria sólida, com quatro ou cinco vezes a altura de um homem e longa como uma galera de oitenta remos, do meio do qual uma torre da mesma pedra cinzenta subia rumo ao céu, levando em sua crista o luminoso braseiro de ferro que, para Justino, que o fitava meio estonteado, parecia quase tocar o céu ventoso de novembro. As gaivotas subiam e desciam em torno dela com as asas brancas, e ele ouviu seus gritos agudos e distantes acima dos sons movimentados da fortaleza; então, com a cabeça começando a rodar, desceu os olhos para o topo do plinto. Rampas curvas para os carros de lenha levavam até ele pelos dois lados e, a partir dali, corriam colunatas cobertas até a base da torre propriamente dita. E quando apreendeu o tamanho estupendo da coisa para perceber os detalhes, viu que as colunas e cornijas eram de mármore, enriquecidas com estátuas e esculturas esplêndidas, mas que estavam quebradas e em decadência, o que era estranho, ali no meio de uma fortaleza tão nova que em certos lugares ainda havia gente trabalhando nas muralhas. Havia mármore quebrado por toda parte, parte dele empilhado de qualquer jeito como se aguardasse o uso em algum momento futuro, parte ainda agarrada às paredes totalmente cinzentas que antes cobria. Um pedacinho que devia ter caído de junto dos outros ao ser carregado para longe estava quase a seus pés e, curvando-se para pegá-lo, viu que fazia parte de uma coroa de louros esculpida.

Ainda segurava o fragmento de mármore e fitava a grande torre da qual caíra quando uma voz atrás dele disse:

— Lindo, não é?

Justino virou-se para encontrar ao seu lado um rapaz empoeiradíssimo, com farda de centurião, o capacete debaixo do braço; um rapaz robusto e ruivo, de rosto fino, alegre e sobrancelhas desgrenhadas, que parecia amistoso.

— Está meio em ruínas — disse Justino, intrigado. — O que é? Quer dizer, estou vendo que é um farol, m-mas parece que também devia ser outra coisa.

Uma sombra de amargura se esgueirou na voz do jovem centurião.

— *Era* também um monumento triunfal... um monumento triunfal ao poderio da Roma Imperial e à conquista da Britânia. Agora é só um farol, e quebramos o mármore caído como entulho para as muralhas que construímos para manter longe os saxões... Deve haver alguma moral nisso, se você gosta desse tipo de coisa.

Justino deu uma olhada no fragmento de coroa de louros de mármore na mão e depois o jogou longe. Ele caiu com um barulhinho agudo, levantando uma pequena nuvem de pó.

— Está procurando alguém ou alguma coisa? — indagou o novo conhecido.

— Estava procurando a casa de banhos — disse Justino, e depois, à guisa de apresentação: — Sou o novo cirurgião-assistente.

— É mesmo? Pois é, para falar a verdade, achei que fosse. — O outro deu uma olhada na farda sem armadura que Justino usava. — Já se apresentou ao comandante?

— E ao cirurgião-titular — disse Justino, com o seu sorriso meio hesitante. — Ele me chamou de filhote de açougueiro e me expulsou até uma hora antes do desfile de doentes amanhã.

Os olhos do jovem centurião se transformaram em fendas dançantes. — Vinicius deve estar de ótimo humor. Dizem que ele chamou o seu antecessor de assassino com punhos de presunto e jogou um cadinho de piche na cabeça dele. Eu ainda não estava aqui... Bom, se o que quer é tomar banho, é melhor vir comigo. Só vou tirar esses arreios e depois ir à casa de banhos. Temos o tempo exato para um mergulho antes do jantar, se formos rápidos.

Refazendo os passos com o novo conhecido, entre as oficinas movimentadas e as filas de alojamentos cheios de gente, Justino achou que, de repente, a grande fortaleza assumira um rosto mais amistoso, e olhou em volta com novo interesse.

— Para mim este lugar parece muito grande e movimentado — disse. — Passei o meu ano de aprendiz de cirurgião em Berseba, que é um forte de uma coorte só. Eu me p-perderia por aqui.

— São todas monstruosas, essas novas fortalezas do litoral saxão — disse o companheiro. — Têm de ser; são forte, estaleiro e base naval, tudo junto. Daqui a pouco você se acostuma.

— Então são muitas? Fortalezas grandes e novas como esta?

— Uma boa parte, do Metaris até Porto-Mor, algumas totalmente novas, outras reconstruídas, como Rutúpias. Todas fazem parte das defesas de Caráusio contra os lobos do mar.

— Caráusio — disse Justino, com um toque de admiração na voz. — Aposto que já viu Caráusio várias vezes...

— Por Zeus! Claro! Este é o seu quartel-general, embora naturalmente ele também esteja pela província toda. Ele não é homem de deixar a grama crescer sob os seus pés, o nosso pequeno imperador. É bem provável que você o veja esta noite, ele costuma comer no refeitório com todo mundo.

— Quer dizer que... ele está aqui agora?

— Claro. E nós também. Entre e sente-se na cama. Só vou demorar um instante.

Assim, em pouco tempo, Justino estava sentado na beira do catre de uma cela caiada exatamente igual à sua, enquanto o novo conhecido tirava a espada e o capacete e brigava com as correias do peitoral, enquanto assoviava entre os dentes, baixinho e muito alegre. Justino ficou sentado a observá-lo. Ele também era uma alma amistosa, mas sempre ficava grato e surpreso a qualquer sinal de amizade dos outros e, com a gratidão, a afeição se estendeu, hesitante mas calorosa, até o centurião ruivo.

O outro soltou a última fivela e parou de assoviar.

— Então você é de Berseba, hein? Foi uma longa marcha, a sua. Ah, obrigado. — (Justino tinha estendido os braços para pegar o pesado peitoral.) E as palavras seguintes foram abafadas pelas dobras da túnica protetora de couro quando ele a puxou por sobre a cabeça. — E onde esteve antes disso? De que parte do Império você veio?

— Niceia, no sul da Gália.

— Então é a primeira vez que vem à Britânia?

— É. — Justino pousou o peitoral no catre a seu lado. — Mas minha família é da Britânia, e sempre tive vontade de v-voltar e conhecê-la.

O jovem centurião emergiu das pregas de couro e lá ficou, vestindo apenas a túnica púrpura de lã fina da farda, parecendo de repente, com o cabelo ruivo em pé, muito mais um menino do que um homem adulto.

— De que parte da Britânia?

— Do sul. Algum lugar das planícies perto de C-Caleva, acho.

— Famoso! Os melhores vêm da planície, as melhores pessoas e as melhores ovelhas. Também sou de lá. — Ele olhou Justino com franco interesse. — Como se chama?

— Justino... Tiberius Lucius Justinianus.

Houve um momento de silêncio e depois o companheiro disse bem baixinho:

— Justinianus... É isso mesmo? — E com um gesto rápido tirou algo da mão esquerda e o entregou a Justino. — Já viu algo assim?

Justino pegou o objeto e olhou para ele. Era um anel de sinete, pesado e muito desgastado. A esmeralda imperfeita que formava o engaste estava escura e fria, prendendo na superfície o reflexo da janela quando ele girou o anel para capturar a luz, e a imagem gravada destacou-se com clareza.

— Este golfinho? — perguntou ele, começando a se empolgar. — Sim, já, na... na tampa de marfim de uma antiga caixa de cosméticos que pertenceu à minha avó. Era o emblema da família dela.

— Está provado! — disse o jovem centurião, pegando o anel de volta. — Ora, de todos os... — e começou a fazer estranhas contas nos dedos, mas depois abandonou a tentativa.

— Não consigo, é demais para mim. Deve ter havido mais do que um casamento entre a sua família e a minha, e só a minha tia-avó Honória para desemaranhar um novelo tão embaraçado, mas sem dúvida somos primos em algum grau! Justino nada disse. Erguera-se do catre e, de pé, observava o rosto do outro como se, de repente, desconfiasse das suas boas-vindas. Uma coisa era ter pena ocasional de um estranho e levá-lo aos seus aposentos a caminho da casa de banhos, mas outra bem diferente era ficar atrelado a ele como parente.

Embora ele não soubesse, essa insegurança era uma das consequências de ter passado anos como um desapontamento para o pai. Sempre tivera a triste consciência de ser um desgosto para o pai. A mãe, de quem mal se lembrava, era bonita; mas Justino, sempre azarado, era ao mesmo tempo muito parecido com ela e muito feio, com a cabeça grande demais para os ombros estreitos e orelhas de abano que, desafiadoras, se destacavam dos dois lados do rosto. Passara boa parte da infância adoentado e, por causa disso, quando chegou a hora de entrar para as Legiões, como sempre fizeram os homens da sua família, não tinha a forma física necessária para o centuriato. Não se incomodara com isso, porque sempre quisera ser médico; mas se incomodara profundamente pelo pai, sabendo que, mais do que nunca, o desapontava; e por isso tornou-se ainda mais inseguro.

Depois, percebeu, com prazer, que o rapaz ruivo estava tão contente quanto ele com a espantosa descoberta.

— Então somos parentes — disse ele. — E isso é bom. E sou Tiberius Lucius Justinianus, mas ainda não sei como você se chama.

— Flávio — disse o centurião ruivo. — Marcelus Flavius Áquila. — Ele estendeu os braços e segurou Justino pelos ombros, meio risonho e ainda meio incrédulo. — Ah, mas isso é maravilhoso demais, eu e você nos encontrarmos assim, no seu primeiro dia em solo britânico! Deve ser o destino que nos quer como amigos, e quem vai remar contra o destino?

De repente, os dois estavam conversando em frases entrecortadas e risonhas, sem fôlego, segurando os braços um do outro para se olharem melhor, cheios de prazer com o acontecido, até que Flávio parou para pegar a túnica limpa que o ordenança lhe deixara ao pé do catre.

— Isso é algo que logo teremos de comemorar magnificamente; mas se não nos apressarmos, nenhum de nós vai tomar banho antes do jantar; e não sei de você, mas fiquei construindo paredes o dia todo e estou coberto de terra, da cabeça aos pés.

O refeitório já estava cheio quando Justino e Flávio entraram, havia homens em pé conversando em grupos, mas até então ninguém se sentara nas longas mesas. Justino sentiu bastante medo de entrar sozinho num salão cheio de estranhos. Mas com o braço de Flávio em seus ombros, foi levado imediatamente para um grupo de jovens oficiais.

— Este é o nosso novo cirurgião-assistente, ou o que Vinicius deixou sobrar dele, e é meu primo! — E como na mesma hora lhe pediram que desse a sua opinião numa discussão sobre ostras, o mergulho acabou quase antes que ele notasse.

Mas, pouco depois, o zum-zum-zum da conversa no longo salão silenciou de repente, quando soaram passos e uma voz rápida na colunata do lado de fora; e enquanto todos os homens endireitavam a postura, Justino olhou ansiosamente para a porta.

À primeira vista, o homem que entrou com os oficiais do estado-maior atrás o desapontou. Era baixo e robusto, de compleição fortíssima, a cabeça redonda pousada num pescoço de grossura extraordinária, o cabelo castanho e crespo e a barba tão encaracolada quanto lã de carneiro. Era um homem que parecia ficar mais à vontade com uma túnica de couro e gorro de marinheiro do que usando o linho fino que vestia, e que avançou pelo salão com o passo balançado e inconfundível de quem se acostumara a ter o convés oscilando debaixo dos pés.

"Mas já vi homens assim vinte vezes, cem vezes", pensou Justino. "Estão no convés de todas as galeras do Império."

O imperador parou na outra ponta do salão, fitando o rosto dos homens ali reunidos, e os olhos sob a barra grossa das sobrancelhas encontraram os de Justino.

— Ah, um rosto novo entre nós — disse o imperador fazendo um sinal com o dedo. — Venha cá, rapaz.

Ele ouviu o comandante do campo dizer rapidamente o seu nome e posto para Caráusio. Em seguida, saudou o homem que subira de prático no rio Scaldis para estar com o imperador da Britânia; e, de repente, percebeu que estava errado. Nunca vira ninguém como aquele homem.

Caráusio pôs uma das mãos em seu ombro e o virou — o crepúsculo já havia caído — para fazer a luz das lâmpadas iluminar-lhe rosto. Depois de um exame longo e sem pressa, disse:

— Então você é o nosso novo cirurgião-assistente.

— Sou, César.

— Onde serviu como cadete?

— Com a terceira coorte dos fretenses, em Berseba, na Judeia — disse Justino. — Fulvius Licinius, que comanda a guarnição, me pediu que o saudasse em seu nome e lhe perguntasse se o senhor se lembra do javali que mataram sob os pinheiros na terceira curva do Scaldis.

Caráusio ficou um instante em silêncio. Então, disse:

— Lembro-me daquele javali, sim, e de Licinius. Então ele está na Judeia? Era superior a mim naquele tempo; e agora comanda a guarnição de Berseba, enquanto eu uso isso — e tocou o manto de púrpura imperial que usava preso ao ombro por um imenso rubi. — Não há nada tão estranho quanto a vida. Talvez você ainda não tenha notado, mas notará, notará, se viver bastante... Então meus irmãos imperadores me mandam um cirurgião-assistente dos fretenses. Há várias transferências estrangeiras para as Legiões aqui da Britânia ultimamente. Quase como nos velhos tempos... Mas não se mostraram muito amistosos nessa primavera, pelo que me lembro. — A voz e os modos eram pensativos, nada mais, a mão no ombro de Justino mal se apertou, não houve mudança no rosto franco e de traços sinceros tão perto do dele, só que talvez por um momento os olhos pareceram ficar um pouco mais claros, como o mar que embranquece antes da borrasca; e de repente Justino gelou de medo. — Será que consegue resolver esse enigma para mim?

De algum modo ele conseguiu se aguentar sob a luz, a mão fatal no ombro, e devolveu o olhar do imperador sem vacilar.

Uma voz, uma voz agradavelmente fria, com um toque de riso, protestou, indolente:

— Excelência, o senhor está sendo duro demais com o rapaz. É a primeira noite dele entre nós e o senhor está atrasando o seu jantar.

Caráusio não deu a mínima atenção. Por alguns momentos, continuou com a sondagem terrível naquele olhar fixo; depois, um sorriso lento, de lábios retos, se abriu em seu rosto.

— Você está bem certo, meu caro Alecto — disse ele; e, em seguida, a Justino: — Não, você não foi mandado para servir de espião, ou se foi, não sabe. — A mão escorregou do ombro do jovem cirurgião, e ele olhou em volta. — Vamos começar a jantar, amigos?

O homem que fora chamado de Alecto cruzou o olhar com o de Justino, quando este se virou, e sorriu. Justino devolveu o sorriso, grato, como sempre, pela gentileza, e escapuliu de volta pela multidão até Flávio, que o saudou, meio entredentes, com um rápido "Bravo! Muito bem!", que o fez sentir-se ainda melhor.

E, pouco depois, sentou-se entre Flávio e outro centurião, na ponta da mesa. O vizinho da direita estava ocupado demais com a comida para conversar, fato que o deixou livre para dar toda a atenção à descrição altamente irreverente dos superiores, sentados na outra ponta da mesa, com que Flávio o presenteava sob a proteção do murmúrio generalizado das conversas.

— Está vendo aquele com o corte de espada na cara? — perguntou Flávio, manipulando um arenque em conserva. — É Arcádio, comandante da *Calíope*, a nossa maior trirreme. Ganhou aquela marca na arena. Um camarada brilhante, Arcádio, na juventude. Ah, e aquele melancólico ao seu lado é Dexião, centurião da Marinha. Nunca — disse Flávio, balançando a cabeça —, *nunca* jogue dados com ele, a menos que queira perder a roupa do corpo. Não estou dizendo que ele rouba no jogo, mas tira Vênus mais vezes do que seria justo entre meros mortais.

— Obrigado pelo aviso — disse Justino. — Não vou esquecer.

Mas os seus olhos se desviaram, com estranho fascínio, como já tinham feito mais de uma vez, para o homem que o imperador chamara de Alecto, agora sentado em meio aos oficiais do estado-maior de Caráusio, perto da cabeceira da mesa. Era um homem alto, com um tufo de cabelo louro brilhante que se agrisalhava um pouco nas têmporas; um homem com rosto bastante pesado, que seria agradável de olhar se não fosse tão pálido; tudo nele era meio pálido demais, cabelo, pele, olhos. Mas, enquanto Justino olhava, o homem sorriu de algo que o vizinho dissera e o sorriso, rápido e totalmente encantador, deu ao rosto tudo o que antes lhe faltava.

— Quem é o homem alto e muito louro? — murmurou para Flávio. — Acho que o imperador o chamou de Alecto.

— É o ministro da Fazenda de Caráusio e braço direito em geral. Tem muitíssimos seguidores entre os soldados, assim como entre os mercadores e cambistas, e suponho que, depois de Caráusio, é o homem mais poderoso da Britânia. Mas é uma boa pessoa, embora pareça ter sido criado num armário escuro.

Então, alguns momentos depois, algo aconteceu, algo tão trivial e comum que, mais tarde, Justino se perguntou se não havia simplesmente deixado que a imaginação o dominasse — mas, mesmo assim, ele nunca mais esqueceu a sensação súbita de algo ruim que o fato lhe causou. Despertada, talvez, pelo calor que vinha das lâmpadas, uma grande mariposa de asas macias descera esvoaçante das vigas do telhado para arremessar-se, pairar e girar perto da mesa. A atenção de todos estava voltada para o imperador, que nesse momento se preparava para fazer a segunda libação aos deuses. Todos, isto é, menos Justino e Alecto. Por alguma razão desconhecida, Justino olhara de novo para Alecto, e Alecto observava a mariposa.

A mariposa dava voltas loucamente, cada vez mais perto, em torno de uma das lâmpadas bem diante do ministro da Fazenda, sua sombra borrada a piscar pela mesa enquanto girava e se precipitava em espirais tontas em volta da chama clara e atraente, cada vez mais perto, até que a dança doida e extasiada terminou num jorro de sombras e a mariposa girou com as asas chamuscadas e caiu com um adejar aleijado e patético perto da taça de vinho de Alecto. E este, sorrindo de leve, esmagou-lhe a vida com um dedo decidido.

E foi só. Qualquer um mataria uma mariposa queimada: era a única coisa óbvia a fazer. Mas Justino vira o rosto do homem pálido a observar a dança da mariposa, à espera de que dançasse perto demais, vira-o no instante desprevenido em que estendera aquele dedo exato para matar.

II

UM SUSSURRO NO VENTO

Com o passar dos dias, Justino se acostumou à grande fortaleza que era o coração e o quartel-general da defesa de Caráusio contra os saxões. Sob o alto farol cinzento que já fora triunfante com os seus bronzes e o mármore resplandecente, as galeras e os mercadores iam e vinham; o dia todo, por trás dos ruídos da fortaleza, por trás das vozes no campo de treino e das trompas e do barulho de pés marchando, soava o raspar e o tinir de enxó e martelo no estaleiro, abaixo das muralhas do baluarte. E por trás do zumbido do estaleiro movimentado, soava sempre o mar.

Três vezes naquele outono, antes que o inverno fechasse as rotas marítimas, houve combates entre as frotas britânicas e os navios de velas negras dos saxões; Justino tivera de praticar muito a sua habilidade quando os feridos foram trazidos, recebeu, do irascível cirurgião-chefe, elogios resmungados de má vontade que o deixaram feliz.

Para ele, aquele outono foi bom também de outras maneiras, e para Flávio, com quem passava boa parte do tempo de folga. A simpatia rápida do primeiro encontro se transformara numa amizade íntima e duradoura. Eram atraídos pela mesma solidão; pois Flávio, criado por uma tia-bisavó viúva depois que os pais morreram de peste, também tinha a solidão atrás de si. Naquele outono e no inverno que se seguiu, caçaram javalis juntos na Grande Floresta e levaram os arcos para caçar pássaros selvagens nos pântanos, bisbilhotaram a aldeia de pescadores que se considerava uma cidade, com o acréscimo do amontoado de lojas, templos e cabanas que vendiam cerveja abaixo dos muros da fortaleza.

Um lugar que visitavam bastante era uma loja bem perto do bastião norte, pertencente a um tal Serapião, um homenzinho murcho, meio bretão, meio egípcio, com olhos brilhantes como pedras preciosas e dedos pontudos como os de um lagarto. Por fora, a loja era um verdadeiro buraco, mas lá dentro era cheia de prazeres, com pequenos amarrados de ervas secas, potes e jarros de substâncias sem nome, com óleos perfumados em frasquinhos de cristal e coisas secas e murchas que ninguém se dava ao trabalho de observar mais de perto. Era uma loja muito frequentada pela guarnição; ali podiam-se comprar óleos e unguentos aromáticos para uso pessoal ou um bastão de perfume para uma moça.

Flávio ia até lá por causa do óleo de massagem de Serapião, que era bom tratamento quando o corpo ficava dolorido e cansado depois da caça, e de um certo unguento que lhe dava a esperança vã de assentar o cabelo; e Justino, porque os preparados de Serapião lhe interessavam e as conversas dele sobre ervas que curavam e faziam mal e sobre a influência das estrelas lhe interessavam mais ainda.

Certa noite, pouco depois da Saturnália, Justino e Flávio cruzaram o portal baixo da loja de Serapião e encontraram o pequeno egípcio atendendo outro freguês; à luz da pequena lâmpada pendurada, reconheceram Alecto. Justino agora já o vira muitas vezes no séquito do imperador; esse homem alto de cabeça louro-acinzentada e rosto pesado que ficava tão agradavelmente leve com o sorriso rápido, que depois de Caráusio era o homem mais poderoso da Britânia. Nunca contara a Flávio o caso da mariposa; afinal de contas, o que havia ali para contar que se pudesse pôr em palavras? "Eu o vi matar aquela mariposa, e ele gostou." E só. Com o passar do tempo, ele quase esqueceu a coisa toda, embora nunca por completo.

Alecto olhou em volta quando entraram, com aquele seu sorriso rápido e agradável.

— Ah, espero que não estejam com pressa. Acho que hoje estou lento demais para escolher. — Então voltou à questão que o incomodava, que parecia ser a escolha de um frasco de perfume. — Algo fora do comum... algo que seja ao mesmo tempo um presente e um cumprimento, para o aniversário da dama.

Serapião fez uma reverência, sorriu e tocou com o dedo pontudo o frasco de fino alabastro que pusera no balcão diante do nobre freguês.

— Este é o perfume que criei especialmente a seu pedido da última vez, Excelência. A dama não ficou contente?

— Ficou, mas esta dama é outra — disse Alecto, com aquele frio tom de riso na voz; então, jogando as palavras ao acaso por sobre o ombro, para os dois rapazes na obscuridade atrás dele: — Nunca dê o mesmo perfume a mulheres diferentes ao mesmo tempo; elas podem se encontrar. Isso é para vocês se lembrarem, meus jovens franguinhos.

— Ah, agora entendo, Excelência. — O pequeno egípcio fez outra reverência. — Se Vossa Honra me der até amanhã para criar algo digno da dama que Alecto homenageia com seu presente...

— Eu já não lhe disse que o aniversário dela é amanhã e que tenho de enviar o presente hoje à noite? Mostre-me algo que já esteja pronto.

Serapião ficou um instante parado, pensando, depois virou-se e, silencioso como um gato, foi até as sombras mais distantes e voltou trazendo algo nas mãos em cuia.

— Tenho isso aqui — disse ele —; este, o perfume dos perfumes. Criado por mim, é claro, já que só eu consigo misturar as preciosas essências num todo maravilhoso. — Ele pôs o objeto na mesa, que lá ficou, um frasquinho de cristal, brilhando sob a lâmpada como uma joia de ouro esverdeado.

— É um frasco encantador — disse Alecto, pegando-o e revirando-o nos dedos brancos e fortes.

— Um frasco encantador, ah, mas a fragrância que contém... a essência floral de mil verões capturada em âmbar! Espere, quebrarei o selo e o senhor poderá avaliar.

Ele pegou o frasquinho e, com a unha afiada do polegar, descascou a camada de cera sobre o gargalo e puxou a tampa; depois, mergulhou nele uma fina vareta de vidro e tocou as costas da mão de Alecto, que segurara com esse objetivo. No mesmo instante, quando a gota do líquido precioso escorreu sobre a pele quente do homem, um aroma maravilhoso surgiu, forte mas delicado, engolindo os outros odores do lugar.

Alecto levou a mão às narinas.

— Quanto?

— Cem sestércios, Excelência.

— É um grande preço para um frasquinho de perfume tão pequeno.

— Mas que perfume, Excelência! O custo desses ingredientes é altíssimo, e lhe garanto que cem sestércios só me permitem uma compensação bem pequena pelo meu tempo e habilidade.

— Ora! Ainda acho o preço alto, mas fico com ele. Sele-o de novo para mim.

— Alecto é muito bom e generoso. — Serapião fez uma reverência e continuou a lamentar-se enquanto aquecia o bastão de cera que pegara e, mais uma vez, selava o gargalo do frasco. — Ai, ai, caros eles são mesmo, ingredientes assim: puro ouro líquido. E em tantos deles é preciso pagar de impostos o resgate de um rei, para trazê-los para a província. Ah, pobre de mim, são muito altos para um homem sem posses, esses novos tributos do imperador.

Alecto riu baixinho.

— Talvez você devesse me responsabilizar pelos tributos, amigo. Quem mais seria culpado, senão o ministro da Fazenda do imperador?

— Ora, o que é isso, Excelência. Pronto, eis aqui o perfume. — Serapião entregou-o, dando uma olhada por sob as pálpebras finas como se quisesse avaliar até onde podia se aventurar. — Mas o imperador é sempre guiado pelo ministro da Fazenda? Dizem na feira que, às vezes, o ministro da Fazenda deveria... nem sempre estar de acordo com o imperador em todas as coisas; que os tributos seriam menores se...

— Em geral é tolice dar ouvidos a conversas de feira — disse Alecto. — E em geral é tolice repeti-las. — Ele enfiou o frasco no peito da túnica de lã fina, balançando a cabeça com impaciência sorridente diante dos protestos do egípcio de que não era isso o que queria dizer. — Calma, homem, todos nós deixamos a língua solta demais às vezes. Tome, eis os seus cem sestércios. — E com um boa-noite cortês, que incluía os dois rapazes, puxou as dobras da capa em volta do corpo e sumiu na escuridão invernal.

Serapião, o egípcio, ali ficou, olhando-o partir, com uma expressão de astuto entendimento nos olhinhos brilhantes. Depois, voltou-se para os dois rapazes, com o rosto vazio de tudo que não fosse vontade de servir.

— E agora, jovens senhores, peço desculpas por tê-los feito esperar. Querem mais um pouco de óleo para os músculos? Ou talvez um presente para as damas, em casa? Soube que vão sair de licença daqui a poucos dias.

Justino se espantou, pois fora naquela manhã que Flávio conseguira trocar com outro centurião para que pudessem tirar a licença ao mesmo tempo.

Flávio riu.

— Será que basta alguém espirrar em Rutúpias que você fica sabendo em menos de uma hora? Não, é só o óleo para os músculos.

Fizeram a compra, sem pensar mais na pequena cena que acabara de acontecer, e voltaram ao quartel. Dali a alguns dias, quando chegou o dia da licença, partiram juntos na longa viagem de dois dias para oeste, para passá-la na antiga fazenda das planícies que era o lar de Flávio.

— Não adianta seguir até Caleva — disse Flávio —, porque nessa época tia Honória estará em Aqua Sulis para os banhos. Então é melhor seguir direto pela greda até a fazenda, e passar na casa de Sérvio. Ele ficará contente em nos ver, e a fazenda também.

Então, quando Justino o olhou meio de lado, ele sorriu, mas disse com bastante seriedade:

— A fazenda sempre fica contente em ver as pessoas de quem gosta e que gostam dela. Dá para sentir que fica contente, como um cachorro velho e sábio.

E, quase ao anoitecer do segundo dia, com o gelo endurecendo nos sulcos de rodas da estrada, quando chegaram a um bosquezinho de carvalhos, bétulas e cerejeiras selvagens e viram a casa com os prédios da fazenda no alto de um longo vale em declive, Justino entendeu o que o amigo queria dizer. Sentiu as boas-vindas lhe chegarem e soube que eram para ele também, como se, embora fosse um estranho, o lugar o reconhecesse como um dos seus e ficasse feliz com a sua vinda.

Em seguida, houve mais boas-vindas: de Sérvio, o velho administrador que fora óptio sob o comando do pai de Flávio; de Cuta, sua mulher, e Kindilan, o filho, quando chegou do pasto; dos outros trabalhadores da fazenda, homens e mulheres livres, todos eles.

— Tia Honória tem alguns escravos velhos — disse Flávio.

— Mas sempre usamos mão de obra livre na fazenda. Às vezes é difícil, mas dá-se um jeito. Não dá para mudar.

Passaram cinco dias na fazenda, e foi durante esses cinco dias que Justino realmente descobriu a Britânia. A floresta nua de inverno, malhada como o peito de uma perdiz, as vozes amplas e lentas dos trabalhadores da fazenda, os abibes nos campos hibernais; a própria casa baixa e comprida, construída por gerações sucessivas, mas ainda guardando em seu meio o átrio enegrecido pela fumaça, agora usado como depósito, que fora a casa original, construída por outro Marcus Flavius Áquila que criara para si um lar com a esposa bretã e os filhos que vieram depois; para Justino, isso era a Britânia.

Ele não parava de pensar naquele outro Marcus Flavius Áquila durante os dias em que, com Flávio, bisbilhotava alegremente os currais e estábulos ou ajudava o velho pastor Buic nos cercados onde as ovelhas davam cria. Era como se, por também ter o sangue de Marcus, a antiga casa, o vale plano inteiro, fosse um vínculo entre eles.

Ele pensou em Marcus na última noite, quando ele e Flávio estavam encostados no muro que impedia a terra de deslizar sobre os terraços dos vinhedos na quente encosta do sul. De onde estavam, podiam ver a fazenda toda, indo até a borda da floresta que, finalmente, fechava o vale, tudo banhado e silenciado pelo primeiro leve engrossar do crepúsculo invernal.

— É estranho, sabe, Justino — disse Flávio, de repente.

— Nunca fiquei aqui mais do que algumas semanas de cada vez, desde... desde que era bem pequeno; mas desde então me lembro que sempre foi um lar para mim. — Ele se ajeitou mais confortavelmente contra o velho muro de pedra seca.

— Esse lugar parece bastante bom, considerando tudo.

— Tudo o quê? — perguntou Justino.

— Eu estar longe, com as Águias, por exemplo — disse Flávio. — Na verdade, eu devia ter ficado em casa para ajudar Sérvio a cuidar da fazenda. Mas você sabe como são as coisas entre nós; o antigo serviço está no sangue; veja só, você é cirurgião, mas nem assim conseguiu se separar das Águias. Por sorte, Sérvio é muito melhor fazendeiro do que eu; mas o mundo de hoje não é fácil para agricultores e pequenas propriedades. Tudo devia ser muito mais simples na época em que o meu xará limpou esse vale e fez daqui o seu lar.

Ficaram uns instantes em silêncio; depois, Flávio acrescentou: — Sabe, já me perguntei muitas vezes o que havia por trás do início da nossa fazenda.

— O que quer dizer?

Flávio hesitou um momento.

— Ora, veja bem — disse, finalmente. — Se as histórias da família são verdadeiras, ele, Marcus, era apenas um centurião muito jovem quando se feriu num levante das tribos e ficou aleijado; ainda assim, o Senado lhe deu uma concessão total de terra e o soldo do centurião que tivesse cumprido todo o tempo de serviço. Isso não parece coisa do Senado.

— Talvez ele tivesse algum amigo poderoso nos bancos do Senado — sugeriu Justino. — Essas coisas acontecem.

Flávio balançou a cabeça.

— Duvido. Não somos uma família que coleciona amigos poderosos.

— Uma recompensa, algum tipo de p-pagamento especial, então?

— Parece mais provável. A pergunta é: por quê?

Justino percebeu que o outro virara a cabeça para encará-lo, obviamente hesitando antes de dizer alguma coisa.

— Tem alguma ideia do que seria?

— Não... não sei direito. — Inesperadamente, Flávio corou até as raízes do cabelo fogoso. — Mas sempre achei que podia ter algo a ver com a Nona Legião.

— A Nona Legião? — disse Justino, meio sem entender.

— Aquela que recebeu ordens de seguir para Valência durante as revoltas e nunca mais foi vista?

— Ah, eu sei que parece maluquice. Eu não diria disso a mais ninguém, só a você. Mas o pai dele desapareceu com a Nona Legião, lembra? E sempre houve na família uma história vaga sobre algum tipo de aventura no Norte durante a juventude dele, antes que se casasse e se aquietasse. É só isso, e um tipo de sensação que tenho, sabe.

Justino fez que sim. Ele sabia. Mas só disse:

— Fico aqui pensando... Sabe, quase tudo aqui é muito novo para mim. Você deve ter a história da família na ponta da língua.

Flávio riu, e a estranha apreensão do momento se afastou com a mesma rapidez com que a seriedade sempre lhe fugia.

— Eu, não. Tia Honória. Nos últimos duzentos anos, ninguém espirra na família sem que tia Honória se lembre de tudo. — Ele se inclinou à frente para chamar Sérvio, que surgira no mais baixo dos três terraços de videiras. — *Sa ha!* Sérvio, estamos aqui em cima.

O velho ergueu os olhos, viu-os e mudou de rumo na direção deles, marchando entre as filas de videiras com o longo passo legionário que parecia ter em si o tinido tácito do equipamento.

— Já vi. — Parou logo abaixo deles. — Cuta já está com a ceia quase pronta.

Flávio assentiu.

— Já vamos. — Mas não se mexeu imediatamente, demorando-se, como se não quisesse abandonar a vista daquele lugar e entrar em casa na última noite de licença. — Estávamos dizendo que a fazenda parece ótima — disse ele, dali a um instante.

— Ah, não está tão ruim assim, considerando tudo. — Sem saber, Sérvio repetia as palavras que Flávio dissera havia pouco. — Mas acho que estamos ficando para trás.

Eu gostaria muito de ter uma dessas novas rodas-d'água ali abaixo do lago; temos água suficiente para girá-la.

— Eu também gostaria — disse Flávio. — Mas não é possível.

— E como sei disso! Com o imposto do trigo alto do jeito que está, mal conseguimos nos aguentar, e não sobra para construir nada que não seja essencial.

Sério, Flávio disse:

— Não reclame do imposto do trigo. Se queremos uma frota e fortalezas no litoral para manter os saxões a distância, é preciso pagar por isso. Não se lembra das noites de verão, antes que Caráusio assumisse o comando, em que víamos as fazendas perto do mar pegando fogo e nos perguntávamos até onde, no interior, viriam os lobos do mar?

— E como! — grunhiu Sérvio. — Lembro muito bem, não precisa me recordar. Pois então, não estou me queixando do imposto do trigo, porque vejo que é necessário; mas, sabe, dizem por aí que aquele braço direito do imperador que cuida dessas coisas não concorda muito com o imperador nesse assunto dos impostos, e que acharia maneiras de reduzi-los, se pudesse.

— Quem diz? — perguntou Flávio rapidamente.

— O pessoal. Até um dos coletores de impostos falou sobre isso em Venta, acho que na semana passada. — Sérvio se afastou do muro. — Vejam, Cuta acendeu a lâmpada. Vou descer para cear, se vocês vão ficar aí.

E se foi, balançando no crepúsculo que caía suavemente, rumo à luz dourada que surgira na janela da casa.

Os dois primos olharam-no durante um momento de silêncio e depois se viraram, como se combinados, para se entreolhar. Lá estava de novo aquela sugestão vaga de que Alecto, e não Caráusio, era o homem a seguir, o homem que tinha no coração o bem do povo.

Justino, com uma pequena fenda se aprofundando entre as sobrancelhas, foi o primeiro a falar.

— É a segunda vez — disse ele.

— É — disse Flávio. — Também pensei nisso. Mas ele fez Serapião calar a boca na mesma hora.

Justino pensou de novo naquela cena sem importância, na loja sob as muralhas de Rutúpias, percebendo algo que não notara na época.

— Mas ele não negou.

— Talvez seja verdade.

— Não consigo ver que d-diferença faria — disse Justino, que tinha o seu próprio código rígido de lealdade.

Flávio fitou-o por um instante.

— É, você está certo, é claro que não faria — disse devagar, finalmente. E então, com súbita exasperação: — Pelo Inferno, pelas Fúrias! Estamos ficando sonhadores como um par de donzelas tontas, aqui no crepúsculo! Primeiro foi a Nona Legião, e agora... Vamos, quero cear.

Ele se afastou do muro com um safanão e foi descendo o caminho íngreme pelos terraços de videiras, rumo à luz na janela lá embaixo.

Justino o seguiu, abstendo-se de ressaltar que não foi ele quem teve a ideia sobre a Nona Legião.

III

A CASA NO PENHASCO

Enquanto estiveram na fazenda, o clima fora suave, um inverno verde intercalado com a promessa da primavera, mas assim que se puseram na estrada o inverno voltou a atacar, trazendo a neve junto. Isso dificultou a viagem, mas ainda restavam duas horas de luz do sol quando, no segundo dia, Justino e Flávio trocaram os cavalos em Limanis e iniciaram o último trecho. A estrada bordejava a floresta de Anderida, e os dois seguiam com os ouvidos cheios do rugido grave do mar e do vento nos galhos, com a cabeça baixa contra o frio cortante da chuva e da neve. Algumas milhas adiante, quando a estrada mergulhou num vau pavimentado ao lado do qual se agachava uma pequena ferraria na floresta, o brilho vermelho da forja lembrou um grito de cor e calor em meio ao gemido cinzento das árvores açoitadas pela tempestade.

Pelos volteios velozes da chuva de gelo, conseguiram perceber um pequeno grupo de cavalaria desmontado diante da ferraria. Flávio disse:

— Parece que o cavalo de alguém perdeu a ferradura.

— E depois, com um assovio: — Em nome do trovão! É o imperador em pessoa!

E era mesmo o imperador, sentado calmamente num tronco caído ao lado da estrada, com neve na barba e nas penas de águia do penacho, a branquear os ombros da capa púrpura; e uma pequena escolta de cavalaria ao lado, segurando os cavalos, enquanto Nestor, o seu grande garanhão ruão, babava no ombro do ferreiro, que segurava o grande casco redondo entre os joelhos protegidos pelo avental de couro. O imperador ergueu os olhos quando os dois rapazes puxaram as rédeas e levantou as sobrancelhas grossas sob a aba do elmo.

— Ah, o centurião Áquila e o nosso cirurgião-assistente. O que os faz cavalgar por essas estradas invernais?

Flávio já apeara, passando o braço pelas rédeas.

— Ave, César. Estamos voltando da licença. Podemos lhe ser úteis, senhor?

— Obrigado, não é preciso. Como podem ver, Nestor perdeu uma ferradura, mas Goban já está cuidando de tudo.

Uma rajada cortante de chuva gelada lhes açoitou o rosto, o que fez todos tremerem dentro das capas e os cavalos a virarem de lado, para afastar a cabeça do vento. E o decurião que comandava a escolta disse, suplicante:

— Excelência, por que não toma o cavalo de um dos meus homens e prossegue? O soldado pode nos seguir depois com Nestor.

Caráusio acomodou-se melhor no tronco de árvore, puxando as dobras do ombro da capa para junto das orelhas.

— Um pouco de chuva e neve não vai me fazer mal — disse ele, e olhou o decurião com desagrado. — Talvez, contudo, seja menos a minha saúde que o preocupa e mais a dos seus homens, quem sabe até a sua. — E, ignorando os protestos gaguejantes do pobre coitado que negava a acusação, passou o olhar, sob uma sobrancelha erguida, para os dois primos. — Vocês dois têm de estar em Rutúpias hoje à noite?

— Não, César — disse Flávio. — Partimos com um dia de antecedência, mas ainda não precisamos dele.

— Ah, no inverno, um dia a mais para a viagem é sempre uma precaução sábia. E com certeza essa é a mais invernal das viagens invernais. — Ele pensou um instante, depois assentiu com a cabeça, como se concordasse totalmente consigo mesmo. — Com certeza será uma crueldade arrastar dez homens num passeio desnecessário de 10 milhas num clima desses... Decurião, pode remontar e levar seus homens de volta a Limanis. Ficarei aqui calmamente até Nestor ser ferrado e depois viajarei com esses dois oficiais meus de Rutúpias. É toda a escolta de que precisarei.

Justino, que a essa hora também já apeara e estava em pé segurando o cavalo à beira do grupo, lançou um olhar meio espantado para Flávio, que mantinha os olhos fixos à frente, como se estivesse num desfile. O decurião enrijeceu-se.

— O senhor... o senhor está dispensando a sua escolta, César?

— Estou dispensando a minha escolta — concordou Caráusio.

O decurião hesitou um instante, engolindo em seco.

— Mas, Excelência...

— Boa viagem, Decurião — disse Caráusio. O tom de voz era gentil, mas o decurião, num movimento brusco, fez a saudação e virou-se com pressa desesperada, dando ordem aos homens para que montassem.

Só quando a pequena escolta deu meia-volta nos cavalos e se afastou retinindo pela estrada de Limanis, com o vento e a chuva gelada atrás, é que o Imperador se virou para os dois rapazes que estavam ali de pé, segurando as montarias.

— Acho que me esqueci de pedir a vocês dois que me acompanhassem — disse ele.

O lábio de Flávio se ergueu.

— Quem se recusaria a viajar com o imperador?

— Não quem for sábio. — O rosto franco de marinheiro de Caráusio respondeu ao riso por um instante, rigidamente.

— Observe também que o vento está aumentando, Rutúpias está a 15 milhas daqui e a minha casa, para onde seguia quando Nestor perdeu a ferradura, fica a menos de cinco, e lá posso lhes oferecer um bom fogo e vinho melhor do que qualquer outro que exista em Rutúpias.

Assim, dali a umas duas horas, depois de um banho quente, Justino e Flávio seguiram um escravo pelo pátio de uma grande casa sobre um penhasco, bem acima do mar, rumo à câmara da ala norte onde o imperador os aguardava.

O grande cômodo quadrado estava iluminado por lâmpadas em altas hastes de bronze, e o fogo das achas queimava à moda britânica, numa lareira elevada, de modo que a sala toda estava cheia da fragrância da madeira em brasa. Caráusio, que estivera de pé junto ao fogo, virou-se quando entraram, e disse:

— Ah, já lavaram a neve das orelhas. Venham, venham, vamos comer.

E comeram, numa mesinha puxada para perto da lareira; uma boa refeição, embora austera para um imperador, com ovos de pato cozidos, o doce carneiro da planície cozido em leite e um vinho que, como Caráusio prometera, era melhor do que tudo o que havia em Rutúpias; vinho leve e amarelo, com sabor de sul e sol, em frascos de vidro lindamente colorido, iridescente como as penas do pescoço de um pombo, enfeitados com ouro e incrustados de pedras preciosas.

Foram servidos por escravos comuns de mesa, de pés ligeiros, mas atrás da cadeira de Caráusio, para servi-lo pessoalmente, havia uma criatura que já tinham avistado algumas vezes, de longe, aos pés do seu senhor, mas nunca tão de perto.

Era um homem bem miúdo, de compleição franzina como a de um gato-do-mato, as pernas envoltas em meias justas e escuras, o corpo coberto com uma túnica de lã quadriculada e multicolorida que se agarrava a ele como uma segunda pele. O cabelo liso e preto pendia em madeixas pesadas pelas faces e pelo pescoço, e os olhos enormes pareciam ainda maiores e mais brilhantes no rosto estreito e imberbe, ao lado das finas linhas azuis tatuadas que os circundavam. Na cintura, havia uma tira larga de couro púrpura com brilhantes cravos de bronze, como a coleira de um cão, e nela se prendia um tipo de instrumento musical, um tubo curvo de bronze do qual pendiam nove maçãs de prata, que retiniam com um som agudo e dulcíssimo quando ele se mexia. Porém, o mais estranho que havia nele só apareceu quando se virou para pegar um prato das mãos de outro escravo, e Justino viu que, nas costas, pendurado no cinto, ele usava um rabo de cachorro.

A estranha criatura servia o seu senhor com uma disposição orgulhosa e saltitante, um floreio levemente fantástico, bem diferente da postura impessoal e bem treinada dos outros escravos. E quando a sobremesa de frutas secas e bolinhos quentes foi posta à mesa, e Caráusio dispensou os escravos, a criatura não foi com eles, mas espichou-se, como um cão, junto ao fogo.

— Quando o dono da casa está longe, Culen dorme na cozinha quente. Quando o dono da casa volta, Culen dorme junto ao fogo do seu senhor — disse ele calmamente, deitando-se apoiado no cotovelo.

O imperador lhe deu uma olhada.

— Bom cachorro, Culen — disse, e, pegando um cacho de passas do prato samiano vermelho, jogou-o para ele.

Culen pegou-o com o gesto rápido e estranhamente bonito de uma das mãos, o rosto estranho cindindo-se num sorriso que ia de orelha a orelha.

— Pois é! Sou o cão do meu senhor, e o meu senhor me alimenta do seu prato.

O imperador, virando-se de novo na cadeira, uma das mãos na garrafa de vinho, percebeu o olhar fascinado e curioso de Justino voltado para o homenzinho e disse, com aquele seu sorriso reto, de lábios grossos:

— O Grande Rei de Erin tem o seu *druth*, o seu bobo da corte, e deveria faltar ao imperador de um terço de Roma o que cabe ao Grande Rei de Erin?

Culen fez que sim, comendo passas e cuspindo os caroços no fogo.

— Por isso o meu senhor Curoi me comprou dos negociantes de escravos lá no litoral do mar Ocidental, para que não lhe falte o que o Grande Rei de Erin tem em seus salões em Tara; e também, como penso, porque eu era de Laighin, assim como o meu senhor. E sou o cão do meu senhor nesses sete verões e invernos passados. — Então, girando e ficando de joelhos num movimento rápido como o de um martim-pescador, tirou do cinto o instrumento que Justino já notara.

Sentado agora de pernas cruzadas, junto ao fogo, enquanto acima dele a conversa seguia para outros assuntos, ele inclinou a coisa com um gesto curioso do pulso e um tipo de ondulação de notas tilintantes correu do guizo menor, da ponta, até o maior, pouco acima do cabo grosso e esmaltado, e voltou, em tom menor. Em seguida, bem baixinho, e visivelmente para o próprio prazer, ele começou a tocar — se é que se podia chamar aquilo de tocar, já que não havia melodia, apenas notas isoladas, soando ora suaves, ora nítidas, conforme ele dava petelecos nos guizos de prata com o nó dos dedos ou a unha; notas isoladas que pareciam cair de grande altura, como gotas faiscantes destiladas do vazio, cada uma delas perfeita em si.

Foi uma noite estranha, uma noite que Justino jamais esqueceu. Lá fora, o bater do vento e o ribombo distante do mar; e lá dentro o aroma das achas a arder, o brilho firme das lâmpadas e as manchas de luz trêmula e colorida lançadas sobre a mesa pelo vinho em seus frascos iridescentes. Ele mantinha a mão numa dessas manchas de luz, para vê-la salpicada de púrpura e esmeralda e vivo azul-pavão; e, de repente, imaginou que esses frascos maravilhosos, a grande taça de ouro de Caráusio, as grossas tapeçarias orientais bordadas que fechavam a ponta da sala e os arreios cravejados de coral na parede de trás já deviam ter visitado o porão de um navio saxão de velas negras. Lá fora, as asas selvagens e as vozes da tempestade; lá dentro, as pequenas chamas tremulantes entre as achas e, encarando-se em volta da mesa, Flávio, ele e o pequeno marinheiro robusto que era imperador da Britânia; enquanto o estranho escravo Culen, deitado como um cão ao lado do fogo, tocava, à toa, as maçãs do seu ramo de prata.

Justino sabia que não fora por mero capricho de déspota que Caráusio dispensou a escolta e ordenou aos dois que viajassem com ele; mas, bem lá no fundo, também sabia que, depois dessa noite, ainda que nunca mais se encontrassem daquela maneira, haveria algo entre eles que não era comum entre um imperador e dois oficiais inferiores.

Sim, uma noite muito estranha.

Caráusio era quem mais falava, como devido, enquanto os dois rapazes se mantinham sentados, com os copos de vinho com água à frente, a escutar. Era a conversa que valia a pena escutar, porque Caráusio não era meramente imperador; ele fora prático no rio Scaldis, comandante de uma frota romana, centurião sob o comando de Caro na Guerra Pérsica e menino criado em Laighin, três dias ao sul da Tara dos reis. Conhecera lugares estranhos, fizera coisas estranhas e conseguia falar deles e delas de tal maneira que ganhavam vida para os ouvintes.

Então, como se de repente se cansasse de falar, levantou-se e virou-se para o lado da sala coberto de cortinas.

— Ah, mas já falei demais de ontem. Vou lhes mostrar algo que é de hoje. Venham cá, vocês dois.

As cadeiras rasparam as tesselas e Justino e Flávio já estavam junto dele quando afastou as tapeçarias, que reluziam com cores de pavões e romãs, e passou por elas. Justino, o último a entrar, tomou consciência de uma janela cinzenta e açoitada pela tempestade e da sensação da noite selvagem pulando sobre eles com um berro, e ficou um instante segurando as ricas dobras, sem saber se precisariam da luz da sala atrás deles para o que quer que fossem ver. Mas Caráusio disse:

— Solte a cortina. Não posso ver com a luz das lâmpadas dançando nos vidros. — E Justino deixou a tapeçaria escura pender atrás de si.

Quando o fez, e a luz das lâmpadas foi tapada, o mundo lá fora pulou da escuridão numa claridade rápida e enluarada. Estavam de pé no côncavo de uma grande janela como Justino nunca vira, que se projetava para fora como a curva de um arco tensionado; uma janela que era uma verdadeira torre de vigia, o ninho de um falcão, que parecia agarrada à própria borda do penhasco.

O céu esfarrapado de cinza e prata corria, a lua oscilava dentro e fora das nuvens de tempestade, de modo que num minuto toda a amplidão do litoral se inundava de um veloz brilho prateado e no seguinte tudo se cobria com uma cortina torrencial de chuva de gelo. Bem abaixo deles, as ondas de crista alva atacavam, fileira após fileira, como uma cavalaria branca e alucinada. E bem distante, a leste, quando Justino olhou o litoral, uma pétala vermelha de fogo pendia no promontório escuro.

— Este é o meu posto de observação — disse Caráusio.
— Um bom lugar para ver os meus navios indo e vindo, com os faróis de Dubris, Limanis e Rutúpias para guiá-los com segurança nas idas e vindas. — Ele pareceu sentir a direção do olhar de Justino. — Aquele é o farol de Dubris, no promontório. O de Limanis, podemos ver do morro atrás da casa. Agora olhem o mar, lá na beira do mundo, a sudeste.

Justino olhou e, quando uma onda de chuva gelada se afastou do oceano, deixando límpida a distância, viu, muito longe, outra fagulha de luz no horizonte.

— Aquele é Gesoriacum — disse Caráusio.

Ficaram um momento em silêncio, recordando aquele último inverno em que Gesoriacum estivera no território do homem ao lado deles. E naquele silêncio, acima das vozes misturadas do vento e do mar, a ondulação do ramo de prata de Culen soou leve e doce, e um tanto zombeteira, na sala atrás deles.

Flávio disse, depressa, como se respondesse àquela zombaria de guizos de prata:

— Talvez estejamos melhor sem Gesoriacum. Um posto avançado é sempre um risco.

Caráusio soltou uma gargalhada áspera, quase um latido.

— É ousado o homem que tenta consolar o imperador por uma derrota passada!

— Não pretendia consolar — disse Flávio calmamente. — Disse o que acredito ser verdade.

— É mesmo? E está correto no que acredita. — Justino conseguiu escutar na voz de Caráusio aquele sorriso reto, de lábios grossos. — Mas é uma verdade que tem duas caras. Uma cara para quem busca fortalecer uma única província e outra bem diferente para quem fortaleceria e aumentaria o seu próprio domínio sobre a Púrpura.

Ele caiu em silêncio, o rosto voltado para aquela fagulha de luz que já se enfraquecia com outra onda de chuva e neve que vinha rastejando pelo mar. E quando falou de novo, foi de forma pensativa, quase que para si mesmo.

— Não, seja qual for, ou em ambas, o verdadeiro segredo é o poderio naval, algo que Roma nunca entendeu... Grandes frotas, tripuladas pelos melhores marinheiros. É preciso ter legiões, mas acima de tudo está o poderio naval, aqui com o mar à toda volta.

— Algum poderio naval já temos, como Maximiano descobriu às próprias custas — disse Flávio, encostando o ombro na moldura da janela e olhando para baixo. — Ah, e também as frotas de velas negras dos lobos do mar.

— E os lobos estão se juntando — disse Caráusio. — O jovem Constâncio correu um risco muito grande ao tirar os soldados da fronteira germânica nesta primavera para me expulsar de Gesoriacum... Sempre, por toda parte, os lobos se juntam nas fronteiras, à espera. Só é preciso que um homem baixe os olhos um instante, e eles entrarão para limpar-lhe os ossos. Roma está caindo, meus filhos.

Justino olhou-o rapidamente, mas Flávio nem se mexeu; era como se soubesse o que Caráusio diria.

— Ah, mas ela ainda não acabou. Eu não verei sua queda; minha púrpura durará a vida toda; e acho que vocês também não verão. Ainda assim, por dentro Roma está oca e podre, e algum dia desmoronará. Há cem anos, talvez parecesse que tudo isso era para sempre; daqui a cem anos... só os deuses sabem. Se eu tornar forte esta província aqui, forte o bastante para se aguentar quando Roma cair, algo poderá ser salvo das trevas. Caso contrário, a luz de Dubris, a de Limanis, a de Rutúpias se apagarão. As luzes se apagarão por toda parte. — Ele se afastou, abrindo as dobras pendentes da cortina, e ficou emoldurado pela escuridão contra a luz do fogo e das lâmpadas lá atrás, a cabeça ainda voltada para o cinza e prata veloz da noite tempestuosa. — Se eu conseguir evitar a faca nas costas até terminar o serviço, farei a Britânia forte o bastante para se aguentar sozinha — disse. — É simples assim.

Quando voltaram para a sala iluminada pelas lâmpadas, Flávio disse, ansiosa e rapidamente: — César sabe que, com todo o valor que há em nós, somos homens de César, na vida e na morte, Justino e eu.

Caráusio parou um instante, a cortina ainda na mão, e encarou-os. — César sabe — disse, finalmente. — Ah, César sabe disso, meus filhos — e deixou as dobras escuras caírem entre a luz das lâmpadas e a lua enevoada.

IV

O LOBO DO MAR

Enquanto aquele inverno se transformava em primavera, Justino e Flávio foram várias vezes juntos caçar aves selvagens nos pântanos, aquela estranha região fronteiriça entre terra e mar, que para Justino tinha a magia das coisas intermediárias.

O lugar onde costumavam caçar era Tânatos, a grande ilha pantanosa do outro lado do caminho marítimo que vinha de Rutúpias, mas em meados de março houve notícias de um navio saxão que rodeava as rotas e que, sabe-se lá como, conseguira fugir às galeras da patrulha, Tânatos tornou-se terreno proibido para os que serviam na fortaleza por causa da facilidade com que legionários absorvidos na caça às aves selvagens poderiam ser cercados ali pelos lobos do mar. Assim, na escuridão de uma certa manhã de março, Justino e Flávio partiram para a aldeia de pescadores abandonada, na extremidade sul dos pântanos.

E agora estavam acocorados entre os juncos, à margem do velho dique que já servira para manter o mar longe da aldeia, com os arcos já tensionados e os pequenos dardos para caçar pássaros espetados com a ponta para baixo na turfa diante deles.

A aurora surgia. Estava no cheiro da brisa cortante como faca, que tremia e cantava pelos longos fios de capim e em torno das paredes de turfa desmoronada da aldeia abandonada; no chamado de maçaricos e batuirinhas; na leve palidez brilhante que se esgueirava no céu a leste e no desbotar do botão de íris vermelha da chama do farol de Rutúpias. Lentamente, a luz se acumulou e cresceu; agora, a qualquer momento ouviriam o bater de asas dos patos selvagens a se erguer no vento; a pulsação firme das asas que marcava o início do voo do amanhecer.

Mas, antes que viesse, outro som atraiu os ouvidos atentos; um som tão leve e tão rapidamente interrompido que poderia ser quase qualquer coisa, ou não ser nada. Mas havia nele um indício de que era humano e um indício de furtividade que o tornaram estranho entre os outros sons do pântano.

Flávio se enrijeceu, fitando a esquerda pela fina cortina de juncos que tinham deixado entre eles e o mundo exterior.

— O que foi isso? — sussurrou Justino. E o outro fez um gesto rápido de silêncio; depois, movendo a mão junto com uma lufada de vento, afastou alguns juncos compridos. E Justino viu.

Havia um homem, à distância de um arremesso de lança, a cabeça virada para observar outro que, naquele momento, surgiu da mata de salgueiros, mais para o interior. A luz fria e aquosa, que a cada momento ficava mais forte, mostrou-lhes o escudo redondo entre os ombros e o ouro amarelo e crespo do cabelo e da barba; e como o lado da espada estava na direção deles, viram o saex, o gládio curto dos saxões, na bainha de pele de lobo pendurada ao cinto. E quando o segundo homem se aproximou, Flávio soltou um longo assovio mudo.

— Em nome ao Trovão: — sussurrou. — É o Alecto!

Justino, agachado e imóvel ao seu lado, não se surpreendeu. Foi como se já soubesse.

Nisso, Alecto alcançou o outro. O saxão disse alguma coisa num grunhido grave e zangado, e ele respondeu com voz mais alta:

— Ah, sei que é perigoso depois do alvorecer. Se pudesse ter vindo mais cedo viria, para proteger a minha própria pele. Afinal de contas, eu é que corro o maior risco. Você só tem de ficar escondido até que o *Bruxa do Mar* venha buscá-lo... Agora, eis o que tenho a dizer aos senhores que o enviaram.

Mas, ainda enquanto falava, os dois homens se afastaram, e as vozes se reduziram a um murmúrio informe.

Justino forçou todos os sentidos para entender o que diziam, mas nada conseguiu compreender do sussurro baixo. Em vez disso, teve a sensação de que tinham abandonado o latim e falavam numa língua que ele não conhecia. Examinou o chão à sua frente, procurando em desespero algum meio de se aproximar sem ser visto, mas além dos juncos não havia como esconder um passarinho, que dirá um homem.

Então, de repente, pareceu que os dois homens chegaram ao fim do que tinham a dizer. O saxão assentiu com a cabeça, em resposta a alguma ordem; e Alecto virou-se na direção de onde viera. O saxão ficou alguns instantes a olhá-lo e depois, dando de ombros, virou-se e, curvando-se bem para não romper a linha do horizonte, partiu ao longo do antigo quebra-vento de espinhos, seguindo para oeste, para a parte mais solitária e selvagem do pântano.

Entre os juncos, Justino e Flávio entreolharam-se. Não havia tempo para pensar nem tempo para sopesar as coisas e decidir o que era melhor fazer. Tinham de tomar uma decisão instantânea e segui-la para onde os levasse.

— Espere até ele contornar a ponta do quebra-vento — murmurou Flávio, os olhos estreitados enquanto fitava por entre os juncos. — Se formos atrás dele agora e ele gritar, alertará o amigo Alecto.

Justino fez que sim. De onde estava, não conseguia mais ver o saxão em retirada, e observou Flávio agachado, com um joelho erguido, como um corredor preparado para o início da corrida; observou-o a se tensionar, prestes a se mover...

— Agora — soprou Flávio.

Saíram dos juncos como a flecha voa do arco, correndo baixo rumo à extremidade do quebra-vento. Quando ali chegaram, o homem sumiu de vista, mas dali a instantes, enquanto verificavam, incertos, ele surgiu de novo na curva de um dique seco e, olhando uma vez para trás, ergueu-se abertamente acima da planície amarelada.

— Provavelmente arranjou um esconderijo entre as dunas — disse Flávio. — Vamos!

E novamente foram atrás dele. Agora não havia mais possibilidade de se manterem escondidos; quando ele olhasse para trás os veria, e seria uma questão de velocidade contra velocidade, e nada mais. Pelo menos, dessa vez estariam bem além do alcance dos ouvidos de Alecto.

Já tinham reduzido quase à metade a distância entre eles quando, à beira de uma touceira de árvores espinhosas retorcidas pelo vento, o saxão parou e olhou para trás, como sabiam que logo faria. Justino o viu paralisar-se um instante numa imobilidade intensa, como o animal que vê o caçador; então, sua mão voou para o punho da espada e, no instante seguinte, ele disparou, correndo como um coelho com os dois jovens romanos em seu rastro.

Como se percebesse o perigo de um terreno daqueles, sem nenhum abrigo e cortado por braços de mar que podiam detê-lo a qualquer momento, o saxão mudou de rumo quase na mesma hora, e começou a se afastar do litoral, seguindo para o interior, para a beira da floresta; e sabendo que, assim que chegasse às árvores, o mais certo era que o perdessem, Justino e Flávio apressaram o passo, forçando cada nervo para alcançá-lo antes que pudesse se abrigar. Flávio se afastava lentamente do primo, lentamente mais próximo da presa desesperada, enquanto Justino, que não era bom corredor, ia marcando, forte e teimoso, a retaguarda. Agora a linha cor de fumaça da floresta nua estava bem próxima, e Justino já ficara bem para trás, ofegando em grandes haustos. Sentia-se horrivelmente mal e estava surdo com as pancadas do coração; mas a única coisa em que pensava é que, bem à frente dele, Flávio, tendo apenas uma pequena adaga, estava sozinho nos calcanhares de um homem desesperado que corria com a espada nua nas mãos.

Sempre em frente, as duas figuras diante dele agora corriam quase como uma só. Estavam no mato de tojos e abrunheiros quando, de repente — ele não conseguiu ver direito o que aconteceu, estava meio cego com a corrida —, a figura mais à frente pareceu tropeçar e, no mesmo instante, a outra caiu sobre ele. Justino viu os dois caírem juntos e forçou o coração num último ímpeto de velocidade. Flávio e o saxão estavam entrelaçados numa massa em luta quando Justino os alcançou; e através da névoa que zumbia diante dos olhos, percebeu o brilho da lâmina nua sobre o capim fulvo e a mão de Flávio segurando com toda a força o pulso junto à espada do saxão. Lançou-se sobre ele, torceu a espada para arrancá-la dos dedos e a mandou girando para o lado. Flávio, agora com a mão livre, usou-a e atingiu o saxão diretamente sob a orelha, e a luta acabou num só golpe.

— Pronto, assim é melhor — ofegou Flávio. — Agora me ajude a amarrar as mãos dele. As cordas sobressalentes do arco vão servir.

Puseram os braços dele para trás e amarraram os pulsos com a corda de arco fina e forte que Justino, ainda ofegante, puxou do cinto; e rolaram-no de costas. Flávio só o atingira com força suficiente para aquietá-lo um instante, e ele já voltava a si. Os olhos se abriram, e ele lá ficou, fitando-os estupidamente, depois os lábios se separaram num grunhido, os dentes pequenos e pontudos no dourado da barba, e ele começou a se contorcer como uma fera selvagem amarrada.

Flávio estava com um joelho sobre o seu peito e, puxando a adaga do cinto, segurou-a junto à garganta do outro.

— Não adianta lutar, amigo — disse. — Nunca é sábio lutar com um palmo de ferro frio junto à traqueia.

Justino, ainda se sentindo mal mas com o fôlego começando a voltar, foi até onde a espada do saxão caíra, entre as raízes de uma moita de zimbro. Pegou-a e virou-se para os outros dois. O saxão parou de lutar e encarou o seu captor.

— Por que me atacou? — perguntou, finalmente, falando em latim, mas com um sotaque pesado e gutural que tornava quase inineligível. — Não faço mal a ninguém, sou da frota do Renus.

— Com o equipamento e as armas de um pirata saxão? — disse Flávio suavemente. — Vá contar essa história às gaivotas.

O homem ficou um instante em silêncio, depois disse, com orgulho rabugento:

— *Sa*, vou contar às gaivotas. O que querem comigo?

— O que se passou entre você e o homem com quem se encontrou lá nas cabanas em ruínas?

— Isso é só entre mim e ele.

Justino disse, depressa:

— Por enquanto n-não importa muito. Sejam quais forem suas ordens ou mensagens, ele não vai passá-las adiante, e alguém pode lhe tirar a verdade depois. Nossa tarefa é levá-lo para a fortaleza.

Flávio fez que sim, os olhos sem abandonar o rosto do saxão.

— É, você está certo. O principal é levá-lo para lá; senão, será a nossa palavra contra a de Alecto. — Ele tirou o joelho do peito do homem. — Levante-se.

Bem mais de uma hora depois, estavam os dois diante do comandante em sua sala, o cativo entre eles, os olhos dardejando e correndo de um lado a outro atrás de um jeito de fugir.

Mucius Urbanus, comandante de Rutúpias, era um homem magro e alto com o rosto comprido e cinzento, meio parecido com o de um cavalo velho e cansado; mas os olhos eram astutos e atentos quando se recostou na cadeira, examinando os três à sua frente.

— Ora, ora, um dos lobos do mar — dizia. — Como o encontraram?

— Estávamos no pântano perto das antigas cabanas de pescadores, senhor — disse Flávio —, escondidos entre os juncos para caçar patos, e vimos um encontro entre esse homem e... e um dos nossos. Depois que se separaram, perseguimos este, e aqui está ele.

O comandante assentiu.

— E esse homem dos nossos. Quem era?

Houve um silêncio e Flávio disse, decidido:

— Não o conhecemos, senhor.

— Então como sabe que era um dos nossos?

Flávio nem sequer piscou.

— Estava fardado, senhor.

— Centurião Áquila — disse o comandante —, não tenho certeza de que acredito em você.

— Sinto muito, senhor. — Flávio olhou-o bem nos olhos e seguiu adiante. — Senhor, acredito que o imperador deve vir esta noite. O senhor conseguiria que nós, Justino e eu, conversássemos com ele assim que possível quando ele chegar, e enquanto isso poderia manter este homem na casa da guarda, para esperar a sua chegada?

Urbanus ergueu a sobrancelha.

— Acho que esse não é um assunto que precise ser levado a César.

Flávio deu um passo à frente e pôs a mão na mesa entulhada, com urgência desesperada no rosto e na voz.

— Mas é, senhor. Juro ao senhor que é. Se não for levado a César, e depressa, e sem que ninguém se intrometa antes, só os deuses sabem qual será a consequência!

— E daí? — O olhar do comandante virou-se para Justino. — E você, também pensa assim?

— Também — disse Justino.

— E vocês não sabem quem era o outro homem. Mais do que nunca não tenho certeza de que acredito em você, centurião Áquila. — O comandante cutucou suavemente o nariz com a ponta do estilete, um tique quando ficava pensativo. Então disse, de repente: — Pois seja, terão a sua audiência com o imperador. Mas é bom que a razão do mistério, seja ele qual for, seja muito boa, porque se não for, e me fizerem de idiota, que os deuses tenham misericórdia de vocês, porque eu não terei. — Ele ergueu a voz para o óptio da guarda, que estava à porta. — Óptio, leve este homem para as celas. É melhor vocês dois irem junto e cuidarem para que fique bem trancado. Depois disso, sugiro que vistam a farda. Mandarei chamá-los quando puderem conversar com o imperador.

— Obrigado, senhor. Agora mesmo, senhor. — Flávio endireitou-se e fez a saudação, seguido por Justino; e atrás dos dois legionários da guarda que tinham aparecido para ocupar seus lugares ao lado do cativo, marcharam para fora da sala do comandante, cruzando o pátio do Pretório rumo ao campo de treino da fortaleza. Tinham acabado de atravessar a Via Princípia quando encontraram um grupo de cavaleiros que subiam com barulho, vindos do portão principal e da estrada de Londinium; e ao se afastar para lhes abrir caminho, Justino viu que o homem alto de roupa civil em seu meio era Alecto.

Ele deu uma olhada nos dois ao passar, o seu olhar caiu sobre o rosto do cativo saxão — e pareceu pender ali um instante antes de seguir em frente; para Justino, foi como se o rosto dele se enrijecesse naquele instante numa mera máscara sorridente. Mas ele não deu sinal e seguiu sem um segundo olhar; e o grupinho voltou a avançar, as sandálias com pregos tinindo no calçamento, descendo por entre as oficinas onde trabalhavam os armeiros até a casa da guarda, junto ao portão.

— Foi um azar horrendo Alecto tê-lo visto — disse Flávio, quando voltaram a cruzar o campo de treino rumo aos seus aposentos. — Acho que veio antes de Caráusio, pelo menos é o que parece.

— Ele não pode saber com certeza que o vimos com o saxão — disse Justino. — Poderíamos ter encontrado o homem depois. De qualquer modo, há pouca coisa que possa fazer sem se t-trair ainda mais.

— Não sei. Não consigo pensar em nada, mas... não sou Alecto. — E Justino viu que o primo estava muito pálido sob a luz fina do sol de março.

Naquele dia, com a pressão do trabalho que o aguardava no hospital, Justino teve pouco tempo à toa para pensar em Alecto, mesmo quando ouviu, a distância, o barulho dos cascos e o som das trombetas que anunciavam a chegada do imperador. Ele media uma poção para um dos pacientes quando finalmente a convocação do comandante lhe chegou, e terminou a tarefa com o máximo cuidado e exatidão antes de descer ruidosamente a escada de pedra atrás do mensageiro, assegurando-se de que não faltava nada na túnica da farda e que a fivela do cinto estava bem no centro.

Lá fora, encontrou Flávio correndo para atender à mesma convocação, e foram juntos.

Os dois jovens tribunos de serviço na antessala dos aposentos do imperador olharam-nos com interesse. Era óbvio que a história de terem trazido um cativo saxão naquela manhã tinha se espalhado. E um deles se levantou e sumiu na outra sala, para voltar dali a instantes e ficar de lado, deixando a porta aberta.

— Podem entrar, o imperador os receberá.

Caráusio não fez nada além de tirar o elmo de penacho e a pesada capa respingada de lama antes de virar-se para a escrivaninha, na qual vários documentos aguardavam a sua atenção. Estava em pé ao lado dela, com um pergaminho aberto nas mãos; ergueu os olhos quando os dois entraram.

— Ah, vocês dois de novo. O comandante me disse que querem falar comigo sobre um assunto urgente. Com certeza deve ser um assunto urgentíssimo para que, a essa hora tão tardia, não possam esperar a manhã.

— César, é um assunto realmente urgentíssimo — disse Flávio, saudando, quando a porta se fechou atrás deles. Seu olhar passou pelo imperador até o vulto alto que descansava nas sombras mais distantes.

— César, nossa conversa é só para seus ouvidos.

— Se a questão é realmente tão urgente quanto parecem pensar, falem e pronto — disse Caráusio. — Não lhes cabe esperar que eu mande o meu principal ministro embora, como um cão para o canil, a pedido de vocês.

Justino, em pé ao lado de Flávio, sentiu-o enrijecer-se, sentiu a decisão tomar forma e endurecer dentro dele.

— Seja como quiser, César; falarei e pronto. Esta manhã, nós dois estávamos deitados nos juncos perto das antigas cabanas de pescadores, aguardando os patos. Então, embora pouco pudéssemos entender do que se passou, vimos um encontro entre um dos lobos do mar e uma certa pessoa aqui do nosso quartel.

Caráusio deixou o pergaminho que segurava enrolar-se de volta com um estalo.

— Isso já sei pelo comandante Urbanus — disse ele. — O que foi esse pouco que vocês conseguiram entender do que se passou entre eles?

— Nada muito concreto. O saxão pareceu reclamar do atraso do outro, e este outro disse: "Sei que é perigoso depois do amanhecer. Teria vindo mais cedo, se pudesse, para o bem da minha pele. O risco maior é meu; você só precisa ficar escondido até que o *Bruxa do Mar* venha buscá-lo." É do que me lembro. Depois, ele disse: "Agora, eis o que tenho a dizer aos senhores que o enviaram", e depois disso se viraram e não conseguimos ouvir mais nada.

— E essa... essa certa pessoa do nosso quartel. Vocês disseram ao comandante que não sabiam quem era. É verdade? A fração de segundo de silêncio pareceu retinir. Então, Flávio disse:

— Não, César, não é.

— Então, quem era?

— Alecto, o seu principal ministro — disse Flávio.

As palavras pareceram cair no silêncio como um seixo no lago, e Justino teve a sensação viva de que se espalhavam como ondas na expectativa silenciosa até que explodiram e se estilhaçaram quando Alecto saltou do divã onde estava recostado, com uma exclamação entre raiva e total espanto.

— Roma Dea! Se for brincadeira...

— Não é brincadeira — disse-lhe Flávio. — Dou-lhe a minha palavra.

Então, a voz de Caráusio veio como uma lâmina nua entre eles.

— Quero esclarecer uma coisa. De que, exatamente, acusam Alecto, o meu principal ministro?

— De ter conversas secretas com os lobos do mar, que são nossos inimigos — disse Flávio.

— Então, isso é muito claro. — Caráusio lançou a Justino um olhar gelado. — Faz a mesma acusação?

Com a boca desconfortavelmente seca, Justino disse:

— Vi o que o meu primo Flávio viu. Faço a mesma acusação.

— E que defesa Alecto, o meu principal ministro, apresenta?

Agora Alecto parecia ter superado o espanto inicial e só estar zangado. — Essa coisa é tão... tão ultrajante que mal sei o que dizer. Tenho realmente de me defender de uma acusação tão absurda?

Caráusio soltou uma gargalhada áspera. — Acho que não.

Flávio deu um impulsivo passo à frente. — César, a questão não se baseia somente na nossa palavra. Agora mesmo, o saxão está preso na casa da guarda; traga-o e ponha-o frente a frente com Alecto, e com certeza a verdade surgirá!

— Ora, pois parece que tramaram essa coisa com bastante cuidado! — exclamou Alecto; mas a voz de Caráusio sufocou a frase.

— Centurião Áquila, pode abrir a porta ali atrás e chamar um tribuno?

Flávio fez o que lhe pediram e, um instante depois, o tribuno fez a saudação no portal. — Excelência?

— Traga o prisioneiro que está na... — Caráusio virou-se para Flávio, que respondeu à pergunta tácita:

— Cela número cinco.

— Ah, o prisioneiro da cela número cinco, traga-o aqui imediatamente, tribuno Vipsanius.

O tribuno Vipsanius fez outra saudação e saiu. Ouviram os seus passos sincopados pela antessala e uma voz, como se ele desse uma ordem lá fora.

Nos aposentos do imperador fez-se total silêncio; um silêncio completo e opressivo, como se estivessem dentro de um gongo gigante. Justino, em pé ao lado de Flávio, junto à porta, olhava bem à frente, aparentemente para o nada. Mas tinha consciência de detalhes de todos os tipos, que recordaria mais tarde. A sombra perfeita do grande elmo de Caráusio, cada uma das penas de águia do penacho nitidamente distintas, lançada sobre a parede iluminada pela lâmpada; uma leve contração muscular no ângulo do maxilar de Flávio; a cor azul-pavão do céu noturno além da janela, recoberta com um tipo de névoa empoeirada, de um dourado lamacento, pela luz do grande farol. Então, um som cresceu no silêncio, um pequeno raspar e batucar insistente; e voltando os olhos na direção de onde vinha, viu que Alecto, ainda de pé junto ao divã do qual se levantara, começara a bater um toque de recolher com dedos longos e fortes no espaldar de madeira do divã ao seu lado. O rosto, pálido como sempre à luz da lâmpada, mostrava apenas a boca fixa e a sobrancelha franzida de raiva mal contida. Justino se perguntou o que acontecia atrás da máscara pálida e zangada: seria o medo e a fúria do encurralado? Ou somente um cérebro frio, fazendo ou alterando planos? O batuque pareceu ficar cada vez mais alto no silêncio, e então se uniu a outro som: a batida insistente de passos, meio marchando, meio correndo. Os passos de dois homens, pensou Justino, não mais.

Alguns instantes depois, o tribuno Vipsanius estava de volta ao portal e, com ele, o centurião da guarda da prisão, ofegando pelo nariz.

— Excelência — disse o tribuno Vipsanius —, o prisioneiro da cela número cinco está morto.

V

BELADONA!

Justino teve uma sensação física parecida com um golpe no estômago, mas, de um jeito estranho, sabia que não estava surpreso. Alecto parara de batucar. Caráusio pousou o pergaminho na mesa, com muita suavidade e exatidão, e perguntou:

— Como isso aconteceu?

O tribuno balançou a cabeça.

— Não sei, César; ele está simplesmente... morto.

— Centurião?

O centurião fitou-o de frente.

— O prisioneiro estava bem, embora muito emburrado, quando lhe levaram a refeição da noite, faz mais ou menos uma hora; e agora está morto, exatamente como disse o tribuno. É só o que sei, César.

Caráusio afastou-se da mesa.

— Parece que tenho de ver com os meus próprios olhos. — Voltou-se para Justino e Flávio. — Vocês dois, me acompanhem.

Quando o pequeno grupo seguiu para a porta, Alecto avançou.

— César, como esse assunto me interessa diretamente, com a sua permissão também vou acompanhá-los.

— Por Tifão, venha — disse Caráusio, e saiu com os outros atrás dele.

A casa da guarda parecia agitada e confusa. Na primeira cela, um legionário bêbado cantava.

> Ah, por que me uni às Águias
> Para o Império percorrer?
> Por que deixei minha roça,
> Minha vaquinha, por quê?

Os passos soaram ocos no piso de pedra do corredor. O borrão pálido de um rosto surgiu na abertura gradeada de uma porta e logo sumiu de novo quando passaram. A voz do cantor ficou mais fraca atrás deles.

> Ah, imperador serás,
> Me disseram sem tardar,
> Se eu deixasse a minha roça
> E atravessasse o mar.

A porta da cela mais distante estava escancarada, e a sentinela defronte afastou-se para lhes dar passagem. A cela estava escura, a não ser pelo reflexo do facho do farol brilhando pela janela alta e gradeada, e o quadrado vermelho de luz listrada com as sombras das grades caía inteiro sobre a figura do saxão, que jazia de rosto para baixo.

— Que alguém traga luz — disse Caráusio, sem erguer a voz.

Justino, com o médico dentro dele aflorando de súbito, empurrara os outros e já estava de joelhos junto ao homem caído quando o centurião trouxe o lampião da sala dos guardas. Não havia nada a fazer pelo saxão, e bastou uma olhada à luz do lampião para que Justino soubesse disso.

— Beladona — disse ele. — Foi envenenado.

— Como? — retorquiu Caráusio.

Justino não respondeu de imediato; pegou a vasilha de cerâmica ao lado do homem e cheirou as poucas gotas grossas de caldo que restavam. Provou com cautela e depois cuspiu.

— Provavelmente na sopa. Muito simples.

Do outro lado do corredor, o cantor recomeçara, num tom de profunda melancolia.

> E assim me uni às Águias,
> Minha vaquinha deixei.
> E qualquer dia posso ser imperador,
> Mas agora, mãe, veja só, até onde cheguei!

Justino teve uma vontade louca e repentina de rir — rir, rir e rir, até passar mal. Mas a visão do rosto de Flávio o recompôs.

Foi Alecto quem falou primeiro.

— Então deve ter sido um dos guardas da prisão. Ninguém mais saberia com certeza em que vasilha pôr o veneno.

— Não, senhor — contradisse-o respeitosamente o centurião. — Não é assim, senhor. No momento, só há mais três homens detidos, todos a pão e água para redimir os seus pecados. Seria bastante fácil para qualquer um descobrir isso e agir.

Flávio interrompeu, com os olhos muito brilhantes no rosto branco e feroz. — Neste momento, que importa saber como o veneno chegou à vasilha deste homem? O que importa é o porquê, e a resposta é clara. Vivo, ele contaria com quem se encontrara no pântano hoje pela manhã, e o que se passou entre eles. Portanto, morreu. César, essa prova não basta?

— Este lugar é frio e deprimente — disse Caráusio. — Vamos voltar aos meus aposentos?

E só quando voltaram ao escritório iluminado, com a porta bem fechada, ele falou de novo, como se Flávio tivesse acabado de fazer a pergunta.

— O saxão que você capturou hoje de manhã no pântano teve mesmo negócios com *alguém* de Rutúpias. Quanto a isso, a prova basta. Não mais. — E, quando Flávio fez um gesto rápido de protesto, Caráusio continuou: — Não, escute-me. Se eu ou o comandante do quartel ou o varredor da casa de banhos tivéssemos algum trato com esse saxão, teríamos apenas duas coisas a fazer depois que ele foi capturado: arranjar a sua fuga ou matá-lo antes que fosse interrogado. Das duas, a segunda seria o método mais simples e seguro.

Flávio falou com uma voz fria e impessoal, o que, de certo modo, deu uma seriedade ainda mais desesperada às suas palavras.

— César, rogo-lhe que nos dê ouvidos. A distância que nos separava dos dois homens era menor do que um arremesso de lança, o dia já clareava e nenhum de nós é cego. Não poderíamos ter nos enganado. Se na verdade o outro homem não era Alecto, então deve ser por algum propósito só nosso que prestamos deliberadamente falso testemunho contra ele. É disso que nos acusa?

O próprio Alecto respondeu primeiro, com a rapidez da raiva.

— Com certeza esta é a explicação mais provável do seu comportamento. O que têm a ganhar com isso, não consigo imaginar, pode ser que o seu primo o tenha influenciado de

algum modo; mas quanto ao nosso cirurgião-assistente —
virou-se ele para Caráusio —, lembro-me de que, quando
foi mandado para cá, o próprio César não tinha muita certeza de sua boa-fé. Com certeza pode ser alguma trama de
Maximiano para lançar dúvidas e suspeitas entre o Imperador
da Britânia e o homem que, embora não mereça o cargo,
serve-o da melhor maneira possível como ministro-chefe.

Justino deu um passo à frente, as mãos cerradas ao lado
do corpo.

— Esta é uma mentira nojenta — disse ele, dessa vez sem
vestígios de gagueira. — E Alecto sabe disso muito bem.

— Podem me dar a oportunidade de falar? — disse
Caráusio tranquilamente, e o silêncio caiu como uma praga
na câmara iluminada. Ele olhou em volta, fitando os três,
demorando-se. — Lembro-me das minhas dúvidas, Alecto.
Lembro-me também de que a luz da aurora pode ser enga-
nosa, e que em Rutúpias há mais de um homem alto e louro.
Eles serão todos interrogados no devido tempo. Acredito que
tenha sido um engano sincero. — Ele voltou a sua atenção
para os dois rapazes. — Entretanto, eu, Caráusio, não tolero
esse tipo de erro, e não tenho mais utilidade para os homens
que o cometeram. Amanhã receberão novos postos; e pode
ser que a vida na Muralha os mantenha mais bem ocupados
e impeça que a sua imaginação demasiado ativa os leve a
cometer outra vez erros como este. — Pegou o pergaminho
que estudava quando os dois tinham chegado. — Podem ir.
Não tenho mais nada a dizer.

Por um instante, nenhum dos dois se mexeu. Então Flávio
se endireitou, em posição de sentido, e saudou.

— Será como César ordena — disse, abriu a porta e saiu
andando muito ereto.

Justino o seguiu, fechando cuidadosamente a porta atrás de si. Do outro lado, ouviu a voz de Alecto começando: "César é tolerante demais...", e o resto se perdeu.

— Venha à minha alcova — ordenou Flávio, quando atravessaram o campo de treino sob o grande farol.

— Vou daqui a pouquinho — disse Justino, devagar. — Tenho pacientes que precisam de mim no hospital. Tenho de dar uma olhada neles antes.

No dia seguinte não seriam mais da conta dele, aqueles homens; mas nessa noite era ele o médico de plantão, e só depois de visitar os pacientes aos seus cuidados foi ao encontro de Flávio.

Este estava sentado à beira do catre, fitando o vazio à sua frente; o cabelo vermelho estava eriçado como as penas de um pássaro quando o vento sopra por trás, e o rosto, à luz da lâmpada no alto da parede, estava tenso, pálido e zangado. Ele ergueu os olhos quando Justino entrou e mostrou-lhe com a cabeça o baú.

Justino sentou-se, os braços sobre os joelhos, e por algum tempo os dois se entreolharam em silêncio. Então, Flávio disse:

— É, então é isso.

Justino assentiu e o silêncio voltou.

Mais uma vez, foi Flávio que o rompeu.

— Eu teria apostado tudo o que possuo em que o imperador nos daria uma audiência justa — disse ele, irritado.

— Acho que, vindo do nada, seria difícil acreditar que alguém em quem ele confia pudesse traí-lo — disse Justino.

— Não no caso de Caráusio — retrucou Flávio com segurança. — Ele não é do tipo que confia cegamente.

— Se o *Bruxa do Mar* voltar de novo para buscar aquele saxão, talvez as nossas galeras o peguem e a verdade venha à tona.

O outro fez que não.

— Alecto dará um jeito de avisá-lo para que não venha.

— Ele se esticou, com um riso zangado e sofrido. — É, não adianta ficar se lamentando. Ele não acreditou em nós e pronto. Fizemos o possível e não podemos fazer mais nada; e se, algum dia, em alguma porcaria de postinho avançado de tropas auxiliares lá na Muralha, soubermos que Alecto comandou uma invasão saxã e se tornou imperador, espero que seja um alívio para nós. — Ele se levantou e se espreguiçou de novo. — O imperador acabou conosco. Estamos quebrados, meu amigo, quebrados, e à toa. Saia desse baú. Vou embalar as minhas coisas.

A alcova parecia atingida por um torvelinho quando, dali a pouco, um barulho de passos veio pela escada e houve uma batida na porta.

Justino, que estava mais perto, abriu-a e viu um dos mensageiros do comandante.

— Para o centurião Áquila — disse o homem; e, ao reconhecer Justino: — Para o senhor também, se quiser recebê-lo aqui.

Dali a instantes, ele sumiu na noite, Flávio e Justino se entreolharam, cada um com uma mensagem selada nas mãos.

— Então ele nem esperou até amanhã para nos dar a ordem de transferência — disse Flávio com amargura, rompendo o fio púrpura sob o selo.

Justino rompeu o fio da sua mensagem e abriu as duas placas, examinando com pressa as poucas linhas inscritas na cera da parte de dentro. Uma quase exclamação do primo o fez erguer os olhos numa indagação. Flávio leu lentamente, em voz alta:

— Seguir imediatamente para Magnis na Muralha, para assumir o comando da Oitava Coorte da Segunda Legião Augustina.

— Então vamos continuar juntos — disse Justino. — Tenho de me apresentar como médico da mesma coorte.

— A oitava — disse Flávio e sentou-se no catre. — Não entendo... simplesmente não entendo.

Justino sabia o que ele queria dizer. Aquele não parecia, de jeito nenhum, um momento provável para serem promovidos, mas ainda assim era uma promoção para os dois. Nada de espetacular, apenas o passo adiante que em pouco tempo dariam, no rumo normal das coisas, mas ainda assim uma promoção.

Lá fora, na meia-luz castanha que, para Rutúpias, constituía a escuridão, soaram as trombetas do segundo turno de vigia da noite. Justino desistiu de tentar entender.

— Vou dormir — disse. — Vamos ter de partir de manhã cedo. — No portal, virou-se. — S-será que Caráusio sabia que ele estava lá, que estava lá por ordens dele, com algum propósito que seria melhor não trazer à luz?

Flávio balançou a cabeça.

— Isso não explicaria a morte do saxão.

Ficaram um instante em silêncio, se entreolhando. Com toda a certeza, o terrível imperadorzinho não permitiria que a vida de um homem — ainda mais de um inimigo — ficasse entre ele e os seus planos, mas com a mesma certeza ele acharia outro modo que não fosse o veneno. Justino apostaria a vida nisso sem hesitar.

— Talvez esteja usando Alecto com algum objetivo, sem que Alecto saiba — sugeriu. Isso deixaria o envenenamento no lugar que, como estava convencido, era o dele: nas mãos de Alecto.

— Simplesmente... não sei — disse Flávio; depois, explodiu de repente: — Não sei e não quero saber! Vamos dormir.

VI

EVICATOS DA LANÇA

— Chegaram ao fim do mundo — disse o centurião Posides. Os três estavam nos aposentos do comandante de Magnis na Muralha, onde Flávio acabara de receber o comando das mãos do homem que agora seria o seu número dois. — Espero que gostem daqui.

— Não gosto muito — disse Flávio com franqueza. — Mas isso não vem ao caso. Também não gosto do modo como a guarnição se comporta na instrução, centurião Posides, e isso vem muito ao caso.

O centurião Posides deu de ombros; era um homem grande, de rosto pequeno, amassado e amargo.

— O senhor não verá coisa melhor na Muralha. O que esperar de uma turba de auxiliares, um amontoado de todas as raças e cores do Império?

— Acontece que a Oitava é uma coorte de legionários — disse Flávio.

— Pois é, e o senhor vem direto para cá, vindo da linda fortaleza nova de Rutúpias, sob os olhos do imperador, e acha que todas as coortes de legionários são iguais — disse o centurião Posides. — Sabe, houve um tempo em que eu também pensava assim. Com o tempo, o senhor mudará de ideia.

— Ou isso, ou a guarnição de Magnis mudará de ideia —
disse Flávio, erguido, os pés afastados e as mãos nas costas.
— E tenho quase certeza de que a guarnição é que mudará,
centurião Posides.

Mas a princípio pareceu que ele se enganara. Tudo o que
podia estar errado em Magnis, estava. O forte e a guarnição estavam sujos e maltratados, a casa de banhos fedia, os
cozinheiros roubavam rações e vendiam-nas fora dos muros.
Até as catapultas e as cordas torcidas da bateria de artilharia
que protegia o Portão do Norte estavam em mau estado.

— Com que frequência vocês fazem treino de catapulta?
— perguntou Flávio quando chegou à bateria na primeira
inspeção.

— Ah, já faz bastante tempo — disse Posides, descuidado.

— Estou vendo. Pelo jeito, se dispararem a número três
ela voará em pedaços.

— Basta que pareçam boas para os diabinhos pintados —
sorriu Posides. — Não precisamos usá-las hoje em dia, com
o lindo tratado do imperador, que mantém os pictos quietos.

— Isso não é razão para não podermos usá-las caso haja
necessidade — disse Flávio, ríspido. — Veja essa coisa! A
madeira está podre aqui e a braçadeira está comida de ferrugem. Mande a número três para ser restaurada na oficina,
centurião, e me avise quando o serviço terminar.

— O serviço também pode ser feito aqui, sem desmontá-la.

— E deixar todos os nativos que passarem por Magnis
verem o estado vergonhoso de decadência do nosso arma-
mento? — retrucou Flávio. — Não, centurião, vamos levá-la
para a oficina.

A catapulta número três foi para a oficina, a casa de banhos foi lavada e o medo dos deuses imposto aos cozinheiros

ladrões; e depois dos três primeiros dias os homens não se arrastavam mais nos treinos com as túnicas sujas e os cintos frouxos. Mas isso tudo não passava de um lustro forçado na hora de saudar e bater calcanhares, e debaixo dele, o espírito de Magnis não mudara nada, e o novo comandante disse, cansado, ao cirurgião da sua coorte, ao final da terceira semana:

— Consigo obrigá-los a ficar eretos na ordem-unida, mas isso não basta para transformá-los numa coorte decente. Ah, se conseguisse me aproximar deles! Tem de haver um jeito, mas não consigo encontrar.

Estranhamente, foi a catapulta número três que o fez encontrar o jeito, dali a alguns dias.

Justino viu tudo acontecer. Estava limpando tudo depois do desfile matutino de doentes quando ouviu um guincho e um barulho de rodas; foi até a porta do pequeno prédio da enfermaria e viu que levavam a catapulta de volta ao seu lugar. De onde estava, podia ver a bateria junto ao Portão Norte, e demorou-se alguns momentos, assistindo à grande arma ser levada para lá, avançando e sacudindo-se sobre os roletes, com o grupo suado de legionários puxando na frente e empurrando atrás. Viu Flávio aparecer na porta do Pretório e sair para juntar-se ao grupo perto da arma, quando esta chegou ao sopé da rampa temporária que levava à plataforma elevada da bateria; viu a coisa oscilar como um navio na ventania ao começar a subir. O grupo, esforçado, estava em volta dela, içando, empurrando, manejando os roletes dos dois lados. Justino ouviu o estrondo oco da catapulta sobre a rampa, as ordens do centurião no comando:

— Içar! Içar! Mais uma vez: I-içar!

A máquina estava quase no alto quando algo aconteceu; ele não chegou a ver o quê, mas ouviu o rangido da madeira que escorregava e um grito de alerta. Houve um movimento rápido entre os homens, uma ordem berrada pelo centurião e um barulhão deslizante quando uma das escoras da rampa cedeu. Por uma fração de segundo, a cena toda pareceu congelar-se; então, em meio a um jorro de gritos, a grande catapulta se inclinou e caiu de lado, com um estrondo despedaçado, levando consigo o resto da rampa.

Justino viu os homens se afastarem às pressas e escutou um grito agudo e agoniado. Mandou que seu ordenança o seguisse e, no mesmo instante, saiu correndo em direção à cena do desastre. A grande máquina jazia de lado, como um gafanhoto morto em meio às escoras caídas da rampa, parte no chão, parte apoiada na beira da plataforma de pedra da bateria. O pó da queda ainda pendia no ar, e já havia homens puxando os destroços, debaixo dos quais um dos companheiros ficara preso; e quando Justino, enfiando-se por entre os outros, se esgueirou por baixo da estrutura rachada até o lado do homem, viu alguém diante dele, agachado sob o peso da viga que caíra sobre a perna do legionário, e soube, sem chegar a olhar, que era Flávio, com o penacho arrancado do elmo e sangue pingando de um corte no supercílio.

O ferido — era Manlius, um dos soldados mais difíceis de Magnis — estava consciente, e o jovem médico o ouviu ofegar:

— É a minha perna, senhor, não posso me mexer... eu...

— Não tente — disse Flávio, respirando com rapidez, e havia em sua voz uma estranha gentileza que Justino nunca ouvira antes. — Aguente firme, meu velho, vamos tirar você daí antes que possa espirrar... Ah, aí está você, Justino.

Justino já se ocupava do legionário ferido, enquanto do nada surgiram mãos para ajudar Flávio com a grande trave. Ele gritou por sobre o ombro:

— Podem tirar essa parte daqui? Não quero arrastá-lo, se puder evitar.

Ele mal deu atenção à barulheira das traves sendo afastadas e à sua própria voz dizendo: "Calma agora, calma, está tudo bem", nem aos momentos tensos, com muito praguejar, em que a estrutura da grande catapulta foi erguida e largada de lado, longe deles; até que Flávio se endireitou, esfregando o ombro doído, e perguntou:

— Ele vai ficar bem?

E, erguendo os olhos do trabalho das mãos, percebeu com surpresa que tudo acabara, que os legionários que antes se esforçavam com os escombros agora estavam à sua volta, assistindo a tudo, enquanto o ordenança ao seu lado imobilizava a perna do ferido.

— Vai, acho que vai, mas sofreu uma fratura grave e está sangrando feito um porco, e quando mais cedo o levarmos para a enfermaria para cuidar disso direito, melhor.

Flávio assentiu e se acocorou, ao lado do homem que, em silêncio, jazia coberto de suor, até que tudo estivesse pronto para removê-lo; ajudou a colocá-lo na maca e segurou o seu ombro um instante, dizendo "Boa sorte", antes de virar-se, limpando o sangue dos olhos com as costas da mão, para conferir as avarias da catapulta.

Não seria possível consertar a catapulta número três. Mas, à noite, a notícia do que aconteceu já percorreu o forte, as torres de vigia e os postos miliários dos dois lados, e o estranho foi que, depois disso, o novo comandante de Magnis teve pouquíssimos problemas com a guarnição.

As semanas se passaram e, numa noite no meio da primavera, Justino arrumava as coisas depois do serviço do dia quando um dos ordenanças surgiu no portal, com a notícia de que um caçador nativo viera tratar uma mordida de lobo.

— Tudo bem, já vou — disse Justino, abandonando a esperança de tomar um banho antes do jantar. — Onde você o deixou?

— Ele está no campo de treino, senhor; não quis avançar mais — disse o ordenança, com um sorriso.

Justino fez que sim com a cabeça. Nessa época, já estava se acostumando com os modos do povo pintado, pois não era a primeira vez que caçadores mordidos por lobos iam ao forte, cautelosos e desconfiados como animais selvagens, pedindo que o médico da coorte os deixasse bons. Ele saiu para a luz do fim da tarde e lá, encostado no muro lavado pelo sol, encontrou um homem quase nu, a não ser pela pele de lobo presa com um cinto no quadril, com o ombro enfaixado em trapos manchados e ensanguentados; um homem muito mais alto do que era comum na sua raça, com uma juba de cabelos tão espessa e orgulhosamente fulva como a de um leão, e olhos como os de uma moça bonita.

— É você o Curador com a Faca? — perguntou, com a dignidade simples e direta das regiões selvagens. — Vim procurá-lo para que cure meu ombro.

— Venha para o Lugar da Cura e me mostre — disse Justino.

O homem ergueu os olhos para o prédio baixo da enfermaria ali perto.

— Não gosto do cheiro desse lugar, mas irei, porque você me pediu — disse ele, e seguiu Justino pelo portal. Lá dentro, Justino mandou-o sentar-se num banco junto à janela e começou a tirar os trapos imundos do braço e do ombro. Quando o último deles saiu, viu que, a princípio, o homem fora ferido apenas de leve, mas com a falta de cuidado a ferida tinha piorado e agora o ombro todo estava em más condições.

— Isso não aconteceu uma hora atrás — disse Justino.

— *Na*, meia lua atrás — disse o homem, erguendo os olhos.

— Por que não veio quando a ferida era nova?

— Ah, eu não viria por coisa tão pouca quanto uma mordida de lobo; mas o lobo era velho e os dentes ruins, e a mordida não sarou.

— *Essa* é uma verdade — disse Justino.

Trouxe linho limpo, unguentos e um frasco do álcool de cevada dos nativos, que queimava feito fogo nas feridas abertas.

— Agora vai doer — disse.

— Estou pronto.

— Então fique firme; deixe o braço assim... isso. — Ele limpou a ferida com atenção minuciosa, enquanto o caçador se mantinha sentado feito uma pedra, apesar do tratamento cruel; depois, cobriu-a com unguentos e atou o ombro do homem com tiras de linho. — Por hoje, é só. Só por hoje, veja bem; você terá de voltar amanhã e todos os dias, durante muitos dias.

Na porta da enfermaria, separaram-se.

— Volte amanhã à mesma hora, amigo — disse Justino, e observou-o ir embora, com os passos longos e leves de caçador, pelo campo de treino, rumo ao portão, e mal esperava vê-lo de novo. Era muito comum não voltarem.

Mas na noite seguinte, à mesma hora, o homem estava de novo encostado à parede do hospital. E todos os dias em que apareceu, ficou sentado como uma pedra para fazer o curativo, e depois sumia até a mesma hora do dia seguinte.

Na sétima noite, Justino começara como sempre a trocar o curativo quando uma sombra escureceu a porta e Flávio apareceu para dar uma olhada, como costumava fazer, no legionário Manlius, que ainda estava preso ao leito com a perna quebrada. Viu de passagem os dois junto à janela e foi verificar, com os olhos no ombro do homem, sugando o ar num assovio.

— Estava pior do que isso faz alguns dias — disse Justino.

Flávio espiou mais de perto.

— Ainda parece bem feio. Lobo?

O caçador ergueu os olhos para ele.

— Lobo — concordou.

— Como foi?

— Ah, quem sabe como essas coisas acontecem? Na ocasião, eles são rápidos demais para que os homens saibam. Mas tempo e mais tempo passará antes que eu volte a caçar com o povo pintado.

— O povo pintado — disse Flávio. — Então você não é do povo pintado?

— Eu? Por acaso sou azul dos pés à cabeça, para ser do povo pintado?

Era verdade; pintado ele estava, com desenhos azuis de guerreiro no peito e nos braços, mas não como os pictos, com as suas faixas bem juntas de tatuagem que cobriam o corpo todo. Também era mais alto e mais claro do que a maioria dos pictos, como Justino achara ao vê-lo pela primeira vez encostado na parede do hospital.

— Sou do povo dos golfos e ilhas além do litoral oeste, além da antiga Muralha do Norte; o povo que nos velhos tempos era de Erin.

— Um dalríada — disse Flávio.

O caçador pareceu recompor-se um pouco sob as mãos de Justino.

— Fui um dalríada, um escoto da tribo de... Não, agora sou um homem sem tribo nem país.

Houve um pequeno silêncio. Justino, a quem as palavras nunca vinham facilmente nas coisas de importância, continuou a tratar as mordidas de lobo no ombro do homem. Então Flávio disse, baixinho:

— Que coisa mais triste. Como isso aconteceu, amigo?

O caçador ergueu a cabeça.

— Quando estava no meu décimo sexto ano, quase matei um homem na Grande Reunião, a assembleia trienal das Tribos. A pena por isso, e até por ir armado ao Morro da Reunião quando se forma o Círculo do Conselho, é a morte ou o exílio. Como eu não passava de um menino que só recebera o Valor naquela primavera, e como o homem insultara o meu clã, o rei me deu a pena de exílio, e não de morte. Portanto, há mais de quinze anos caço com o povo pintado e esqueci o meu povo o mais que pude.

Depois disso, Flávio adquiriu o hábito de ir ao hospital para ver Manlius mais ou menos na hora em que sabia que Justino estaria fazendo o curativo do ombro do caçador. E, pouco a pouco, surgiu um companheirismo entre os três, de modo que o caçador que, a princípio, fora tão silencioso e reservado, passou a falar com os dois jovens romanos com liberdade cada vez maior; e, pouco a pouco, a ferida do ombro se limpou e sarou, até que chegou o dia em que Justino disse:

— Pronto, acabou. Não precisamos mais de linho e unguentos.

Franzindo os olhos para as cicatrizes rosadas dos dentes do lobo, que era tudo o que restava, o caçador comentou:

— A história seria outra se eu encontrasse o meu lobo um ano... algumas luas atrás.

— Por quê? — perguntou Justino. — Não sou o primeiro curador aqui em Magnis na Muralha.

— *Na*, e o centurião não é o primeiro comandante aqui em Magnis na Muralha. "Fora, seus cães, voltem para o monte de esterco", esse era o último comandante. Nós nunca nos aproximaríamos do curador, mesmo que quiséssemos. — Ele passou os olhos de Justino para Flávio, demorando-se à porta. — Está em minha mente que Caráusio, o seu imperador, escolhe bem os seus filhotes.

Flávio disse, com aspereza:

— Está enganado, amigo. Não foi pelo nosso valor que Caráusio nos mandou para esse posto distante e esquecido.

— É? — O caçador os estudou, pensativo. — Ainda assim, acho que nem sempre se pode ver com clareza o que há por trás dos atos dos grandes reis. — Ele se ergueu e procurou algo que trouxera consigo, meio oculto sob o manto de xadrez que usava. — *Sa, sa*, pois que seja... Vocês disseram, há alguns dias, que nunca viram uma das nossas grandes lanças de guerra; por isso, trouxe a minha, a rainha das lanças de guerra, para que vejam o que eu não mostraria na paz a nenhum outro da sua raça.

Ele virou-se para a luz da janela alta.

— Vejam, não é linda?

A grande lança que pusera nas mãos de Justino era a arma mais bela que o romano já vira; a lâmina longa e fina como uma chama, uma chama de prata escura na luz fria da tarde; o peso da haste era equilibrado com uma bola de bronze do tamanho de uma maçã, maravilhosamente trabalhada com esmalte azul e verde; e perto do pescoço, logo abaixo da lâmina, havia um colar de plumas de cisne selvagem. Bela e fatal. Ele a experimentou na mão, sentindo-a mais pesada do que o comum, mas tão perfeitamente equilibrada que, ao usá-la, mal se notaria o seu peso.

— É mesmo a rainha das lanças! — e passou-a para as mãos ansiosas que Flávio estendia.

— Ah, que beleza! — disse Flávio baixinho, experimentando-a como Justino fizera e correndo o dedo pela lâmina.

— Levá-la na batalha seria ter o relâmpago nas mãos.

— É mesmo. Mas não a levei na batalha desde que segui o seu pequeno imperador para o sul, há sete verões. Sim, sim, mantenho-a pronta, com um colar novo de penas de cisne selvagem todo verão. Mas já se passaram sete colares, desde que as penas brancas ficaram rubras. — A voz do caçador ficou lamentosa quando ele pegou de volta o seu tesouro.

A cabeça de Flávio se erguera de repente, as sobrancelhas afastadas torcendo-se para se juntar.

— É mesmo? Você marchou com Caráusio? Como foi isso?

— Foi quando ele desembarcou pela primeira vez. Bem para lá, entre as montanhas do sul e do oeste, entre Luguvalium e o Grande Areal. — Apoiado na lança, o caçador entusiasmou-se de repente com a história. — Um homem pequeno, um grande homem pequeno! Ele reuniu os chefes do povo pintado e os chefes dos dalríadas do litoral e também os chefes de Erin; chamou-os todos lá, entre as montanhas, e conversou com eles profundamente durante muito tempo. E a princípio os chefes, e nós que os seguíamos, o escutamos, porque ele era do nosso mundo, Curoi, o Cão da Planície, antes mesmo que voltasse ao povo do pai e se tornasse Caráusio e passasse a fazer parte de Roma; depois, o escutamos porque ele era ele. Assim, ele fez um tratado com os reis do meu povo e com os reis do povo pintado. E quando foi para o sul, com os guerreiros do mar da sua frota, muitos de nós o seguimos.

Até eu o segui, junto do povo pintado. Estava com ele quando se encontrou com o homem Quintus Bassianus, que dizem que era governador da Britânia, em Eburacum das Águias. Foi uma grande luta! *Aiee!* Uma luta muito grande; e quando o dia acabou, Quintus Bassianus virou comida de corvos e não era mais governador da Britânia, e Caráusio marchou para o sul, e os que restaram dentre os soldados de Quintus Bassianus marcharam alegremente com ele; e eu e a maioria do meu povo voltamos para as nossas trilhas de caça. Mas ouvimos, de tempos em tempos — ouvimos muitas coisas entre as urzes —, que Caráusio se tornara imperador da Britânia e que agora estava junto do imperador Maximiano e do imperador Diocleciano no governo de Roma, e nos lembramos daquele grande homem pequeno entre as montanhas, e não nos espantamos com tais coisas.

Ele se calou e meio que se virou para a porta aberta; depois voltou, olhando de Justino para Flávio, com uma inclinação lenta e séria da cabeça.

— A qualquer hora que desejarem caçar, deixem recado na cidade para Evicatos da Lança. A mensagem chegará a mim, e com certeza virei.

VII

"ÀS PARCAS, QUE SEJAM BONDOSAS"

Várias vezes, no verão e no outono, Flávio e Justino caçaram com Evicatos da Lança; e certa manhã, no final do outono, pegaram as suas lanças de caça e saíram pelo Portão Norte, sob a alta cabeça de gafanhoto das catapultas, e encontraram-no com os cães e os três pôneis peludos a aguardá-los no ponto de espera de sempre, no sopé da escarpa íngreme ao norte. Era uma manhã crua, com a cerração baixa e pesada como fumaça na urze marrom, e o cheiro de raízes do charco e a doçura amarga dos fetos molhados pendia no ar.

— Um dia bom para caçar — disse Flávio, farejando a manhã com satisfação ao encontrarem o caçador à espera.

— *Aje*, o rastro será duradouro e pesado nessa cerração — disse Evicatos; mas quando montaram os pôneis, Justino teve a sensação de que o caçador pensava em algo muito distante da caçada do dia; um arrepio estranho de mau pressentimento caiu por um instante sobre o caminho, como uma sombra. Mas, quando desceram a margem do riacho com os cães pulando em torno deles, ele se esqueceu disso na promessa do dia.

Quase de imediato pegaram o rastro de um velho cão-lobo e, depois de uma louca perseguição, encurralaram-no bem acima, entre as colinas que se sucediam na fronteira; e Flávio, agora apeado, esgueirou-se abaixado entre os cães que ladravam, segurando a lança pelo meio, e matou-o. Quando acabaram de esfolar a grande fera cinzenta sob a orientação de Evicatos, era quase meio-dia e já estavam famintos.

— Vamos comer aqui. Parece que meu estômago vai grudar na espinha — disse Flávio, espetando a faca na grama para limpá-la.

Evicatos enrolava a pele crua num embrulho, enquanto os cães rugiam e rasgavam a carcaça esfolada.

— É bom comer quando a barriga está vazia — disse ele —, mas primeiro seguiremos um pouco para o sul daqui.

— Por quê? — perguntou Flávio. — Já caçamos a nossa presa e agora quero comer.

— Eu também — corroborou Justino. — Este é um lugar tão bom quanto qualquer outro. Vamos ficar aqui, Evicatos.

— Tenho uma coisa para mostrar a vocês mais ao sul — disse Evicatos, e levantou-se com a pele embrulhada. — Ah, seu tolo, nunca carregou antes uma pele de lobo enfardada? — (Isso ele disse ao pônei, que resfolegava e se afastava para o lado.)

— Por que não esperar até depois de comermos? — perguntou Flávio.

Evicatos ajeitou a pele de lobo nas ilhargas do pônei até ficar satisfeito e só depois respondeu.

— Eu não disse a vocês, quando caçamos juntos pela primeira vez, que na charneca vocês me obedeceriam em tudo, porque na charneca sou eu o caçador e o homem que sabe, e vocês não passam de crianças?

Flávio tocou a testa com a palma da mão numa falsa saudação.

— Disse, e prometemos. Pois assim seja, ó mais sábio dentre os caçadores. Iremos.

Então, enxotaram os cães para longe da carcaça e, deixando-a para os corvos que já se juntavam, seguiram para o sul, até que, dali a pouco, o caçador os guiou cauteloso, descendo uma encosta nua, até um riacho de água branca que corria barulhento sobre pedras inclinadas. Mais abaixo, o vale se estreitava, revestido com uma mata hostil de salgueiros, mas ali as colinas se erguiam nuas de ambos os lados, cobertas de capim baixo em vez de urzes; uma grande cuia fulva de colinas subindo rumo ao céu confuso de outono, vazio a não ser por um falcão-peregrino que girava de um lado para o outro ao longo das encostas mais distantes.

Evicatos parou o pônei ao lado do riacho, e os outros também, e quando os sons dos seus movimentos cessaram, pareceu a Justino que o silêncio e a solidão dos altos morros vinham fluindo sobre eles.

— Vejam — disse Evicatos. — Eis a coisa.

Os dois rapazes seguiram a linha do dedo apontado e viram um bloco escuro de pedra, que se erguia rígido e estranhamente desafiador no capim fulvo à beira do riacho.

— O que, aquele rochedo? — disse Flávio, intrigado.

— Aquele rochedo. Aproximem-se agora, e olhem, enquanto preparo a comida.

Eles desmontaram, pearam os pôneis e seguiram até o riacho; e enquanto Evicatos se ocupava com o bornal, Flávio e Justino voltaram a atenção para a coisa que tinham sido levados até ali para ver. Parecia fazer parte de um tipo de afloramento, pois pequenas saliências e escolhos da mesma pedra surgiam na margem mais abaixo, meio ocultos no capim; mas olhando mais de perto, viram que fora grosseiramente cortada num quadrado, como se talvez sempre fosse meio quadrada e alguém decidisse aprimorar a natureza. Além disso, ao examiná-la pareceu que havia algum tipo de inscrição na pedra.

— Acho que é um altar! — disse Justino, apoiado num joelho, diante dela, enquanto Flávio se curvava sobre ele, com as mãos nos joelhos. — Veja aqui, há três personagens!

— Tem razão — disse Flávio, com o interesse despertado.

— As Fúrias, ou as Parcas, ou talvez sejam as Grandes Mães. A escultura é tão grosseira e gasta pelo tempo que mal dá para ver. Raspe um pouco desse líquen aí embaixo, Justino. Parece que há alguma coisa escrita aí.

Com um pouco de trabalho da ponta do polegar e da faca de caça de Justino, tiveram certeza.

— Há um nome — disse Justino. — S-I-L-V... Silvanus Varus. — Ele continuou trabalhando, esfarelando o líquen das letras inscritas grosseiramente, enquanto Flávio, agora acocorado ao seu lado, tirava os detritos caídos, até que dali a pouco tudo ficou claro.

— Às Parcas, Silvanus Varus, portador do estandarte da quinta Coorte Tungra da Segunda Legião Augustina, ergueu este altar, para que sejam bondosas — leu Flávio em voz alta.

— Gostaria de saber se foram — disse Justino depois de uma pausa, esfregando dos dedos o pó dourado de líquen.

— Gostaria de saber *por que* ele queria que fossem bondosas.

— Talvez só quisesse que fossem gentis.

Flávio balançou a cabeça, decidido.

— Ninguém faz um altar porque quer que as Parcas sejam gentis em geral, só quando precisa muito da sua bondade, naquela hora, por alguma causa específica.

— Ora, o que quer fosse, foi há m-muito tempo... Desde quando saímos de Valêntia pela última vez?

— Não sei direito. Uns 150 anos, acho.

Ficaram em silêncio outra vez, olhando aquelas três imagens mal inscritas e as letras malfeitas embaixo.

— Então há palavras aí também. Valeu a pena ver? — disse a voz de Evicatos atrás deles.

Flávio, ainda acocorado diante da pedra, ergueu os olhos para ele, sorrindo.

— Valeu. Mas vale tanto a pena de estômago cheio quanto de estômago vazio.

— A comida está pronta — disse Evicatos. — Vamos dar meia-volta e encher a barriga.

Era claro que ele tinha algum propósito nisso tudo, mas era igualmente claro que não ia declarar nada enquanto não achasse que a hora chegou. E foi só quando os três estavam sentados em volta da panela de papa de aveia fria e já bem servidos de pão amanteigado e tiras de carne de veado defumada que ele finalmente rompeu o silêncio.

— Quanto a essa pedra esculpida, uma desculpa serve tanto quanto a outra. Era necessário que eu os trouxesse a este lugar e mostrasse alguma razão para fazê-lo a... a quem quer que se interesse.

— Por quê? — perguntou Flávio.

— Porque nem um picto pode se esconder no capim baixo, nem ouvir na distância que vai da mata de salgueiros até esta pedra. Há poucos lugares em Albu onde se pode ter certeza de que não há nenhum homenzinho pintado atrás de uma pedra ou sob a urze.

— Quer dizer que você tem algo a nos contar que não deve ser ouvido por ninguém?

— Quer dizer que tenho isso a lhes contar... — Evicatos cortou um naco de carne seca e jogou-o para o seu cão favorito. — Prestem atenção e escutem. Há emissários do homem Alecto na Muralha e ao norte da Muralha.

Justino parou no ato de pôr na boca um pedaço de pão e deixou a mão cair no joelho. Flávio soltou uma exclamação de espanto.

— Aqui? O que quer dizer, Evicatos?

— Continuem comendo, a vista vai mais longe do que o som, não se esqueçam. Quero dizer exatamente isso: há emissários do homem Alecto em Albu. Falam em amizade com os pictos; fazem promessas... e pedem promessas em troca.

— E essas p-promessas? — disse Justino baixinho, cortando uma lasca de carne-seca.

— Prometem que Alecto ajudará o povo pintado contra nós, os dalríadas, se antes o povo pintado o ajudar a derrubar o imperador Caráusio.

Houve um longo silêncio, perfurado pelo grito agudo do falcão-peregrino, agora bem alto acima do vale. Então Flávio disse, com fúria quieta e concentrada:

— Então estávamos certos a respeito de Alecto. Estávamos certos, em tudo, o tempo todo!

— É? — disse Evicatos. — Nada sei sobre isso. Só sei que, se ele conseguir, haverá morte em meu povo. — Ele parou, como se para escutar o que acabara de dizer, com um tipo de interesse meio espantado. — Meu povo... Eu, que sou um homem sem tribo nem país. Mas parece que a minha fé chega ao meu próprio povo, afinal de contas.

— O povo pintado concordará? — perguntou Justino.

— Está em meu coração que sim. Sempre houve desconfiança e má vontade entre os pictos e o meu povo, até que Caráusio fez o seu tratado. Durante sete anos, sob o tratado, houve paz. Mas o povo pintado nos teme, porque somos diferentes deles e porque começamos a ficar fortes nas ilhas do oeste e nas montanhas perto do litoral; e o que temem, os pictos odeiam.

— Eles temem e, portanto, odeiam também as Águias — disse Justino. — E você disse que farão uma promessa a Alecto?

— Aje, eles temem as águias e temem os dalríadas — concordou Evicatos com simplicidade. — Poderiam de bom grado se unir a nós e expulsar as Águias para o mar; mas sabem que, mesmo juntos, não somos suficientemente fortes. Portanto, se puderem, vão se unir às Águias para nos expulsar. Seja como for, se livrarão de um dos inimigos.

— Alecto não é as Águias — disse Flávio rapidamente.

— Será, com Caráusio morto. — Evicatos olhou um e outro. — Vocês conhecem a Muralha e as coortes da Muralha; saudarão quem quer que use a púrpura, desde que lhes pague com bastante vinho. Tem certeza de que as outras Águias são de raça diferente?

Ninguém respondeu por um instante; então, Flávio disse:

— O seu povo sabe disso?

— Não falo com o meu povo há quinze anos, mas com certeza sabe. Mas, mesmo sabendo, o que podem fazer? Se declararem guerra ao povo pintado enquanto ainda há tempo, romperiam o tratado; e seja Caráusio ou Alecto a usar a púrpura, nós, o povo pequeno, cairemos sob a ira de Roma.

— Evicatos se inclinou para frente, como se fosse molhar o pão na papa de aveia. — Alertem-no! Alertem esse seu imperador; está em minha mente que ele pode lhes dar ouvidos. Ouvimos coisas na charneca. Foi por isso que trouxe vocês aqui e lhes conto essas... essas coisas de que é morte falar... para que alertem Caráusio do vento que sopra!

— Pode uma barata alertar Júpiter Todo-Poderoso? A barata já tentou e foi pisoteada pelo seu esforço — disse Flávio com amargura. A cabeça estava inclinada para trás, e os olhos fitavam além da orla distante dos morros que desciam para o sul até a Muralha.

— Como vamos avisá-lo?

— Não há muitos doentes no forte — Justino ouviu sua voz dizer. — E sempre há o cirurgião de campanha em L-Luguvalium caso seja necessário. Eu vou.

Flávio virou-se rapidamente para olhá-lo, mas, antes que falasse, Evicatos interrompeu:

— *Na, na*, se algum de vocês for, será deserção, e haverá perguntas. Nenhum homem fará perguntas sobre mim. Escrevam-lhe isso tudo que eu lhe disse, e me deem a escrita.

— Quer dizer... você mesmo levaria a mensagem para o sul? — perguntou Flávio.

— Isso...

— Por que enfiaria a cabeça numa armadilha de lobos nessa trilha?

Evicatos, acariciando as orelhas do grande cão de caça ao seu lado, disse:

— Não por amor ao seu imperador, mas porque pode ser a morte do meu povo.

— Você faria isso, arriscaria tanto, pelo povo que o expulsou?

— Desrespeitei as leis do meu clã e paguei o preço combinado — disse Evicatos. — E isso foi tudo.

Flávio fitou-o um instante, sem falar. Então, disse:

— Então é a sua trilha também. — E, em seguida: — Sabe que não haverá misericórdia se cair nas mãos das criaturas de Alecto com essa mensagem?

— Posso adivinhar — disse Evicatos, com um sorrisinho amargo. — Mas, como os seus nomes estarão na escrita para que todos leiam, será um risco dividido igualmente entre nós, afinal de contas.

Flávio disse:

— Pois que seja — e foi a sua vez de se inclinar para a panela de papa de aveia. — Mas não há tempo a perder. A carta tem de partir hoje à noite.

— Isso é simples. Um de vocês virá hoje à noite assistir à briga de galos no fosso da paliçada. Um dos seus óptios desafiou a todos com o seu galo vermelho, sabiam? Haverá muita gente lá, bretões e romanos, e talvez se vocês e eu conversarmos no meio dos outros ninguém ache estranho.

— Peçamos aos deuses que dessa vez ele acredite em nós! — disse Flávio, baixinho e muito sério.

Justino engoliu o último pedaço de pão, sem sentir-lhe o gosto, e levantou-se, apertando o cinto que afrouxara para maior conforto ao sentar-se. O seu olhar caiu sobre o altar grosseiro, sobre as figuras desgastadas e as letras irregulares cujo musgo tinham raspado.

Os olhos de Flávio, ao se erguerem até ele, perceberam a direção em que o outro fitava e também seguiram para lá. De repente, Flávio tirou um sestércio de prata do cinto e enfiou-o no capim, diante do altar.

— Com certeza também temos muita necessidade de que as Parcas sejam bondosas — disse ele.

Atrás deles, Evicatos recolhia os restos de comida e amarrava a boca do embornal, como fizera depois das outras refeições conjuntas em outras caçadas. Na orla da mata, descendo o riacho, um leve movimento de cor viva atraiu os olhos de Justino, onde um emaranhado de cornisos explodira com fogo outonal. Ele caminhou ao lado do riacho até a moita, escolheu com cuidado e quebrou um galho comprido cujas folhas estavam escarlates como um toque de trombeta. Algo farfalhou entre as sombras profundas quando fez isso; algo que podia ser apenas uma raposa, mas quando se virou teve a sensação de olhos vigilantes atrás dele, olhos que não eram de raposa nem de gato-do-mato.

Os outros dois o aguardavam com os pôneis enquanto seguia para junto deles, torcendo o ramo numa rude guirlanda; parou, com um dos joelhos no chão, e colocou-a no altar desgastado. Depois, afastaram-se, montaram, assoviaram para que os cães os seguissem e lá se foram pela beira do riacho com Evicatos da Lança, deixando vazia outra vez a cuia nua dos morros, a não ser pelos falcões-peregrinos a voltear e pela coisa que farfalhava nas sombras da mata. E, atrás deles, a guirlanda de corniso de Justino brilhava como sangue sobre a pedra coberta de líquen, onde um soldado desconhecido da sua legião fizera um apelo desesperado às Parcas, cem ou duzentos anos antes.

Naquela noite, nos aposentos do comandante, escreveram a carta juntos, as cabeças curvadas na mancha de luz sobre as placas abertas na mesa.

Foi acabar e selar a placa e uma batida soou à porta. Seus olhos se cruzaram um instante e Justino enfiou a placa no oco da mão, enquanto Flávio mandava o visitante entrar e o quartel-mestre apareceu.

— Senhor — disse o quartel-mestre, fazendo a saudação —, trouxe a nova lista de suprimentos. Se o senhor puder me conceder uma hora, podemos conferi-la.

Justino se levantara, também fazendo a saudação. Em público, tomava o máximo cuidado para manter as formalidades entre o médico e o comandante da coorte.

— Não vou mais ocupar o seu tempo, senhor. Tenho permissão para sair do quartel por uma hora, mais ou menos?

Flávio fitou-o sob as sobrancelhas ruivas e despenteadas.

— Ah, sim, a rinha de galos. Aposte alguma coisa no galo do nosso homem por mim, Justino.

O grande fosso da paliçada, que marcava a antiga fronteira antes da construção da Muralha, tornara-se, nos últimos anos, uma vala vasta e repulsiva, cheia de cabanas surradas e malcheirosas, lojinhas e templos sujos, montes de lixo e os canis dos cães de caça dos legionários. O cheiro recebeu Justino como uma neblina quando ele cruzou a estrada que ia de costa a costa e desceu pelos degraus diante do Portão do Pretório de Magnis. Num espaço aberto, a um tiro de lança do pé da escada, já havia uma multidão reunida, a se acotovelar em torno da arena improvisada, cobrindo as bordas íngremes dos dois lados do fosso; sombria no crepúsculo de outono, a não ser pelo brilho de um braseiro aqui e ali e pela luz amarela a se derramar de um grande lampião bem no meio. Justino abriu caminho em sua direção, forçando os ombros pela massa barulhenta e movimentada.

Ainda não tinha visto sinal de Evicatos; não que fosse fácil distinguir um homem naquela multidão escura em movimento. Mas, à beira da luz do lampião, encontrou

Manlius, que voltara ao serviço havia apenas alguns dias; e parou ao lado dele.

— E então, Manlius, como está a perna?

Manlius olhou em volta, sorrindo à luz do lampião.

— Como nova, senhor.

O coração de Justino simpatizou com ele, porque foi uma luta demorada e difícil consertar aquela perna, agora como nova. Todo doente ou ferido que passava pelas suas mãos nunca se esquecia daquele afeto humilde e surpreso de Justino. Embora ele não soubesse, era uma das coisas que o tornavam um bom médico.

— Ora! É bom ouvir isso — disse ele, e o afeto estava em sua voz.

Manlius disse, meio bruscamente, como se sentisse vergonha:

— Se não fosse o senhor, acho que já estaria fora das Águias, com uma perna para capengar.

— Se não fosse você também — disse Justino um instante depois. — Os dois são necessários, sabe, Manlius.

O legionário lhe deu um olhar de esguelha e depois virou-se de frente outra vez.

— Entendo o que quer dizer, senhor. Ainda assim, não me esqueço de tudo o que o senhor fez por mim; também não me esqueço do comandante, com o rosto coberto de sangue, tirando aquela maldita viga de cima de mim, quando achei que ia morrer.

Então ficaram em silêncio, no meio da multidão barulhenta, nenhum dos dois hábil com as palavras nem como a mínima ideia do que dizer depois. Finalmente, Justino perguntou:

— Apostou no nosso homem, com o galo vermelho?

— Claro! E o senhor? — respondeu Manlius, com alívio óbvio.

— Com certeza. Apostei com Evicatos da Lança. E também quero lhe perguntar da pele de lobo que o comandante matou hoje. Você o viu por aí?

— Não, senhor, acho que não.

— Tudo bem, ele deve estar em algum lugar. — Justino cumprimentou com a cabeça, de um jeito amistoso, e se enfiou entre dois legionários, saindo na beira da arena, iluminada pelo lampião. Alguém lhe arranjou um balde virado e ele sentou-se, aconchegando a capa em volta de si para se aquecer. Diante dele, abria-se um espaço vazio, coberto de esteiras de palha, em cujo centro um anel com um metro de largura, desenhado a giz, brilhava branco à luz do lampião pendurado no alto. Acima do lampião, o céu ainda estava listrado com as últimas línguas do fogo esmaecente do pôr do sol, mas ali embaixo, no fosso, já estava quase escuro, a não ser onde a luz do lampião caía sobre os rostos ansiosos aglomerados em volta daquele círculo brilhante de giz.

Nisso, dois homens se afastaram dos colegas e entraram na arena, cada um com uma grande bolsa de couro que pulava e se contorcia com a vida zangada ali dentro. E no mesmo instante um rugido sólido subiu da multidão.

— Vamos lá, Sextus, mostre a eles o que o vermelho sabe fazer!

— Ora, ora! Chama essa galinha morta de galo de briga?

— Dois contra um no diabo castanho!

— Pois aposto três contra um no vermelho!

Um dos homens — era o óptio de Magnis — começou a desamarrar a boca da sua bolsa, tirando o galo, e houve uma explosão redobrada de vozes quando o entregou a um terceiro homem que estava ao lado para cuidar que a luta fosse justa. Valia mesmo a pena torcer pela ave que segurava: vermelho e preto, sem uma única pena mais clara, esguio e forte, como um guerreiro listrado e pronto para a batalha, com a crista curta, as asas cortadas e a cauda quadrada. Justino viu a luz do lampião brincar em suas asas frementes, a cabeça feroz em que os olhos pretos e dilatados brilhavam como pedras preciosas, os letais esporões de ferro presos aos tornozelos.

O terceiro homem devolveu-o ao dono e, por sua vez, o outro galo foi mostrado. Mas Justino prestou menos atenção nele porque, assim que foi erguido, Evicatos surgiu do outro lado da arena, enquanto, no mesmo instante, alguém se enfiava pela multidão até o espaço vazio ao seu lado e a voz do centurião Posides disse:

— Parece que todo mundo está aqui, até o médico da nossa coorte. Não sabia que gostava de briga de galo, meu caro Justino... Não, não precisa se encolher como um cavalo assustado, senão vou achar que a sua consciência está pesada. — Pois Justino pulou de leve com o som da voz dele.

O centurião Posides andava bastante amistoso esses dias, mas Justino nunca chegou a gostar dele. Era um homem que guardava rancor do mundo, do mundo que lhe negou a promoção que achava lhe ser devida. Justino tinha pena dele; devia ser duro passar a vida com rancor, mas com certeza não o queria ao lado bem agora. Entretanto, ainda levaria algum tempo antes que precisasse agir para passar adiante a carta que estava debaixo da capa.

— E-em geral n-não gosto — disse ele —, mas ouvi f-falar t-tanto desse galo vermelho que achei que d-devia vir e avaliar com meus olhos a sua f-força. — (Ah, maldita gagueira, ela tinha de traí-lo bem agora, quando mais precisava parecer totalmente à vontade!)

— Devemos estar todos muito saudáveis no forte, para o nosso médico passar a noite na rinha de galos depois de um dia inteiro de caçada — disse Posides com a voz levemente ressentida que lhe era costumeira.

— E estamos — disse Justino baixinho, dominando a gagueira com supremo esforço —, senão eu não estaria aqui. — Queria acrescentar "centurião Posides", mas sabia que o P poria tudo a perder, e se calou, voltando a atenção firmemente para o que acontecia na esteira à sua frente.

O galo castanho voltara ao dono e, acompanhados por muitos conselhos dos partidários rivais, os dois homens se posicionaram e colocaram os galos em lados opostos do círculo de giz. De repente, assim que os donos os soltaram, os animais avançaram correndo e a briga começou.

Não foi longa aquela primeira briga, embora fosse feroz enquanto durou. Terminou com um relâmpago do esporão do galo vermelho, com algumas penas que voaram de lado na esteira e com o galo castanho caído, como um pequeno guerreiro morto.

O dono o recolheu, dando de ombros filosoficamente, enquanto o outro recuperava a sua propriedade, que cacarejava triunfante. As apostas foram pagas, com brigas surgindo em vários lugares ao mesmo tempo, como geralmente acontecia nas rinhas de galo, e sob a proteção do barulho e do movimento da multidão, Justino murmurou algo sobre falar com Evicatos da Lança sobre a pele de lobo do comandante e, levantando-se, deu a volta até o outro lado da arena. Evicatos o esperava, e, quando se aproximaram, apertados na multidão, a placa selada passou entre eles sob a cobertura das capas.

Tudo foi feito com tamanha facilidade que Justino, os ouvidos cheios com a própria voz falando algo aleatório sobre a pele de lobo, poderia ter rido alto de puro alívio.

As brigas foram se resolvendo, e já tinham trazido outro galo para enfrentar o vermelho quando ele tornou a se virar para a arena. Dessa vez, a luta foi demorada e incerta e, antes que terminasse, ambos os galos mostravam sinais de agonia: o bico aberto, a asa arrastada na esteira manchada de sangue. Só uma coisa neles parecia insaciável: o desejo de se matarem. Isso e a sua coragem. Eram bem parecidos com gladiadores humanos, pensou Justino, e de repente ficou enjoado e não quis ver mais nada. Aquilo que viera fazer fora feito, e Evicatos da Lança, quando procurou por ele, já se fora. Ele também escapuliu e voltou ao forte.

Mas, enquanto se afastava, o centurião Posides, do outro lado da arena, procurava-o com um brilho estranho nos olhos.

— Agora eu me pergunto — murmurou o centurião Posides —, agora eu me pergunto, meu jovem amigo tão pouco à vontade, era apenas a pele de lobo? Com a sua ficha pregressa, acho que não é bom nos arriscarmos — e levantou-se, e também saiu, mas não na direção do forte.

VIII

A FESTA DE SAMHAIN

Dali a duas noites, Justino se preparava para sair do prédio da enfermaria depois da última ronda quando Manlius surgiu na porta com um trapo ensanguentado enrolado na mão.

— Desculpe incomodar, senhor, mas estava com esperanças de encontrá-lo aqui. Cortei o polegar e ele não para de sangrar.

Justino estava prestes a chamar o ordenança que limpava os instrumentos ali perto e pedir-lhe que fizesse o curativo quando percebeu a mensagem urgente nos olhos do legionário e mudou de ideia.

— Venha cá, perto da lâmpada — disse. — O que aconteceu dessa vez? Outra catapulta lhe caiu em cima?

— Não, senhor, estava cortando lenha para a minha mulher. Estava de folga e cortei o dedo.

O homem foi atrás dele e tirou o trapo púrpura; e Justino viu um corte pequeno mas fundo na base do polegar, do qual o sangue jorrava com a mesma velocidade com que o limpava.

— Ordenança, uma vasilha d'água e algumas ataduras de linho.

O ordenança interrompeu o que fazia e trouxe a água.

— Quer que eu cuide disso, senhor?

— Não, c-continue limpando os instrumentos.

E Justino começou a banhar e atar o corte, enquanto Manlius olhava estupidamente o espaço. Dali a pouco, o ordenança levou os instrumentos limpos para uma sala interna e, no mesmo instante, os olhos de Manlius voaram para a porta atrás dele, depois voltaram para o rosto de Justino, e ele murmurou:

— Onde está o comandante, senhor?

— O comandante? No P-Pretório, acho. Por quê? — Instintivamente, Justino também manteve a voz baixa.

— Vá chamá-lo. Peguem todo o dinheiro que tiverem, tudo de valor, e vão os dois para a cabana da minha mulher na cidade. É a última, na rua do Gafanhoto Dourado. Não deixem ninguém ver os senhores entrarem.

— Por quê? — sussurrou Justino. — Precisa me dizer a razão; eu...

— Não faça perguntas, senhor; faça o que digo, e em nome de Mitras, seja rápido, senão terei cortado o polegar à toa.

Justino hesitou mais um instante. Então, com os passos do ordenança que voltava já à porta, concordou com um gesto de cabeça.

— Tudo bem, confio em você.

Ele terminou o serviço, amarrou a atadura e, dando aos dois homens um "Boa-noite" casual, saiu para o crepúsculo do outono, pegando, ao passar, na mesa onde estava, o estojo fino e cilíndrico onde guardava os instrumentos.

Alguns momentos depois, fechava atrás de si a porta da sala de Flávio. Este ergueu os olhos da mesa, na qual trabalhava até mais tarde na escala de serviço da semana.

— Justino? Você parece muito preocupado.

— Estou preocupado — disse o outro, e lhe contou o que acontecera.

Flávio soltou um assovio mudo quando o primo terminou.

— Uma das cabanas da cidade, levando todo o dinheiro que temos. O que acha que está por trás disso, irmão?

— Não sei — disse Justino. — Estou com um medo horrível de que tenha a ver com Evicatos. E por Manlius, ponho a mão no fogo.

— E talvez mais do que a mão. É, eu também. — Flávio se levantou enquanto falava. Começou a andar rapidamente pela sala, tirando as placas e rolos de papiro da mesa e arrumando-as no baú dos registros. Trancou o baú com a chave que nunca saía da corrente em seu pescoço e depois foi para a pequena alcova que era o seu quarto de dormir.

Justino já estava em sua própria alcova, ao lado, vasculhando debaixo das poucas roupas do seu baú à procura da bolsa de couro que continha a maior parte do soldo do mês anterior. Ele não tinha mais nada de valor, a não ser o estojo de instrumentos. Pegou-o de novo, enfiou no cinto a bolsinha de couro e voltou à sala assim que Flávio saiu da alcova vestindo a capa.

— Pegou o dinheiro? — disse Flávio, prendendo no lugar o broche do ombro.

— Está no cinto — assentiu Justino.

Flávio deu uma olhada em volta para ver se tudo estava em ordem e pegou o elmo.

— Então, vamos — disse.

Eles seguiram pelo forte na escuridão e na névoa que se esgueirava vinda das altas charnecas; e com uma palavra despreocupada às sentinelas do portão, passaram para a cidade.

A cidade que, embora o nome mudasse a cada forte ao longo do seu comprimento — Vindobala, Aesica, Quilurnium — na verdade era uma cidade única, com quase 130 quilômetros de comprimento, que se estendia ao longo da Muralha e da estrada legionária de costa a costa que passava atrás dela. Um único labirinto longo e fedorento de bares, casas de banho e casas de jogo, estábulos e celeiros, cabanas de mulheres e pequenos templos sujos a deuses bretões e egípcios, gregos e gauleses.

A última cabana do beco estreito e sinuoso que adotou o nome de taberna Gafanhoto Dourado, na esquina, estava escura quando se aproximaram. Uma pequena forma preta estava acocorada na cerração do outono, que se amontoava perto da porta. Quando quase a alcançavam, a porta se abriu em silêncio para o negrume mais profundo lá dentro, e o borrão pálido de um rosto surgiu na abertura.

— Quem vem lá? — perguntou baixinho uma voz de mulher.

— Os dois que são esperados — murmurou Flávio de volta.

— Entrem, então. — Ela os levou para o interior da casa, onde as brasas rubras do fogo brilhavam como rubis polvilhados na lareira mas deixavam o cômodo numa escuridão lupina, e no mesmo instante fechou a porta atrás deles.

— Haverá luz num instante. Por aqui. Venham.

Naquele momento, tudo parecia uma armadilha, e o coração de Justino fez coisas indignas em sua garganta. Então, quando avançou atrás de Flávio, a mulher puxou um cobertor que cobria um portal e o brilho fraco de uma lâmpada de sebo os recebeu. Estavam numa alcova cuja única janela minúscula, sob o teto de palha, fora fechada contra olhos curiosos; e o homem sentado na pilha de peles e tapetes nativos da cama encostada à outra parede ergueu a cabeça quando entraram.

A mulher deixou a pesada cortina cair de novo atrás deles, quando Flávio sussurrou:

— Evicatos! Pelos deuses, homem! O que isso quer dizer?

O rosto de Evicatos estava cinzento e emaciado à luz incerta, e a mancha roxa de um grande machucado surgia numa das têmporas.

— Eles me pegaram e me revistaram — disse. — Encontraram a carta?

— Encontraram a carta.

— Então, como é que você está aqui?

— Consegui me libertar — disse Evicatos com voz baixa e rápida. — Deixei-lhes uma trilha que pode servir, por pouco tempo, para que pensem que continuei seguindo para o sul. Depois, voltei para Magnis, e me esgueirei para cá com o crepúsculo, mas não ousei ir até o forte atrás de vocês, para o seu próprio bem.

— Então, ele veio para cá. — A mulher continuou a história. — Sabendo que podia confiar em Manlius, e que sou mulher de Manlius. E os deuses assim quiseram que Manlius estivesse em casa, e o resto já sabem, senão não estariam aqui.

Justino e Flávio se entreolharam, no completo silêncio que parecia sufocar o quartinho dos fundos. Então, Flávio disse:

— Bom, os registros da coorte estão em ordem, para quem quer que os assuma.

Justino assentiu. Agora só havia uma coisa a fazer.

— Temos de ir pessoalmente até Caráusio, e depressa.

— Vai ser uma corrida contra o tempo e contra Alecto, com a nossa cabeça a prêmio — disse Flávio. — Dias agitados esses em que vivemos. — Sua voz estava dura, os olhos muito brilhantes, e ele ia soltando do ombro o grande broche enquanto falava. Soltou as pregas pesadas da capa militar e ali ficou, com o couro e o bronze de comandante da coorte. — Mulher de Manlius, pode nos arranjar duas túnicas grosseiras, ou capas para cobrir as nossas?

— Claro — disse a mulher. — Também precisarão de comida. Esperem, e terão ambas.

Evicatos ergueu-se da cama.

— Trouxeram o dinheiro?

— Tudo o que tínhamos.

— *Sa.* É bom ter dinheiro numa viagem, ainda mais se for preciso viajar depressa... Vou buscar os pôneis.

— Você vem conosco? — disse Flávio, quando Justino tomou dele a espada e colocou-a ao lado do elmo de penacho sobre a cama.

— Claro. Não é a minha trilha também? — Evicatos parou, com a mão no cobertor sobre a porta. — Quando saírem deste lugar, passem pelo templo de Serápis e sigam para o lugar das três pedras em pé, subindo o riacho Vermelho. Vocês sabem onde é. Esperem-me ali. — E se foi.

A mulher voltou quase no mesmo instante, trazendo um monte de roupas, que pousou na cama.

— Vejam, aqui há duas túnicas do meu esposo e uma delas é a melhor, a de festa, e sapatos de couro cru para o comandante; essas sandálias com pregos o trairiam a milhas de distância; o seu punhal também, por isso lhe trouxe uma faca de caça. Só temos uma capa, e a traça já lhe furou o capuz; mas leve esse cobertor da cama, é grosso e quente e servirá bastante bem com o broche para segurá-lo. Troquemse depressa enquanto trago a comida.

Quando ela voltou outra vez, Justino estava prendendo o cobertor nativo de xadrez ao ombro, com o seu próprio broche; e Flávio, já pronto com a outra capa, o capuz roído de traça puxado sobre o rosto, enfiava no cinto a comprida faca de caça. A farda militar jazia empilhada na cama, e ele mostrou-a com a cabeça quando a mulher entrou.

— E isso? Não pode ser encontrado em seu poder.

— Não será — disse ela. — Tudo será encontrado, daqui a pouco, no grande fosso da paliçada. Muitas coisas se encontram e se perdem no fosso da paliçada.

— Tome cuidado — disse Flávio. — Não se meta em encrencas, nem você nem Manlius, por nossa causa. Diga-nos quanto lhe devemos pela roupa e pela comida.

— Nada — disse ela.

Flávio olhou-a um instante, como se não tivesse certeza de como tratar o assunto. Então disse, um pouco rude porque estava seriíssimo:

— Então só podemos lhe agradecer, tanto em nosso nome quanto em nome do imperador.

— Imperador? Que importância damos a imperadores? — disse a mulher, com um leve risinho de desdém. — *Na, na*, vocês salvaram o meu homem na primavera, e não nos esquecemos, nem ele nem eu. Vão agora, depressa. Salvem esse seu imperador se puderem, e tomem cuidado. — De repente, ela estava quase chorando quando empurrou Flávio para a sala exterior escura. — Afinal de contas, vocês não passam de meninos.

Justino pegou o embrulho de comida e virou-se para segui-lo, mas parou no último instante à beira da escuridão, atingido pela eterna incapacidade de encontrar as palavras que queria quando mais precisava delas.

— Que os deuses lhe sejam bondosos, mulher de Manlius. Diga a ele para m-manter o polegar bem limpo — conseguiu dizer, e se foi.

Um bom tempo depois — pareceu ter sido muito tempo — estavam acocorados e bem juntos para se aquecerem, com as costas contra a mais alta das três pedras em pé, junto ao riacho Vermelho. Pouco antes de lá chegarem, Flávio tirara do pescoço a chave do cofre dos registros e a jogara no laguinho onde o riacho ficava parado e fundo sob os amieiros.

— Podem mandar fazer outra chave quando houver outro comandante em Magnis — dissera. Para Justino, o barulhinho minúsculo, pequeno como o som de um peixe que salta, pareceu o som final mais terrível que já ouvira.

Até então, não houvera tempo para pensar; mas agora, agachados ali na solidão das altas charnecas com a cerração densa em torno deles, o cheiro frio como a morte nas narinas, e os momentos se arrastam lentamente sem trazer Evicatos. Tempo para perceber como eram grandes e ruins as coisas que tinham acontecido; e Justino sentia frio na boca do estômago e no fundo da alma. Era como a cerração, pensou ele, a cerração insinuante e traiçoeira que deixava tudo estranho, de modo que não era possível ter certeza de nada nem de ninguém, de modo que não era possível ir ao comandante da Muralha e dizer: "É assim e assado. Portanto, me dê uma licença para ir para o sul à toda pressa." Porque o próprio comandante poderia ser um deles.

A cerração se fechava cada vez mais, enovelando-se como fumaça pelas urzes encharcadas e em torno das pedras em pé. Ele tremeu, fez um movimento brusco para disfarçar e sentiu a coisa que trouxera de Magnis junto com o embrulho de comida sob a capa. O seu estojo de instrumentos. Mal percebera que o trouxera consigo, de tanto que fazia parte dele; mas ali estava, e pertencia às coisas boas da vida, as coisas limpas e bondosas, algo constante e imutável a que se agarrar. Puxou o tubo fino de metal e o pôs sobre os joelhos. Flávio deu uma olhada.

— O que é isso?

— É só o meu estojo de instrumentos — disse Justino, e depois, quando o outro soltou uma gargalhada súbita: — Qual é a graça?

— Ah, não sei. Cá estamos em fuga, com a caçada já atrás de nós e o mundo despencando em cacos à nossa volta, e você traz o seu estojo de instrumentos.

— Ainda sou médico, sabia? — disse Justino.

Houve um instante de pausa e depois Flávio disse:

— É claro. Fui muito estúpido.

Enquanto ele ainda falava, lá de baixo do riacho veio o tilintar inconfundível das rédeas e, quando tentaram escutar, com a atenção subitamente concentrada, seguiu-se um assovio alto e trêmulo que bem poderia ser o chamado de algum pássaro noturno.

— É Evicatos! — disse Justino, com uma sensação rápida de alívio, e ergueu a cabeça para assoviar de volta.

O tilintar veio outra vez e, com ele, a batida leve e o atrito com o mato dos cavalos que subiam a urze, cada vez mais perto, até que um nó sólido de escuridão assomou subitamente na cerração, e Flávio e Justino se ergueram quando Evicatos passou pela pedra erguida mais baixa, trazendo os dois pôneis atrás de si.

Puxou as rédeas ao avistá-los, e os pôneis pararam com a respiração fumegando na névoa.

— Tudo bem? — perguntou Flávio.

— Até agora, bastante bem, mas acho que saímos na hora certa. Há movimento no forte e já corre pela Muralha a notícia de que o comandante de Magnis e o seu médico não estão em lugar nenhum. Montem agora, e vamos.

Pouco antes do anoitecer do terceiro dia, chegaram à cabeceira de um vale que se alargava e viram, diante deles, uma fazenda perdida na vastidão.

Até então, tinham ficado longe das habitações dos homens, mas o saco de comida estava vazio e, já que nessa marcha forçada e desesperada para o sul não podiam perder tempo precioso caçando, precisavam arranjar mais suprimentos em algum lugar. Era um risco, mas tinham de corrê-lo, e levaram os pôneis vale abaixo, Evicatos invertendo a grande lança de guerra que trouxera consigo para mostrar que vinham em paz. Na vastidão solitária dos morros circundantes, o aglomerado de cabanas com telhado de fetos secos, dentro do anel da cerca, não parecia maior que um punhado de feijões, mas quando se aproximaram viram que era uma grande fazenda, como costumavam ser esses lugares, e que estava cheia de muito ir e vir, de homens e de gado.

— Estarão esperando um ataque para levar o gado todo para junto das cabanas? — perguntou Flávio.

Evicatos balançou a cabeça.

— *Na, na*, é a festa de Samhain, quando trazem as ovelhas e o gado dos pastos do verão e os guardam por perto para passar o inverno. Perdi a conta dos dias. Mas isso só tornará mais certas as boas-vindas.

E isso realmente aconteceu, pois na festa de Samhain todas as portas ficavam abertas, e, antes que a noite caísse totalmente, os três estranhos foram aceitos sem perguntas, seus pôneis estabulados e eles levados para dentro, e indicaram-lhes lugares no lado masculino do fogo, entre os outros ali reunidos.

O fogo queimava numa lareira mais alta, no meio da grande cabana, e, nos quatro cantos da lareira, havia quatro troncos inteiros de pé, para sustentar a cumeeira do telhado de fetos lá em cima, e por todos os lados as sombras fugiam para a escuridão. As pessoas reunidas junto ao fogo — Justino achou que eram todos da mesma família — estavam toscamente vestidas, os homens, em sua maior parte, com peles de lobo e veado-vermelho, as mulheres com pano grosseiro de lã, como se fossem menos hábeis no fiar e no tecer do que as mulheres do Sul; mas, a seu modo, parecia que eram prósperos e não isolados do mundo, pois entre as vasilhas em que as mulheres preparavam a refeição da noite havia algumas peças de fina cerâmica vermelha romana; e o próprio dono da casa, um homem gordíssimo que usava a pele de um lobo por sobre os grosseiros calções axadrezados, usava um colar de contas de âmbar amarelo que brilhavam aqui e ali por entre o emaranhado cinzento da barba. E, quando a dona da casa se levantou do seu lugar e trouxe a Taça do Hóspede para os três estranhos, a taça era um chifre de boi montado em ouro vermelho de Hibérnia.

— É bom ter um estranho em casa durante Samhain — disse a mulher, sorrindo.

— É bom ser o estranho que vem a casas como esta no fim do dia — disse Flávio, e aceitou a taça, e bebeu, e devolveu-a.

Havia muita comida e muita bebida, e a festa foi se animando cada vez mais conforme era servida a cerveja de urze, e contaram-se antigas histórias e entoaram-se antigas canções, pois o inverno era a época dessas coisas, e Samhain era o começo do inverno. Mas Justino notou que, durante tudo aquilo, os homens mantinham entre si um lugar vazio, e nenhum homem tocou a taça de cerveja ali colocada.

Ao que parece, Flávio também notou, pois nessa hora virou-se para o dono da casa e perguntou:

— O senhor espera outro convidado esta noite?

— Por que estaríamos esperando outro convidado?

— Porque guardam o lugar dele.

O gordo deu uma olhada na direção que Flávio indicou.

— *Na*, mas como saberiam, sendo romanos, como penso? Samhain é a festa da volta para casa; trazemos o gado de volta em segurança, a salvo do mau tempo, até a primavera chegar, e como negaríamos um pouco de abrigo aos fantasmas dos nossos mortos? Para eles também é a volta para casa, para passar o inverno, e colocamos as suas taças de cerveja perto da lareira para lhes dar boas-vindas. Portanto, Samhain também é a festa dos mortos. Esse é o lugar de um filho meu, que levou sua lança atrás do imperador Curoi e morreu lá longe, em Eburacum das Águias, sete verões atrás.

— Curoi! — disse Flávio rapidamente, e depois: — Por favor, desculpe-me. Eu não deveria ter perguntado.

— Não se preocupe, foi tolice dele ter ido — disse o velho, descontente. — Não me incomodo que me escute a dizer isso agora, pois disse a ele na época. — Ele deu um longo gole da vasilha de cerveja e pousou-a, estalando os lábios. Depois, balançou a cabeça. — Mas foi um desperdício, pois era o melhor caçador dentre todos os meus filhos. E agora, no fim das contas, há outro imperador na Britânia.

Justino teve uma sensação esquisita, como se todo o sangue do seu corpo pulasse de volta para o coração; e, de repente, tudo pareceu ficar parado e lento. Deu uma olhada de esguelha para Flávio e viu a mão, que antes pendia relaxada sobre o joelho, crispar-se devagar, bem devagar, num punho fechado, e depois voltar a relaxar-se. Nada mais se moveu. Então, Evicatos disse:

— *Sa*, isso é mesmo novidade. Este é o homem que chamam de Alecto?

— É. Então, não o conhecem?

— Estamos há muito tempo longe das línguas dos homens. Como aconteceu?

— Eu lhes contarei o que me contou um mercador hibérnio que esteve aqui ontem à noite. Foram os lobos do mar que deram o golpe. Passaram pelos navios romanos que estavam contra eles, na neblina e na escuridão, e enfiaram as suas quilhas de dragão na praia, abaixo da casa de Curoi, onde Curoi estava. Dizem que esse Alecto lhes deu o sinal, e estava com ele naquela noite, e abriu a porta para eles, mas, de qualquer modo, isso é uma coisa que pouco importa, pois todos os homens sabem quem está por trás dos lobos do mar. Eles dominaram os guardas e os mataram, e gritaram para que Curoi saísse da sua grande câmara, onde estava, e fosse até eles; e ele foi até eles desarmado, e o mataram no patamar. — Ele terminou a sua história e voltou a estender a mão para a vasilha de cerveja, espiando os três estranhos por sob as sobrancelhas, como se temesse ter falado demais.

Flávio disse numa voz estranha e impessoal:

— Não, nenhum de nós é homem de Alecto... Quando aconteceu?

— Há seis noites.

— *Seis noites?* Essas notícias viajam depressa, mas essa deve ter tomado as asas do vento. Será que não passa de boato?

— Não. — Foi Evicatos que respondeu, com certeza tranquila, os seus olhos no dono da casa. — Não é boato. É notícia que corre pelos caminhos antigos, que você e o seu povo esqueceram.

E algo em sua própria certeza pesada virou certeza também para os outros dois. De nada adiantara toda aquela marcha forçada, pensou Justino, de nada adiantava prosseguir. Era tarde demais, afinal de contas. Tarde demais. De repente, viu aquela sala nos penhascos, iluminada pela lâmpada, assim como a vira numa louca noite de inverno havia quase um ano, com as achas queimando na lareira e a grande janela dando para o Farol de Gesoriacum; e o terrível imperadorzinho, que mantivera seguras a Britânia e as suas rotas marítimas com mão implacável, mas amorosa. Viu o brilho vermelho do fogo no pátio e ouviu os gritos e os choques das armas; e as vozes gritando por Caráusio. Viu a figura baixa e quadrada sair pela porta do pátio, desarmada, para encontrar a morte. A névoa ondulante do mar, dourada com as tochas, e os ferozes rostos bárbaros; homens que eram marinheiros, assim como o homem que os encarava era marinheiro, e seu parente de sangue. Viu no rosto do imperador o sorriso desdenhoso, de lábios grossos, e o relâmpago das lâminas dos saexes quando o atingiram...

Mas era só um galho de bétula meio queimado que caíra no coração vermelho do fogo; e lá vinha a jarra de cerveja de novo, e a conversa passou da troca de imperadores para o potencial de caça no inverno. Afinal de contas, a mudança de governantes pouco significava ali nas montanhas. Os veados continuavam com os pés velozes e a vaca gerava o bezerro nos mesmos tantos dias, não importava quem usasse a púrpura.

Os três não tiveram oportunidade de conversar entre si até bem tarde da noite, quando, saindo para ver se estava tudo bem com os pôneis, ficaram juntos na porta da estrebaria, fechada com galhos de espinheiro, olhando lá embaixo a curva do vale que se alargava rumo à lua invertida dos caçadores, que se soltava dos pastos escuros.

Flávio foi o primeiro a romper o silêncio.

— Há seis noites. Então já era um dia e uma noite tarde demais, quando escrevemos aquela carta. — Ele olhou os outros dois e, ao luar, os seus olhos eram como buracos negros no rosto. — Mas por que Alecto buscaria a ajuda do povo pintado contra o imperador, se queria matá-lo antes que a ajuda deles chegasse? Por quê, por quê, por quê?

— Talvez não quisesse que fosse assim, quando mandou os seus emissários para o norte — disse Evicatos. — Então talvez Curoi tenha começado a desconfiar, e ele não ousou esperar mais.

Flávio disse:

— Ah, se tivéssemos conseguido que ele acreditasse em nós na primavera... Ah, se tivéssemos conseguido que ele acreditasse em nós! — E a sua voz tremia. Dali a instantes, ele a firmou e continuou: — Como Alecto tomou a púrpura sem a ajuda do povo pintado, e como, além disso, terá outros problemas variados para resolver, parece que pelo menos por enquanto o seu povo está a salvo, Evicatos da Lança.

— Por enquanto, sim — disse Evicatos, sorrindo para a grande lança em que se apoiava. Um vento frio arrepiou as penas de cisne, e Justino notou como brilhavam brancas ao luar. — Agora, em poucos anos, se Alecto ainda usar a púrpura, o perigo voltará; mas ainda assim, por enquanto, o meu povo está salvo.

— E portanto esta não é mais a sua trilha.

Evicatos olhou-o.

— Esta não é mais a minha trilha. Assim, voltarei de novo para o Norte, pela manhã, para os meus cães, que deixei com Cuscride, o ferreiro, e para as minhas próprias caçadas; mas creio que com cuidado, para que nenhum homem me veja de novo na Muralha. E talvez eu vigie um pouco e escute um pouco em meio às urzes... E vocês? Que trilha seguem agora?

— Ainda para o sul — disse Flávio. — Agora temos algo a fazer: seguir o nosso caminho até a Gália, e de lá até César Constâncio. — Ele ergueu a cabeça. — Maximiano e Diocleciano não tiveram escolha senão fazer a paz com o nosso pequeno imperador, mas não engolirão esse assassino no seu lugar. Mais cedo ou mais tarde, mandarão César Constâncio para dar fim a isso.

Justino falou pela primeira vez, os olhos ainda nas penas de cisne mexidas pelo vento no pescoço da grande lança de guerra de Evicatos.

— É estranho... Caráusio começou a fazer de nós algo mais e... e uma p-província maior entre as outras; e agora, no tempo escasso que leva para se matar um homem, isso se desfaz, e só podemos esperar que César Constâncio venha e retome o que é seu. — É melhor para a Britânia arriscar-se com Roma do que cair em ruínas sob a mão de Alecto — disse Flávio.

IX

A MARCA DO GOLFINHO

O inverno chegara, e o vento soprava a neve pelas árvores nuas da floresta de Spinaii quando finalmente, certa manhã, Justino e Flávio chegaram a Caleva com as carroças do mercado, assim que os portões se abriram. Tinham seguido para Caleva porque, apesar de terem vendido os pôneis, apesar de terem apertado o cinto durante todas aquelas semanas cansativas a caminho do sul, não lhes restava a quantia de que certamente precisariam para chegar à Gália.

— Não quero ir para a fazenda — disse Flávio havia alguns dias, quando discutiram o assunto. — Sérvio daria um jeito de arranjar o dinheiro, mas isso levaria tempo e a maioria dos navios já estaria ancorada para passar o inverno. Não, é melhor procurar tia Honória. Com sorte, ela ainda não terá partido para Aqua Sulis. Ela nos emprestará o que precisamos e Sérvio pode pagá-la como e quando puder. Além disso, acho que, depois que chegarmos à Gália, podemos demorar muito para voltar, e assim não quero partir sem me despedir.

Logo depois do Portão Leste, por onde entraram, Flávio disse:

— É aqui que viramos. — E, abandonando a torrente de tráfego que avançava mugindo para o mercado, mergulharam para a esquerda, por uma orla de lojas, até os jardins de algumas casas grandes, silenciosas a não ser pelo ventinho sussurrante do amanhecer de inverno; então, com muitas sebes de jardins para trás, saíram perto dos fundos de uma casa bem menor que as outras.

— Por aqui — cochichou Flávio. — Fique atrás da pilha de lenha e dê uma espiada no terreno. Não quero dar com nenhum escravo e ter de me explicar.

Contornaram o amontoado escuro de construções externas e, pouco depois, estavam deitados à sombra da pilha de lenha, enquanto diante deles, pelo pátio estreito da moradia dos escravos, a casa acordava aos poucos. Uma luz surgiu numa janela. Uma voz soou numa repreensão e, quando a luz se alargou numa faixa de amarelo frio por trás da cumeeira do telhado, uma mulherzinha adelgaçada, com a cabeça amarrada num lenço púrpura, começou a varrer o pó e o pouco lixo da cozinha para o quintal, cantarolando baixinho consigo mesma.

Já era dia claro quando uma mulher imensamente gorda, com um manto cor de açafrão puxado sobre o cabelo grisalho, surgiu na porta da casa e ficou olhando em volta a manhã fria e desolada. Ao vê-la, Flávio soltou um leve suspiro de satisfação.

— Ah, a tia está em casa.

— É ela? — cochichou Justino. De certa maneira, não era bem como ele esperava.

Flávio fez que não, o rosto aceso num sorriso. — Esta é Volúmnia. Mas onde está Volúmnia, está também tia Honória... Agora, tenho de chamar a atenção dela.

A mulher gordíssima bamboleara até o pátio, para ver melhor o tempo; e, quando parou, Flávio pegou uma pedrinha e jogou na sua direção. Ela deu uma olhada na direção do som minúsculo e, nisso, ele assoviou bem baixinho, um chamado esquisito e grave com duas notas, e com isso ela se esticou como se uma mutuca a picasse. Justino a viu ficar um instante parada, fitando o seu esconderijo. Depois, veio bamboleando na direção deles. Flávio se esgueirou para trás, rápido como uma cobra, e Justino o seguiu, de modo que estavam bem fora do ângulo de visão da casa quando, ofegante, ela contornou a pilha de lenha e os encontrou.

Estava com ambas as mãos no peito enorme, e a respiração guinchava baixinho quando chegou.

— É... é você então, Flávio, meu querido?

Flávio disse, baixinho:

— Não me diga que alguém já a chamou desse modo, Volúmnia.

— Não... Sabia que tinha de ser você assim que escutei. Muitas foram as vezes em que me chamou assim, e aí fora quando devia estar na cama, e desejoso de poder entrar com discrição. Mas, oh, meu anjo, o que faz aqui, atrás da pilha de lenha, quando pensamos que estava na Muralha? E assim, tão rasgado, e tão magro como um lobo num inverno de fome... e esse outro com você... e...

— Volúmnia, querida — interrompeu Flávio —, queremos falar com tia Honória, pode chamá-la para nós? Ah, Volúmnia, não queremos que mais ninguém saiba.

Volúmnia sentou-se numa pilha de troncos e agarrou o peito como se este tentasse fugir. — Oh, querido, é tão ruim assim?

Flávio sorriu para ela.

— Não é tão ruim do jeito que você quer dizer. Não andamos roubando maçãs. Mas precisamos muito falar com a minha tia... pode nos ajudar?

— Ora, quanto a lady Honória, isso é fácil. Desçam até o caramanchão e esperem lá, até que eu a mande até vocês. Mas, meu querido mais querido, o que está acontecendo? Não pode contar à sua Volúmnia, que costumava lhe assar homenzinhos de massa, e lhe poupou muitas e muitas palmadas quando era pequeno?

— Agora, não — disse Flávio. — Não há tempo. Se ficar muito tempo aqui, alguém virá ver se você não foi levada pelos lobos do mar. Tia Honória vai lhe contar, não tenho dúvidas. E Volúmnia — ele riu, passou o braço em torno de onde seria a cintura dela se ela tivesse cintura e lhe deu um beijo —, isso é pelos homenzinhos de massa e por todas as palmadas de que você me poupou.

— Ah, quem aguenta esse menino — ofegou Volúmnia. Ela se pôs de pé e ficou um instante olhando-o e puxando o véu por sobre a cabeça. — Você é um menino travesso, e sempre foi assim! — disse ela. — E só os deuses sabem o que pretende aprontar dessa vez. Mas pedirei à minha senhora que vá ao caramanchão procurá-lo.

Justino, que o tempo todo ficara em silêncio, encostado na pilha de lenha, observou-a se afastar bamboleando e ouviu a voz dela se erguer angustiada na casa alguns momentos depois. — É preciso fazer alguma coisa com esses ratos! Havia um atrás da pilha de lenha, bem agora, ouvi-o se mexer e, quando fui ver, lá estava ele: grande e cinzento, e ficou sentado me olhando, corajoso feito um lobo... cheio de pelos e dentes...

— Tínhamos alguém assim... — disse ele, baixinho. — A velha enfermeira da minha mãe. Foi a melhor coisa da minha infância, mas está m-morta agora.

Dali a pouco, abrindo caminho pelo emaranhado escuro de alfeneiros e zimbros que dividia o jardim do terreno vizinho, chegaram ao caramanchão e se instalaram novamente para esperar, sentados muito friamente no banco de mármore cinzento embaixo.

Mas não tiveram de esperar muito para escutar alguém chegando, e Flávio, espiando pela cortina de hera, disse baixinho:

— É ela.

Justino, fazendo o mesmo, viu uma mulher, bem envolta num manto tão profunda e vivamente púrpura que a cor parecia aquecer toda a manhã cinzenta, aproximando-se pela grama, vinda da casa.

Andava devagar, virando-se para olhar aqui e ali, como se não tivesse objetivo específico, apenas um passeio no jardim. Então, contornou o emaranhado de arbustos, fora das vistas da casa, e puseram-se de pé quando ela surgiu na abertura do caramanchão.

Uma velha magra, de nariz adunco e orgulhoso e olhos muito brilhantes, castanha e enrugada como uma noz e pintada como uma dançarina — só que nenhuma dançarina se pintaria tão mal. Mas, mesmo com o estíbio borrado nas pálpebras e um risco valente de carmim escorrendo do lábio rumo à orelha, pareceu-lhe que valia mais a pena olhá-la do que todas as outras mulheres que já conhecera, porque o seu rosto era muito mais vivo.

Ela olhava de Flávio para ele e dele para Flávio, com as sobrancelhas finas um pouco erguidas.

— Saúdo-o, sobrinho-neto Flávio. E esse? Quem é esse que veio com você? — Sua voz era rouca, mas nítida como uma pedra lapidada, e nela não havia surpresa. De repente, Justino pensou que ela jamais perderia tempo surpreendendo-se, qualquer que fosse a emergência.

— Tia Honória, saúdo-a — disse Flávio. — Acho que ele também é seu sobrinho-neto: Justino. Tiberius Lucius Justinianus. Eu lhe falei dele quando lhe escrevi, em Rutúpias.

— Ah, claro, já sei. — A tia-avó Honória virou-se para Justino, estendendo a mão que pareceu seca e leve na sua, quando a tomou e curvou-se. — Ora, tem boas maneiras, gostei de ver. Detestaria ter um sobrinho-neto mal-educado. — Ela lhe deu um olhar de avaliação. — Você deve ser neto de Flávia. Ela se casou com um homem muito simples, pelo que me lembro.

Era tão óbvio que ela queria dizer, embora não dissesse: "isso explica tudo", que Justino se sentiu corar até a ponta das orelhas infelizes.

— É, a-acho que f-foi — disse, entristecido, e percebeu a compreensão e a cintilação de riso nos olhos da tia-avó.

— Ah, é claro que fui muito grosseira — disse tia Honória. — Eu é que deveria estar corando, e não você. — Virou-se para Flávio e disse, de repente: — E agora, o que o trouxe aqui, quando todos pensamos que estava na Muralha?

Flávio hesitou; Justino viu-o hesitar, perguntando-se até onde contar a ela. Então, de forma bem resumida, contou-lhe a história toda.

A meio caminho da história, tia Honória sentou-se cal-mamente no banco de mármore cinzento, pousando ao seu lado algo dobrado num guardanapo que trouxera sob o manto; fora isso, não emitiu nenhum som nem se mexeu, do início ao fim. Quando terminou, ela fez um pequeno gesto decidido com a cabeça.

— Ora. Pergunto-me se isso teve a ver com essa mudança tão súbita de imperadores. É uma história ruim, toda ela uma história muito ruim... E agora vão cruzar o mar para se unir a César Constâncio.

— Haverá pouquíssimos seguindo esse caminho nos próximos meses, penso eu — disse Flávio.

— Assim creio. Essa é uma época cruel, e na minha opinião ficará ainda mais cruel. — Ela lhe deu uma olhada rápida. — E para juntar-se a César Constâncio, você precisará de dinheiro, e por isso veio a mim.

Flávio sorriu.

— Precisamos mesmo de dinheiro. Além disso... depois que cruzarmos o mar ficaremos longe por muito tempo, por isso vim me despedir, tia Honória.

O rosto dela acendeu-se num sorriso.

— Fico honrada, meu querido Flávio. Cuidemos primeiro da questão do dinheiro. Agora, veja; imaginei, quando Volúmnia veio falar comigo mais cedo, que se estava com problemas precisaria de dinheiro; mas não tenho muito dinheiro à mão na casa. Sa... — ela pousou uma bolsinha de seda sobre o embrulho coberto pelo guardanapo —, trouxe-lhe o que pude para as suas necessidades imediatas, e também me vesti de acordo para a ocasião.

Enquanto falava, ela soltou dos finos braços castanhos primeiro uma e depois outra pulseira e as entregou a Flávio; pulseiras estreitas de ouro, cravejadas de opalas, nas quais as chamas iam e vinham, rosadas, verdes e azul-pavão à luz invernal.

Flávio as pegou nas mãos e ficou olhando a tia.

— Tia Honória, a senhora é maravilhosa — disse ele. — Algum dia nós lhe daremos outro par.

— Não — disse tia Honória. — Não são um empréstimo, são um presente. — Ela se pôs de pé e ali ficou, olhando os dois. — Se eu fosse homem e jovem, seguiria a sua estrada. Como não sou, minhas bugigangas devem servir.

Flávio lhe fez uma pequena reverência inconsciente.

— Então, obrigado pelo presente, tia Honória.

Tia Honória fez um gesto rápido com as mãos, como se tudo aquilo lhe inspirasse desdém.

— Só que... Volúmnia ficou tristíssima por não podermos levá-los para dentro e festejar, mas fizemos o possível. — Ela tocou o embrulho no guardanapo. — Levem com vocês e comam pelo caminho.

— Comeremos — disse Flávio. — Comeremos mesmo, pois estamos ambos vazios como odres de vinho depois da Saturnália.

— Ora. Acho que é tudo o que precisamos dizer; agora, vão. E nesses dias ruins e incertos, quem sabe quando voltarão... embora eu realmente acredite, como vocês, que César Constâncio algum dia virá. E assim, que os deuses estejam com você, Flávio, meu sobrinho... e com você... — Ela virou-se para Justino e, de modo quase inesperado, ergueu as mãos e segurou-lhe o rosto, e fitou-o outra vez. — Você não se parece nada com o seu avô; nunca gostei muito dele. Flávio me disse que é médico e, *acho eu*, um bom médico. Que os deuses estejam com você também, meu calado sobrinho Justino.

Ela baixou as mãos e, puxando as dobras luminosas do manto mais uma vez em volta do corpo, virou-se e foi embora.

Os dois rapazes magros e esfarrapados ficaram um instante em silêncio, olhando-a. Então, Justino disse:

— Você nunca me disse que ela era assim.

— Acho que tinha me esquecido, até agora. Ou talvez não soubesse — disse Flávio.

Eles saíram de Caleva pelo Portão Sul, fizeram o desjejum na borda da floresta e pegaram a estrada meridional, que cruzava a floresta e a planície rumo a Venta. E o segundo dia mal se transformara em noite quando entraram em Portus Adurni e viram os maciços contrafortes cinzentos de mais uma fortaleza como Rutúpias, quadrada e imponente entre os pântanos e o vasto labirinto de águas sinuosas que formava Portus Magnus, o Porto-Mor.

Mas só junto às muralhas da fortaleza era provável que encontrassem transporte para a Gália, e dirigiram os seus passos para a parte mais pobre da cidade, onde as adegas humildes se misturavam a barracas de secagem de peixe, e as cabanas dos marinheiros se estendiam pela praia baixa, e as embarcações puxadas acima da linha-d'água eram de todo tipo, de pequenos barcos mercantes a canoas nativas escavadas.

Naquela noite, conversaram com vários proprietários de pequenas embarcações promissoras com o pretexto de procurar um parente que achavam que negociava vinhos naquela região. Mas todo mundo parecia já ter se preparado para passar o inverno, ou estava se preparando, enquanto um capitão do mar magro e miúdo, com uma gota de faiança azul numa das orelhas, mostrava sinais de conhecer alguém com o nome que Flávio inventou para o parente, o que teria sido problemático se Flávio não pensasse em perguntar a cor do cabelo do homem, e ao saber que era ruivo, afirmasse que não podia ser a mesma pessoa, porque o seu parente era careca como um ovo. E não tinham avançado nada em seus planos quando, no crepúsculo de inverno, cansados e famintos, ambos se sentindo bem mais desesperados do que ousavam admitir, viram-se perto de uma adega à beira-mar. Era uma adega como qualquer outra, e havia muitas em Portus Adurni, mas pintado num pedaço de tábua sobre a porta havia algo verde, de costas arqueadas e olho redondo, e ao vê-lo Flávio disse, com uma gargalhada cansada:

— Veja, é o golfinho da família! Eis o lugar certo para nós!

O vento aumentava, balançando de um lado para o outro o lampião diante da porta, de modo que o golfinho pintado parecia mergulhar e saltar, e as sombras perto da soleira corriam como coisas selvagens. E na confusão de vento, crepúsculo e luz do lampião, nenhum dos dois viu passar o homenzinho com o brinco de faiança azul, que se afastou depois que eles entraram e escapuliu pelas sombras cada vez mais profundas.

Viram-se num lugar que, no verão, seria um pequeno pátio aberto, coberto com o que parecia ser uma velha vela listrada ou o toldo de um barco estendido acima da treliça nua da parreira. Em cada ponta do lugar, brilhava rubro um braseiro de carvão, e, embora ainda fosse cedo, havia muitos homens reunidos em volta deles ou descansando nas mesinhas junto às paredes, comendo, bebendo ou jogando dados. A babel de vozes e o bater do vento no toldo listrado, o calor dos braseiros e o cheiro de carne assada e da multidão apinhada faziam o lugar parecer tão lotado que

Justino achou que as paredes deviam estar se soltando nas juntas, como uma roupa apertada demais para a pessoa dentro dela.

Encontraram um canto mais afastado, pediram a ceia a um homem grande com o selo das legiões bem visível — metade das adegas do império, pensou Justino, pertencia a ex-legionários — e se sentaram, esticando as pernas cansadas e afrouxando os cintos.

Olhando em volta enquanto esperavam, Justino viu que os fregueses, em sua maioria, eram navegantes de algum tipo, com alguns comerciantes, enquanto em torno do braseiro mais próximo um grupo de soldados da Frota jogavam dados. Então, o dono da casa largou uma travessa de ensopado fumegante entre Justino e Flávio, com um prato de pãezinhos e uma jarra de vinho com água. Por algum tempo, os dois ficaram ocupados demais comendo para dar muita atenção ao que havia em volta.

Mas já tinham matado a primeira fome quando um recém-chegado entrou andando pela porta que dava para o mar.

O tempo todo houvera muitas idas e vindas, mas esse homem era de um tipo diferente dos outros e, depois de um olhar casual, Justino achou que fosse algum funcionário do governo ou, talvez, um pequeno coletor de impostos. Ele hesitou, dando uma olhada no lugar lotado, e veio à deriva na direção deles; alguns momentos depois, estava em pé ao lado deles, em seu canto.

— O Golfinho está muito cheio essa noite. Posso me sentar com vocês? Parece que não há... ã-hã... mais nenhum lugar.

— Sente-se e seja bem-vindo — disse Justino, e deslocou-se para dar espaço no banco estreito em forma de ferradura. O homem sentou-se com um grunhido de satisfação, chamando o dono da casa com um sinal do dedo.

Era um homem pequeno, não exatamente gordo, mas flácido, começando a criar barriga, como se comesse demais e depressa demais e não fizesse bastante exercício.

— O meu vinho de sempre, do melhor — disse ao dono, e depois, quando o homem foi buscar o pedido, virou-se para os outros dois com um sorriso. — O melhor vinho daqui é mesmo muito bom. É por isso que venho. Dificilmente... ã-hã... seria o tipo de lugar que eu frequentaria. — O sorriso repuxou o rosto gorducho e barbeado de um modo bastante agradável, e Justino viu, com agrado súbito, que ele tinha os olhos de uma criancinha satisfeita.

— Vem sempre aqui? — perguntou Flávio, tentando claramente afastar a depressão e ser amistoso.

— Não, não, só às vezes, quando estou em Portus Adurni. Meu... ã-hã... meu trabalho me faz viajar muito.

Flávio apontou o estojo de ferro lavrado da caneta e o chifre de tinta que pendiam do cinturão do outro.

— E seu trabalho é... isso?

— Não, não totalmente. Em certa época, já fui escriturário do governo; agora tenho interesses variados. Ah, tenho mesmo. — O olhar amplo e tranquilo perambulou de Justino para Flávio e deste para aquele. — Compro um pouco aqui, vendo um pouco ali e tenho uma... ã-hã... uma pequena participação, mas que considero útil, no trato do Imposto do Trigo. — Ele pegou o copo de vinho que o dono da casa acabara de pôr junto ao seu cotovelo. — À sua saúde.

Flávio ergueu o copo, sorrindo, e repetiu o brinde, seguido por Justino.

— E você? — disse o coletorzinho de impostos. — Acho que ainda não o vi por aqui.

— Não, viemos procurar um parente que disseram que morava aqui, mas em minha mente ele deve ter se mudado, porque no fim das contas não encontramos sinal dele.

— É mesmo? Como ele se chama? Talvez eu possa ajudar.

— Crispinius. Negocia com vinhos — disse Flávio, guardando a questão do cabelo do parente caso necessário. Mas o outro balançou a cabeça com tristeza.

— Não, acho que não me lembro de ninguém com este nome. — O olhar dele pareceu ser atraído e preso por um instante pela mão esquerda de Flávio, curvada em torno do copo de vinho na mesa; e Justino, olhando na mesma direção, viu que era o anel de sinete com o golfinho entalhado que lhe chamara a atenção. Flávio percebeu-o no mesmo instante e retirou a mão, pousando-a no joelho, debaixo da mesa. Mas o olhar do coletorzinho já se afastara para o grupo de soldados da Marinha em volta do braseiro, que tinham se cansado dos dados e agora se entregavam a uma discussão em voz alta.

— Qual a probabilidade? — perguntava um homem comprido e magro, com a costura branca de um velho corte de espada na testa. — No que me diz respeito, qualquer homem que me der um punhado de sestércios e vinho de graça para beber à sua saúde pode ser imperador. — Deu uma boa cusparada no braseiro. — Ah, mas era bom se tivesse uma boa briga dessa vez, e que viesse logo.

— O problema é que está havendo imperadores demais ao mesmo tempo — disse um indivíduo de ar triste com a túnica verde-mar das galés de reconhecimento. — E talvez os outros dois não venham a gostar do Divino Alecto com a púrpura. E se qualquer dia desses tivermos César Constâncio em cima de nós?

O primeiro homem deu outro gole e limpou a boca com as costas da mão.

— César Constâncio tem muito para se ocupar lá onde está. Qualquer idiota sabe que, nas defesas do Renus, as tribos estão fervilhando como um queijo cheio de vermes.

— Talvez você tenha razão, talvez não tenha — disse o pessimista, sombrio. — Servi sob o comando daquele camarada e, apesar da cara redonda, ele é um dos melhores soldados desse império velho e cansado, e acho que para ele não seria demais segurar os germanos e depois vir nos segurar.

— Pois que venha! — rugiu o homem com o corte de espada, num desafio súbito. — Que venha, é o que digo! Demos um jeito no imperador Maximiano quando tentou a mesma coisa e aposto como podemos segurar o cachorrinho dele, se for preciso! — Ele se inclinou para trás, recobrou-se com um leve titubeio e, com o dedo, chamou o dono da casa. — Ei! Ulpius, mais vinho.

— Quando seguramos o imperador Maximiano, tínhamos o coração e o estômago inteiros na empreitada. — Foi um terceiro homem quem falou, com uma selvageria que soou rascante como o entrechocar das armas naquele lugar lotado. — Agora, não temos.

— Fale só pelo seu estômago — disse alguém, e a gargalhada foi geral.

— Pois falarei. Estou farto desses feitos de bravura até a boca do estômago!

O homem com a cicatriz na testa, o copo novamente cheio de vinho, virou-se para ele.

— Você gritou bem alto, junto de todos nós, não faz muito tempo, quando juramos lealdade ao novo imperador.

— É, gritei bem alto junto com o resto da matilha de vocês. Jurei lealdade, por Júpiter, por Júpiter Tonante, jurei mesmo! E quanto você acha que vale o meu juramento, se chegarmos às vias de fato? E quanto vale o seu, meu amigo? — Ele apontou o dedo para a cara do outro, os olhos brilhantes à luz do lampião que balançava. Um dos outros homens tentou calá-lo, mas ele só ergueu mais um pouco a voz. — Se eu fosse Alecto, não confiaria em nós à distância de um pilo, não mesmo. Legião ou frota, amanhã podemos gritar por outro imperador. E que uso tem um exército ou uma frota que não merece confiança a um pilo de distância, na hora da luta? O mesmo que um imperador que não merece confiança nem a um pilo de distância!

— Cale-se, seu idiota! — O dono da adega se unira ao grupo. — Você está bêbado demais para saber o que diz. Volte para o quartel e vá dormir.

— É, você quer se livrar de mim... tem medo que eu crie problemas para esse buraco de adega. — A voz do homem subiu numa zombaria impulsiva. — Blá! Que país! Que alguém me dê um bom cantinho escuro no porão de um navio que vá fazer a travessia e vou mais longe do que o quartel! Parto para a Gália hoje à noite e nunca mais olho para trás. Enquanto isso, vou tomar mais um copo de vinho.

— Não vai, não — disse o dono. — Vai voltar para o quartel, e é agora.

Nisso, o silêncio que caíra sobre o resto do grupo se rompeu num feio jorro de vozes, e havia homens de pé, seguindo para o grupo. Um copo de vinho caiu com barulho e rolou pelo chão; e Justino, que estivera escutando com atenção quase dolorosa tudo o que acontecia, pois era a primeira vez que ouvia legionários falarem da mudança de imperador, percebeu, de repente, que o coletorzinho se inclinava para eles com um murmúrio:

— Acho melhor sairmos daqui.

Flávio disse, inflexível:

— Por quê?

— Porque — disse o coletor — o homem mais perto da porta já escapuliu. A qualquer momento haverá problemas, e os problemas se espalham. — Sorriu para pedir desculpas, por trás da mão gorducha. — Nunca é aconselhável se misturar nessas coisas quando se tem... ã-hã... algo que não se quer que as sentinelas saibam.

X

O *BERENICE* ZARPA PARA A GÁLIA

Os olhos de Justino voaram para o rosto do homem, depois para o do primo. Flávio se virara um pouco e fitava o novo conhecido com um franzir espantado da testa; depois levantou-se sem dizer palavra, tateou o cinto e deixou algum dinheiro na mesa. Justino também se levantou, a mão indo instintivamente para o estojo de instrumentos, na tipoia presa ao ombro que fizera para ele. Os olhos dos dois se cruzaram, interrogadores, e Flávio fez que dava de ombros e virou-se para a porta à beira-mar. Mas o coletorzinho balançou a cabeça.

— Não, não, não, por aqui é muito melhor — e abriu outra porta fechada ao lado deles, mas tão perdida nas sombras que nem tinham notado. Seguiram-no por ela, ouvindo atrás de si um berro súbito de raiva e o barulho de uma mesa virada. Então, Justino deixou a porta meio bamba se fechar suavemente e o burburinho que crescia reduziu-se atrás dela.

Estavam num tipo de corredor e, alguns momentos depois, ao fechar outra porta atrás de si, saíram numa rua estreita, com o porto a cintilar numa das pontas; uma rua escura e vazia, silenciosa a não ser pelo vento, que empurrava o lixo daqui para lá.

— E agora — perguntou Flávio em voz baixa e rápida, parado na rua deserta —, o que o faz pensar que temos algo que não queremos que as sentinelas saibam?

— Meu caro rapaz — disse, sensato, o companheiro —, acha que a rua é um bom lugar para discutir isso?

— Onde devemos discutir, então?

— Eu estava prestes a... ã-hã... a convidá-los a irem à minha casa.

Houve um momento de silêncio surpreso, e depois Flávio perguntou:

— Pode nos dar alguma boa razão, supondo que *tivéssemos* algo a esconder, para que confiássemos em você?

— Não, acho que não. É muito estranho... muito estranho; mas lhe asseguro que devem confiar em mim. — O homenzinho parecia tão genuinamente incomodado que, de repente, acreditaram nele.

Flávio disse, com uma risada súbita:

— Mas é claro, se é assim que diz...

Subiram a rua, o coletorzinho gorducho trotando na frente, tão embrulhado na capa que Justino achou que parecia um enorme casulo pálido. Estariam sendo rematados idiotas?, perguntou-se. Não; sem saber por quê, ele tinha certeza que não: esse homenzinho esquisito era digno de confiança. Então, quando passaram por uma ruazinha estreita que levava à beira-mar, o vento que vinha de lá trouxe os passos rápidos das sandálias com pregos quando uma patrulha de sentinelas passou apressada na direção da adega da qual tinham acabado de sair; e Justino disse, ansioso:

— Lá vão eles. Será que há algo que possamos fazer por aquele pobre tolo? É p-pavoroso abandoná-lo.

O casulo olhou por sobre o ombro gorducho enquanto se apressava.

— Abandoná-lo? Ora, o que é isso, não o abandonamos. Não precisa se preocupar. Não, não, não precisa mesmo — e mergulhou noutro beco escuro.

Justino perdera todo o senso de direção quando chegaram à abertura de um beco sem saída e acharam, no fundo dele, uma porta num muro alto.

— Peço-lhes perdão por fazê-los entrar pelos fundos — disse o coletor de impostos, abrindo-a. — Em geral eu mesmo venho por aqui, porque não é vigiado. Temo que meus vizinhos sejam muito dados a... ã-hã... a vigiar. — E assim dizendo, levou-os por um pátio estreito.

Não era uma noite escura e havia luz suficiente no pátio, com as paredes caiadas, para mostrar-lhes o poço erguido no meio e a arvorezinha que crescia a seu lado. O casulo disse, com timidez:

— Chamo isso aqui de meu jardim. É apenas uma macieira, mas é a melhor macieirinha do império. Há algo nas macieiras que... ã-hã... em minha mente nenhuma outra árvore possui; "A macieira, o canto e o ouro...", conhecem Eurípedes?

Ainda palreando baixinho, ele os conduziu por uma porta do outro lado e, abrindo-a, os fez entrar numa escuridão que cheirava agradavelmente quente e caseira, com uma lembrança da última refeição.

— De volta a casa. Sempre gosto de chegar em casa no fim do dia. Esta é a cozinha. Se fizerem o favor de vir até a sala... Ah, Miron deixou um bom fogo no braseiro, muito bom, muito bom mesmo.

Enquanto falava, ele se ocupava como uma galinha orgulhosa do ninho, acendendo um graveto no brilho baixo e vermelho do carvão, acendendo a lâmpada, pondo novas achas no braseiro. E, quando a luz aumentou, Justino viu que estavam numa salinha alegre, com faixas de cor nas paredes, pilhas de vistosos cobertores nativos nos dois divãs junto ao fogo e um grupo de deuses do lar, de gesso pintado em cores vivas, em nichos pelas paredes. Era tudo tão comum, tão distante da viagem louca para o sul e da cena na adega, que de repente teve vontade de rir, sem saber direito por quê.

— Não seremos incomodados — disse o anfitrião, verificando a gelosia de uma janela alta para garantir que não havia frestas. — Não tenho escravos, gosto de ser livre; e Miron sai à noite.

Flávio, de pé no meio do assoalho, os pés um pouco separados e as mãos nas costas, disse:

— E agora que não estamos mais na rua, vai nos dizer o que está por trás disso tudo?

— Ah, sim, você me perguntou o que me fez pensar que tinham algo a esconder. — O homenzinho estendeu os dedos para o fogo. — É... ã-hã... é difícil de explicar. Um bom amigo meu, com quem vocês falaram à beira-mar essa tarde, não teve muita certeza de que eram quem pareciam ser. Vocês, se me permitem dizer, deveriam tentar se curvar bem mais. A postura do legionário não... ã-hã... não some totalmente com o resto da aparência. Ele os viu entrar no Golfinho e depois veio me contar. Aí fui até lá para ver com os meus próprios olhos, achando que vocês talvez estivessem com problemas. E aí, é claro que não pude deixar de notar o anel, que também é... ã-hã... um tanto incoerente.

— E aí você se decidiu, sem mais nada para lhe dar certeza.

— Ah, não, não; eu só tive certeza quando sugeri que seria bom sair se tivessem algo a esconder... e vocês saíram.

Flávio olhou-o sem entender.

— Ah, sim, parece bem simples quando você explica desse jeito.

— Bem simples — disse o anfitrião. — Agora, me digam o que posso fazer por vocês.

A vontade de rir de Justino voltou. De tão cansado que estava, parecia que não controlava o riso nem as pernas.

— Posso... posso me sentar? — perguntou.

Instantaneamente, o rosto gorducho do anfitrião se angustiou.

— É claro, ora, mas é claro! O que é que tenho na cabeça, deixando os meus hóspedes em pé? Pronto, pronto, sente-se aqui, junto ao braseiro. — Com o homenzinho a se alvoroçar em torno dele como uma galinha, Justino sorriu com gratidão e sentou-se na ponta do divã, estendendo as mãos para aquecê-las.

Flávio balançou a cabeça com impaciência e continuou de pé. Franzia a testa para o fogo, onde as chamas novas e pequeninas começavam a lamber as achas. De repente, as sobrancelhas se ergueram ao máximo e ele riu.

— Ora, temos de entregar a nossa vida às mãos de alguém, senão não sairemos daqui antes das calendas gregas. Queremos ir para a Gália.

— Ah, pensei que fosse isso.

— Pode fazer alguma coisa além de pensar?

— Eu... ã-hã... já arranjei coisa do gênero antes. — O coletorzinho de impostos sentou-se e fixou o olhar amplo e sereno no rosto de Flávio. — Mas antes preciso conhecer melhor as suas razões. Perdoe-me, mas não gosto de lidar com carregamentos desconhecidos.

— Como pode ter certeza do que vai mesmo saber, por mais que falemos? Poderíamos lhe contar uma série de mentiras.

— Podem tentar — disse o anfitrião com limpidez.

Flávio fitou-o um instante com intensidade. Depois, lhe contou a história toda, como a contara na véspera à tia-avó Honória.

Quando terminou, o homenzinho assentiu.

— Nessas circunstâncias, o seu desejo de viajar para o exterior me parece muito sensato. Muito sensato. Sim, acho que podemos ajudá-los, mas talvez ainda demore alguns dias. Há certas providências a tomar, sabe, providências e... ã-hã... coisas assim.

— Quanto ao pagamento... — começou Flávio.

— Ah, não é questão de pagamento... não, não, não — disse o anfitrião — Nesse tipo de negócio, os homens que precisam ser comprados são sempre caros demais, seja qual for o preço.

Houve um pequeno silêncio e então Flávio disse:

— Desculpe-me.

— Não há necessidade, não há a mínima necessidade, meu caro rapaz. Agora, quanto aos planos atuais... é claro que vocês aceitarão a minha hospitalidade nos próximos dias. Embora no fundo eu tema que os aposentos que posso lhes oferecer sejam um tanto fechados e primitivos. Espero que entendam que não posso mantê-los em segurança aqui na casa. — Ele sorriu, pedindo desculpas, e se levantou. — De fato, se não se incomodarem, vou levá-los aos seus aposentos agora. Talvez eu tenha trabalho mais tarde com relação ao... ã-hã... ao nosso amigo imprudente do Golfinho; e gostaria de vê-los acomodados em segurança antes de sair de casa outra vez.

— Estamos às suas ordens — disse Flávio, com um sorriso.

E eles atravessaram a cozinha até um cômodo que parecia um depósito. Ouviram o coletorzinho de impostos empurrar caixas e cestos no escuro e sentiram, mais do que viram, um buraco se abrir na parede em frente.

— Por aqui. Antigamente havia uma porta maior, trocada há muito tempo. Eu... hã... a adaptei, ah, bem depois. Cuidado com a cabeça.

O aviso mal seria necessário, já que o buraco tinha meio homem de altura, e eles o seguiram de gatinhas. Depois do buraco havia um lance de escadas, íngreme e muito usado, que levava para a escuridão, e no final dele um certo espaço, com cheiro forte de fungo e pó.

— Que lugar é esse? — disse Flávio.

— Faz parte do velho teatro. É uma pena que ninguém mais pensa em ir ao teatro e não restaram mais atores; e o lugar se tornou um verdadeiro pardieiro depois que perdeu o uso original, e o populacho o ocupou. — O anfitrião ofegava de leve, por causa da escada. — Temo não poder lhes trazer uma luz; há frestas demais, e ela seria vista. Mas há muitos tapetes ali no canto, limpos e secos, isso, isso; e sugiro que durmam. Quando não há nada a fazer, o melhor é dormir; faz o tempo passar.

Ouviram-no parar no alto da escada. — Voltarei pela manhã. Ah, há umas tábuas soltas na parede, à direita da escada aqui; sugiro que não as tirem nem se esgueirem para ver o que há do outro lado. O assoalho está meio podre depois delas e, se passarem, não só quebrarão o pescoço como... ã-hã... revelarão esse utilíssimo esconderijo meu.

Ouviram os passos dele pela escada íngreme e depois os cestos e caixas sendo empilhados outra vez sobre o buraco da entrada.

Não discutiram a situação quando ficaram sozinhos; parecia não haver mesmo nada a dizer; e, mesmo que houvesse, estavam cansadíssimos demais para dizê-lo. Seguiram simplesmente o conselho do anfitrião e, tateando o caminho até a pilha de tapetes no canto, subiram nela e adormeceram como um par de cães cansados.

Justino acordou com um estalo e descobriu a primeira luz cinzenta da manhã a se filtrar pela fresta de uma janela alta, acima da cabeça, e o som de passos na escada, e por um momento não conseguiu se lembrar de onde estava. Então rolou atrás de Flávio para fora dos tapetes, sacudindo o sono dos olhos, quando o anfitrião assomou na entrada.

— Acredito que não os perturbei — disse ele, avançando para deixar no banco sob a janela algo que trazia. — Trouxe-lhes a refeição da manhã. Temo que seja só pão, queijo e ovos. — Deu aquela tossezinha de desculpas com que estavam começando a se acostumar. — E também a minha biblioteca para ajudá-los a passar o tempo; é só o primeiro rolo do meu "Hipólito", sabem... Acho que mencionei Eurípedes a noite passada; e imaginei, pelo jeito de vocês, que ainda não o leram... Sempre acho que a gente dá mais valor às coisas quanto tem de fazer... ã-hã... algum sacrifício por elas. O "Hipólito" me custou muitas refeições e visitas aos Jogos, quando eu era um dos subsecretários de Caráusio e... ã-hã... não muito bem pago. Sei que nem preciso lhes pedir que o manuseiem com cuidado.

— Muito obrigado por confiar em nós — disse Justino.

No mesmo instante, Flávio disse, depressa:

— Então você foi secretário de Caráusio?

— Fui... ah, há muito tempo, quando ele foi pela primeira vez... ã-hã... alçado à púrpura. Uma medida bastante temporária, mas na época foi útil para nós dois.

Flávio assentiu e, dali a instantes, perguntou:

— O que aconteceu àquele tolo do Golfinho?

— O nosso amigo imprudente? Nós... hã... o recolhemos antes da patrulha, já que o dono da adega é um tanto amigo meu... o que para ele também foi bom; Alecto não encoraja palavras doidas daquele tipo. — Ouviram-no sorrir. — Esta manhã o nosso amigo está sóbrio e assustadíssimo, e mais ansioso do que nunca para ir para a Gália.

— Onde ele está agora? — perguntou Flávio.

— Em segurança. Há outros esconderijos em Portus Adurni; por isso não o pusemos aqui. Têm tudo o que desejam? Então, até a noite.

Eles estavam famintos e limparam a comida até a última migalha, enquanto aos poucos a luz do dia aumentava, e em volta e abaixo deles Portus Adurni acordava para a vida. A luz fria que se filtrava pelas frestas da janela mostrou-lhes que estavam num quarto estreito cujas vigas inclinadas, altas no lado da janela, desciam pelo outro lado quase até o nível do chão irregular. E, quando investigaram, viram que, da janela, subindo no banco para alcançá-la, era possível olhar lá embaixo, pelas folhas murchas de uma trepadeira, o pátio limpo e caiado onde crescia a melhor macieirinha do império. Deitando-se no chão do outro lado, e fechando um dos olhos para espiar por um buraco de onde tinham caído alguns tijolos, conseguiam avistar as antigas ruínas elegantes do teatro e os sórdidos telhados de capim dos barracos que tinham se amontoado entre as colunas caídas.

Pareciam empoleirados entre dois mundos; e o cômodo de formato estranho era tão fantástico quanto a sua localização, abandonado, meio em ruínas, as tábuas irregulares do assoalho manchadas de fungos coloridos onde caíra a água da chuva, os cantos cinzentos de tantas teias de aranha penduradas, balançando ao vento que fazia farfalhar as folhas mortas da trepadeira de um lado para outro no chão. Mas uma das paredes ainda exibia vestígios dos afrescos que já tivera, fantasmas desbotados de guirlandas penduradas em colunas pintadas que havia muito tinham descascado, e até um pequeno Eros esvoaçando com asas azuis.

Justino passou aquele dia tentando ler Eurípedes, principalmente porque achou que ficaria sentido se emprestasse a alguém uma coisa tão amada quanto o anfitrião gorducho amava Eurípedes e esse alguém não a usasse. Mas fez pouco progresso. Sempre detestara e temera ficar fechado em qualquer lugar do qual não pudesse sair quando quisesse, desde o dia que a porta da adega de casa se fechara atrás dele, quando era bem pequeno, e o prendera no escuro durante muitas horas até que alguém o escutasse. Na noite anterior, estava tão tonto de cansaço que nada se intrometeria entre ele e o sono. Mas agora a consciência de estar engaiolado na estreita câmara secreta, como se as cestas empilhadas diante do buraco da entrada fossem uma porta trancada, surgiu entre ele e a história de Hipólito, e tirou toda a força e a beleza do que lia.

À noite o anfitrião retornou e observou que, como agora estava escuro e provavelmente não seriam perturbados, queria saber se podiam lhe dar o prazer de sua companhia no jantar. E depois disso, toda noite, com exceção de uma em que o jantar lhes fora levado mais cedo por um menino de rosto esperto e animado, sem os dois dentes da frente, que se apresentou como "Miron que cuida de tudo", jantaram com o coletor de impostos, atrás de janelas fechadas, na casinha encostada à parede do antigo teatro.

Aquelas noites de inverno com Paulinus, como descobriram que o anfitrião se chamava, na sala clara e comum, foram totalmente irreais, mas muito agradáveis. E para Justino, era um alívio sair da gaiola.

Pois a pequena câmara secreta estava cada vez mais difícil de suportar. Ele começou a ficar sempre de ouvidos atentos, escutando vozes no pátio e batidas na porta da casa; mesmo à noite, quando Flávio dormia em silêncio com a cabeça no braço, ele ficava acordado, fitando a escuridão com olhos ardentes, à escuta, sentindo as paredes se fecharem sobre ele como uma armadilha...

A única coisa que tornava aquilo suportável era saber que, certo dia, dali a pouco — com certeza dali a bem pouco — a Gália estaria do outro lado, como a luz do dia e as coisas conhecidas no final de um estranho túnel escuro.

Até que, finalmente, na quinta noite, quando, como sempre, estavam juntos na sala agradável de janelas fechadas, Paulinus disse:

— Agora tenho a máxima satisfação de lhes dizer que, querendo a lua e as marés, tudo está acertado para a sua viagem.

Parecia que tinham esperado tanto por isso que custaram a entender. Então, Flávio perguntou:

— Quando partimos?

— Hoje. Depois de comer, vamos sair daqui até um determinado lugar onde pegaremos o nosso amigo do Golfinho. O *Berenice*, que parte para a Gália com um carregamento de lã, estará à nossa espera três quilômetros a oeste, seguindo a costa, quando a lua se puser.

— Simples assim — disse Flávio, com um sorriso. — Estamos muito gratos, Paulinus. Parece que não há muito que possamos dizer além disso.

— Hem? — Paulinus pegou um pãozinho da travessa sobre a mesa, olhou-o como se nunca tivesse visto nada parecido e colocou-o de volta no lugar. — Há... ã-hã... há uma coisa que eu gostaria muito de lhes pedir.

— Se houver alguma coisa, qualquer coisa, que possamos fazer, faremos — disse Flávio.

— Qualquer coisa? Você, ou vocês, pois acho que nisso os dois contam como um só, deixariam o *Berenice* partir para a Gália levando a bordo apenas o nosso amigo do Golfinho?

Por um momento, Justino não acreditou que tinha mesmo escutado aquelas palavras; depois, ouviu Flávio dizer:

— Quer dizer, ficar para trás, aqui na Britânia? Mas por quê?

— Para trabalhar comigo — disse Paulinus.

— Nós? Mas, Roma Dea! Que utilidade teremos?

— Acho que vocês poderiam ser úteis — disse Paulinus. — Eu me demorei, é verdade, e é por causa disso que só posso lhes dar pouco tempo para decidir... Preciso de alguém que possa assumir o comando se algo me acontecer. Não há ninguém, dentre os que são ligados a mim nesse... ã-hã... negócio que sinto que pudesse fazer isso. — Ele sorria no brilho rubro do braseiro. — Estamos fazendo ótimos negócios. Nessas últimas semanas, mandamos um certo número de homens caçados para fora da Britânia; podemos mandar notícias do campo inimigo que Roma precisa conhecer; e quando César Constâncio vier, como acredito que com certeza virá, poderemos ser úteis como... ã-hã... como um amigo dentro dos portões. Seria triste se tudo isso sumisse ao vento porque um homem morreu e não havia ninguém para sucedê-lo.

Para Justino, fitando a chama da lâmpada, isso parecia dificílimo. A Gália estava tão perto, e a luz do dia, e as coisas conhecidas; e esse homenzinho gordo lhes pedia que voltassem à escuridão. O silêncio se prolongou e começou a se arrastar. Lá longe, no silêncio da noite, ele ouviu o som das sandálias de pregos subindo a rua, mais perto, mais perto: a patrulha se aproximava. Toda noite, mais ou menos a essa hora, ela vinha; e toda noite, quando vinha, algo se apertava em seu estômago. E apertou-se agora; toda a sala iluminada pareceu apertar-se, e Justino sabia, sem olhar os outros dois, que havia a mesma tensão neles também — apertando-se, apertando-se, e depois saindo deles como um suspiro quando os pés que marchavam passaram sem parar. E seria sempre assim, sempre, dia e noite; a mão que poderia cair sobre o ombro a qualquer momento, os passos que poderiam vir pela rua e parar. E ele não conseguiria aguentar.

Ouviu Flávio dizer:

— Procure outra pessoa, senhor, alguém mais adequado para a tarefa. Justino é médico e sou soldado, temos algum valor no nosso próprio mundo. Não temos o tipo certo de personalidade para esse seu negócio. Não temos o tipo certo de coragem, se preferir.

— Julgo o contrário — disse Paulinus; e, depois de uma pequena pausa:

— Acho que, quando César Constâncio vier, vocês serão muito mais úteis neste negócio do que se voltassem às Legiões.

— Julga? Como pode julgar? — disse Flávio, desespera-do. — Conversou conosco um pouco, em quatro ou cinco noites. Só isso.

— Eu tenho... ã-hã... um certo jeito para essas coisas. Já percebi que raramente me engano nas minhas avaliações.

Justin balançou a cabeça, tristonho.

— Sinto muito.

E a voz de Flávio cortou a dele no mesmo instante.

— Não adianta, senhor. — Temos... temos de ir.

O coletor de impostos fez um pequeno gesto com ambas as mãos, como se aceitasse a derrota; mas o rosto rosado e gorducho não perdeu nada da brandura.

— Também sinto muito... Então, não pensem mais nisso; não foi justo lhes impor essa escolha. Agora comam; vejam, o tempo está passando e vocês precisam comer antes de ir.

Mas para Justino, em todo caso, a comida que teria o sabor da liberdade tinha gosto de cinza, e cada bocado se agarrava à garganta e quase o sufocava.

Cerca de duas horas depois, estavam em pé, Justino, Flávio, o coletor de impostos e o marinheiro do Golfinho, à beira de uma moita de espinheiros torcidos pelo vento; os rostos voltados para o mar, para a pequena embarcação que se aproximava à força de remos. A lua estava quase se pondo, mas a água estava claríssima além da escuridão das dunas de areia; e o vento cortante veio abrindo caminho pelas milhas escuras dos pântanos e dos prados baixos junto ao litoral, com um leve murmúrio eólico pelos ramos nus e retorcidos dos espinheiros. Um vislumbre de luz surgiu bem baixo no casco do navio, uma luz amarela num mundo de preto e prata e cinza esfumaçado; e a tensão da espera estalou em todos eles.

— Ah, é o *Berenice*, com toda a certeza — disse Paulinus.

E a hora de ir já chegara.

O marinheiro, que ficara amuado e em silêncio total desde que o buscaram no lugar combinado, virou-se um instante e disse, entristecido:

— Não sei por que se esforçou tanto por minha causa; mas lhe sou grato. Eu... eu não sei o que dizer...

— Então não perca tempo dizendo. Vá em frente, amigo. Ande, vá logo — disse Paulinus.

— Obrigado, senhor. — O outro ergueu a mão em despedida e, virando-se, desceu até a beira d'água.

Flávio disse, de repente:

— Posso lhe perguntar uma coisa, senhor?

— Se perguntar depressa.

— Faz isso pela aventura?

— Aventura? — Paulinus soou bastante escandalizado na escuridão. — Oh, céus, não, não, não! Não sou do tipo aventureiro; e também... ã-hã... sou tímido demais. Agora vão depressa; não devem deixar o transporte esperando, com a maré quase na hora de virar.

— Claro. Adeus, então, senhor, e obrigado mais uma vez.

Justino, com a mão sobre o estojo de instrumentos, como sempre, murmurou algo que soou totalmente ininteligível, mesmo aos seus próprios ouvidos, e virou-se atrás de Flávio, voltando o rosto para a margem.

Alcançaram o marinheiro do Golfinho e, juntos, seguiram pelas dunas de areia até a praia lisa e marcada pelas ondas lá embaixo. O barco aguardava, quieto como um pássaro marinho adormecido. À beira d'água, Justino parou e olhou para trás. Sabia que estaria perdido se olhasse para trás, mas não pôde se impedir. No último raio de luar, viu a figurinha robusta de Paulinus, solitário entre os espinheiros, com todo o vazio dos pântanos atrás dele.

— Flávio — disse ele com desespero —, eu não vou.

Houve uma pequena pausa e então Flávio disse:

— Não, nem eu, é claro. — Então, quase com uma risada:

— Paulinus não disse que nós dois contamos como um só?

O marinheiro do Golfinho, ja com os pés molhados, olhou para trás.

— Venham logo!

— Olhe — disse Flávio. — Está tudo bem. Nós não vamos. Diga aos outros a bordo que nós dois não vamos. Acho que entenderão.

— Bom, vocês é que sabem, mas... — começou o outro.

— É, nós é que sabemos. Boa sorte e... vá logo. — Flávio repetiu as palavras dele.

No silêncio, as ondas faziam barulhinhos furtivos em volta dos pés. Observaram-no entrar na água, vadeando cada vez mais fundo até quase não dar mais pé, quando chegou ao barco que aguardava. Viram à luz do lampião que fora puxado para bordo. Depois o lampião foi apagado e, em completo silêncio, alçaram as velas e o barquinho se aprestou e deslizou para o mar, como um fantasma.

De repente, Justino ficou muito consciente do marulho e do silêncio da maré vazante e da escuridão vazia e assombrada pelos ventos dos pântanos atrás dele. Sentiu-se muito pequeno e indefeso, e com bastante frio na boca do estômago. Podiam agora estar deslizando para o mar, ele e Flávio; ao alvorecer, estariam em Gesoriacum; de volta, mais uma vez, à luz do dia e à vida que conheciam, e à camaradagem dos seus. Em vez disso...

Flávio moveu-se de repente ao seu lado; os dois se viraram sem nada dizer e voltaram subindo pela duna macia de areia rumo à figura que esperava junto aos espinheiros.

XI

A SOMBRA

Eles entregaram a Paulinus uma das pulseiras de opala da tia-avó Honória, para que a usasse como fosse necessário. Queriam lhe dar as duas, mas ele lhes pediu que ficassem com a outra para alguma emergência; e Flávio tirou o desgastado anel de sinete, que não combinava com o tipo de personagem que seriam daí para a frente, e pendurou-o no pescoço, por dentro da túnica, com uma tira de couro. E, algumas noites depois, Justino pediu a Paulinus licença para escrever ao pai.

— Se eu pudesse lhe escrever pelo menos uma vez, para avisar que não terá notícias minhas por algum tempo... Posso lhe dar a carta para você ler, e assim terá certeza de que não traí nada.

Paulinus pensou um instante e concordou.

— Tem razão, há sabedoria nisso; pode muito bem poupar... hã... perguntas incômodas.

Assim, Justino escreveu a carta, e ficou surpreso quando viu como foi difícil. Sabia que era bem provável que fosse a última carta que escreveria ao pai e, por isso, havia muitas coisas que queria dizer. Mas não sabia como dizê-las. "Se chegar aos seus ouvidos que abandonei o meu posto em Magnis", escreveu, finalmente, depois da introdução simples, "e se isso e esta carta forem as últimas notícias minhas que receber, por favor, não se envergonhe de mim, meu pai. Juro que nada fiz que possa inspirar vergonha." E isso foi quase tudo.

Como havia prometido, ele entregou a placa aberta a Paulinus, que deu uma olhada rápida na sua direção e a devolveu. E no devido tempo, ela se foi com um certo comerciante que fazia a travessia no escuro; e Justino, sentindo que cortara o último fio que o prendia às coisas familiares, voltou-se de corpo e alma, junto com Flávio, para essa outra vida estranha em que se encontravam.

Uma vida que se mostrou estranha, cheia de companheiros estranhos e variados. Havia Cerdic, o construtor de barcos, e o menino Miron, que fora pego por Paulinus tentando lhe roubar a bolsa; e Fedro, do *Berenice*, com o brinco de faiança azul em forma de gota; havia um funcionário público da Agência do Trigo, em Regnum, e uma velha que vendia flores junto ao templo de Marte Tutatis, em Clausentium, e muitos outros. Ligavam-se entre si apenas por um trecho de música assoviado no escuro; ou um raminho de azevém preso num broche ou no nó do cinto. Muitos deles, mesmo os que moravam em Portus Adurni, não conheciam o segredo do buraco atrás das tábuas do depósito de Paulinus, nem o outro caminho — o "Caminho do Pardal", como disse Paulinus quando o mostrou a Justino e Flávio — que começava atrás de um muro baixo perto da entrada principal do velho teatro e terminava naquelas tábuas soltas da parede do quarto onde havia o Eros pintado. Mas, de um modo esquisito, assim mesmo eram uma irmandade.

Justino e Flávio foram morar com Cerdic, o construtor de barcos, ganhando a vida com todo tipo de serviço que aparecesse na cidade e nos estaleiros. Isto é, assim faziam quando estavam em Portus Adurni; mas, naquele inverno, estiveram muitas vezes em Regnum, Venta e Clausentium. Justino, embora não Flávio, que seria facilmente reconhecido mesmo com o disfarce que usava, chegou bem mais ao norte, até Caleva, mais de uma vez. Cinco grandes estradas se juntavam em Caleva, e as coortes das Águias viviam passando e repassando pelo campo de treinamento junto à muralha; e em toda a província da Britânia não haveria lugar melhor para ficar de olhos e ouvidos abertos.

O inverno passou e a macieira de Paulinus estava em flor. E mais de vinte homens tinham sido mandados sãos e salvos pelo mar, homens que chegavam ao golfinho ou nalgum dos pontos de encontro levando no corpo um raminho de azevém e dizendo: "Alguém me mandou."

A primavera transformou-se em verão e a melhor macieira do Império deixou cair as suas pétalas de pontas rosadas na água escura do poço do pátio. E da sua capital, Londinium, o imperador Alecto fazia sentir sua mão. Os impostos sobre o trigo e a terra, pesados mas justos nos dias de Caráusio, que todos esperavam que baixassem com Alecto, ficaram mais altos do que nunca, e eram cobrados sem misericórdia para lucro pessoal do imperador. E antes de meados do verão, correu a notícia, de ponta a ponta da Britânia, que Alecto trazia mercenários saxões e francos, trazia os irmãos dos lobos do mar, para controlar o seu reino. A Britânia estava sendo mesmo traída! Os homens pouco diziam — era perigoso falar muito — mas se entreolhavam com ardor e fúria;

e o pinga-pinga dos que levavam o seu raminho de azevém ao Golfinho aumentava semana a semana.

A primeira vez que Portus Adurni viu os odiados mercenários foi em certo dia de julho, no qual o próprio Alecto foi inspecionar as tropas e as defesas da grande fortaleza. Toda a cidade de Adurni foi em multidão até a rua larga e pavimentada que levava ao Portão do Pretório, atraída pela curiosidade e pela possibilidade empolgante de ver um imperador, mesmo que fosse um imperador que começavam a odiar, e pelo medo do desprazer imperial caso não demonstrassem alegria suficiente.

Justino e Flávio tinham encontrado bons lugares para si junto aos degraus do pequeno templo de Júpiter, onde o imperador faria um sacrifício antes de entrar na fortaleza. Ao sol de julho, o calor dançava como uma nuvem de mosquitos acima das cabeças da multidão — uma grande multidão, todos com as melhores roupas e as cores mais vivas. As lojas tinham pendurado tecidos luxuosos e ramos dourados como sinal de júbilo e as colunas do templo foram enfeitadas com guirlandas de carvalho e flor-de-noiva, cuja espuma florida, que já começava a murchar, misturava a sua doçura de mel ao cheiro forte das cravinas-de-jardim e ao odor azedo que subia da multidão compacta. Mas, acima da cena toda, apesar das roupas festivas, das cores vivas e das guirlandas, havia uma falta de alegria que deixava aquilo tudo vazio.

Os dois primos estavam bem perto dos legionários que ladeavam a rua; tão perto do jovem centurião no comando que, quando ele virava a cabeça, podiam ouvir a crina púrpura do penacho do elmo raspar os ombros cobertos de armadura. Era um rapaz moreno e ossudo, com um nariz protuberante como a proa de uma galera e boca larga e inflexível; por alguma razão, talvez por se parecer tanto com eles, chamou a atenção de Justino.

Mas então, vinda ainda da estrada de Venta, surgiu uma agitação, e a expectativa se propagou pela multidão diante do templo. Cada vez mais perto, uma vaga de som lenta e rouca rolou feito onda na direção deles. Todas as cabeças se viraram para o mesmo lado. Justino, apertado contra um legionário bastante áspero e com uma mulher gorda a respirar em sua nuca, viu os cavalos a distância, ficando cada vez maiores e mais claros a cada momento. Viu a silhueta alta e graciosa do novo imperador cavalgando à frente, com os ministros e o estado-maior em volta, e os oficiais superiores da guarnição da fortaleza; e, atrás dele, os saxões da sua guarda pessoal.

Alecto, o Traidor, estava agora a poucos metros, cavalgando em meio à multidão ondulante; um homem alto e branco, cujos olhos e pele pareciam ainda mais pálidos à luz do sol, em contraste com as pregas brilhantes da púrpura imperial que caíam dos seus ombros sobre o bronze dourado da armadura. Ele virou-se, com o velho sorriso encantador, para falar com o comandante do campo a seu lado; olhou em volta com interesse, agradecendo a aclamação do povo com um aceno de cabeça e um gesto da grande mão branca, parecendo não perceber o tom oco das saudações. E, atrás dele, amontoavam-se os saxões da guarda pessoal; homens das tribos da Germânia bárbara, grandes, louros, de olhos azuis, suando sob as capas de pele de lobo jogadas às costas, com ouro e coral no pescoço e serpentes de ouro vermelho acima do cotovelo, que riam e falavam entre si em sua língua gutural enquanto avançavam.

Nisso, desmontaram diante do pórtico do templo, os cavalos girando em todas as direções para espalhar a confusão na multidão compacta. Por sobre o ombro do legionário, Justino viu a figura alta de púrpura virar-se nos degraus cobertos de flores, com um gesto de ator para o populacho; e sentiu-se tomado de uma raiva tão cega que mal enxergou o que aconteceu depois, até que tudo já quase terminara.

Uma velha conseguiu se esgueirar por sob a guarda dos legionários e correu com as mãos estendidas para prostrar-se aos pés do imperador com alguma súplica, alguma petição. O que foi, ninguém chegou a ouvir. Um dos saxões se inclinou, agarrou-a pelo cabelo e puxou-a para trás. Ela caiu com um grito, e todos se juntaram em volta dela. Forçaram-na a se levantar espetando-a com a ponta dos saexes, para se divertir fazendo-a correr. Um silêncio estupefato caiu sobre a multidão; então, quando a velha tropeçou e quase caiu de novo, o centurião avançou, de espada na mão, e ficou entre ela e os que a atormentavam. Com clareza, no silêncio súbito, Justino ouviu-o dizer: "Saia daqui depressa, velha mãe." Depois, virou-se para encarar os saxões, que pareceram momentaneamente domados pelo seu ar de autoridade, e disse:

— O jogo acabou.

Alecto, que se virou outra vez nos degraus para ver o que estava acontecendo, fez um gesto para um dos oficiais do estado-maior. Tudo pareceu se resolver; os saxões foram chamados como cães, com um assovio, e a velha se recobrou e saiu correndo e chorando de volta para a multidão, com os legionários abrindo os pilos cruzados para deixá-la passar.

Quando Justino, que a observava, olhou em volta outra vez, o jovem centurião estava em pé nos degraus do templo, diante de Alecto. Justino estava a uma lança de distância deles, meio protegido por uma coluna enfeitada de guirlandas, e escutou Alecto dizer com voz suave:

— Centurião, homem nenhum interfere com a minha guarda pessoal.

As mãos do centurião fecharam-se ao seu lado. Ele estava bem pálido e respirava depressa. E disse, numa voz tão suave quanto a de Alecto:

— Nem mesmo quando voltam suas adagas contra uma velha, só para se divertir, César?

— Não — disse Alecto com ainda mais suavidade. — Nem assim. Volte ao seu posto, centurião, e da próxima vez lembre-se de não abandoná-lo.

O centurião controlou-se, saudou, virou-se e marchou de volta ao seu lugar, com uma cara que poderia ter sido esculpida em pedra. E Alecto, com o mais encantador dos sorrisos, virou-se e, com os oficiais superiores à sua volta, seguiu para o interior do templo.

A coisa toda se passara tão rapidamente que acabara antes que metade da multidão percebesse o que sucedera. Mas Justino e Flávio iriam lembrar-se depois; lembrar-se, dentre todas as coisas inesperadas, do rosto estreito e pontudo de Serapião, o Egípcio, surgindo das fileiras daqueles que cercavam o imperador, o seu olhar escuro e dardejante fixo no jovem centurião.

Naquela noite, na grande fortaleza, os aposentos do comandante, entregues ao imperador durante a visita, tinham um aspecto bem diferente do costumeiro. Macios tapetes orientais e bordados de cores delicadas da bagagem do imperador tinham transformado o lugar em aposentos mais dignos de uma rainha; e o ar estava pesado com a doçura do óleo perfumado que queimava numa lâmpada de prata ao lado do divã onde Alecto se reclinava. A coroa noturna de rosas brancas que ele acabara de tirar jazia murcha ao seu lado, e ele se divertia fazendo as flores em pedaços com delicadeza. O rosto bastante pesado estava satisfeito como o de um grande gato branco, enquanto ele sorria para o egípcio sentado num tamborete aos seus pés.

— César precisa ter cuidado com aquele jovem centurião — dizia Serapião. — Hoje de manhã, deu a impressão de que apunhalaria César por um denário, e esta noite arranjou uma desculpa para não comparecer ao banquete em homenagem a César.

— Ora, ele só ficou zangado por ser chamado às falas diante de todos, só isso.

— Não, acho que foi mais do que isso. É uma pena que o corpo da guarda de César tenha achado bom divertir-se daquele modo, hoje de manhã.

Indiferente, Alecto deu de ombros.

— Eles são bárbaros e assim se comportam; mas são leais, desde que eu lhes pague.

— Ainda assim, foi uma pena.

O sorriso de Alecto esmaeceu um pouco.

— Desde quando Serapião, o Egípcio, é conselheiro de César?

— Desde que Serapião, o Egípcio, deu a César beladona suficiente para matar um homem — disse o outro, suavemente.

— Pelo Inferno, pelas Fúrias! Isso não acaba nunca? Já não lhe paguei o suficiente? Não o coloquei no meu séquito pessoal?

— E não sou um bom servidor? — encolheu-se Serapião, baixando os olhos escuros. — Não, mas eu não queria lembrar a César... coisas desagradáveis... Mas servi bem a César naquela ocasião. Teria sido melhor se César usasse os meus serviços outra vez... numa ocasião mais importante. O outro deu um risinho.

— Não, meu caro, você dá valor demais ao segredo e às trevas. Hoje em dia, nenhum imperador se preocupa demais em esconder a mão que matou o imperador que o precedeu. Além disso, foi um ato político envolver profundamente os saxões, para que eu possa me assegurar daqui para a frente de um bom suprimento de mercenários.

Serapião ergueu os olhos.

— César pensa em tudo! Ainda assim, pelo menos enquanto estamos aqui, ficarei de olho naquele jovem centurião e nos seus atos.

O homem alto e pálido no divã virou-se para olhá-lo com mais atenção.

— O que há nessa sua mente suja, seu sapinho venenoso?

— Andaram me dizendo, nos últimos meses, que nessa parte do litoral mais de um homem que não tinha razão para amar César... desapareceu debaixo do nariz das autoridades de César. E acho que, vigiando o jovem centurião, talvez se consiga... descobrir como foi.

Na noite seguinte, mais ou menos à mesma hora, Justino estava sentado num canto escuro do Golfinho. Era uma noite de verão abafada e sem vento, e o velho toldo listrado havia sido recolhido, de modo que o pátio estreito e iluminado por lampiões era encimado pela escuridão luminosa do céu noturno acima do entrelaçado folhoso da vinha na treliça. A adega não estava muito cheia naquela noite e o canto escuro era só dele e dos seus pensamentos.

Recebera a notícia que viera buscar e, quando terminou a taça de vinho — não muito depressa, caso alguém estivesse de olho — voltaria a Paulinus para avisar que o último homem a ser mandado para a Gália desembarcara são e salvo. Flávio estaria lá e Fedro chegaria mais tarde, quando terminasse de descarregar do *Berenice* um carregamento de vinhos. Tinham de discutir alguns planos para reduzir o tempo necessário para tirar um homem da província, planos que precisavam ser muito bem pensados. Justino tentou pensar nisso mas, na maior parte do tempo, sua mente se ocupava com aquele vislumbre espantoso de Serapião, o Egípcio, entre os auxiliares pessoais de Alecto, no dia anterior. Por que Alecto aceitaria o vendedorzinho de perfumes em seu séquito? No fundo da sua mente, algo sussurrava que havia, sempre houvera, um vínculo forte entre veneno e as coisas que Serapião vendia. O lobo do mar que poderia ter falado demais morrera envenenado... Ora, qualquer que fosse a verdade do caso, o seu reaparecimento não poderia representar nenhuma ameaça para eles, já que, graças aos deuses, ele não os vira. Ainda assim, Justino não conseguia limpar da mente uma inquietude estranha, algo que era quase premonitório.

Alguém entrou, vindo da praia escura; Justino ergueu os olhos e viu um rapaz com uma capa feita à mão, bem puída, de cabelo escuro e crespo sobre uma testa marcada de varíola e um nariz adunco, grande e ossudo, que hesitou um instante à porta, olhando em volta. Sem as correias e o elmo, parecia bem diferente da última vez que o vira, mas, com os pensamentos já sobrevoando a cena da véspera nos degraus do templo, Justino o reconheceu na mesma hora.

O rapaz pareceu se decidir e, chamando com o dedo o dono do lugar, foi sentar-se não muito longe de onde Justino observava. Nisso, uma sombra moveu-se no escuro, além da porta; mas isso não era raro, muita gente ia e vinha pela beira d'água. Justino continuou observando o jovem centurião. O vinho veio, mas ele não o tomou, só ficou ali sentado, as mãos sobre os joelhos, brincando com algo entre os dedos, e Justino viu que era um ramo de azevém.

Ele pegou a sua própria taça de vinho, levantou-se e foi até o recém-chegado.

— Ora, ora, que coisa agradável e inesperada. Saúdo-o, amigo — disse ele, como quem encontra um amigo por acaso, e, pousando o copo na mesa, sentou-se. O outro o observara rapidamente quando se aproximou, e o observava com cautela, o rosto cuidadosamente reservado, enquanto Justino o estudava por sua vez. Havia sempre um risco nesse momento, sempre a possibilidade de que o ramo de azevém surgisse em mãos erradas. Mas ele tinha bastante segurança com esse homem, ao lembrar a cena da véspera nos degraus do Templo de Júpiter; além disso, o rosto agradável e marcado não era o rosto de um informante, e tinha um ar tenso e um pouco desesperado.

— Está muito quente hoje — disse Justino, e soltou as pregas da capa leve, revelando o ramo de azevém enfiado no broche de bronze no decote da túnica.

O outro o viu e houve um tipo de cintilação no seu rosto, instantaneamente sufocado. Inclinou-se um pouco na direção de Justino e disse depressa, em voz baixa:

— Alguém me disse que, se eu viesse a essa adega com um certo símbolo, talvez encontrasse alguém que me ajudaria.

— É mesmo? Isso depende da ajuda — murmurou Justino, observando a luz do lampião e as sombras das folhas se misturarem no copo.

— A mesma ajuda que outros receberam — disse o rapaz, com um sorriso tenso e rápido que mal lhe tocou os olhos.

— Vamos deixar o disfarce de lado. Veja, estou me pondo em suas mãos. Não quero mais servir a um imperador como Alecto.

— Isso desde ontem?

— Você sabe de ontem?

— Eu estava ali p-perto, no meio da multidão diante do Templo de Júpiter.

— Ontem — murmurou o rapaz — foi a última palha que fez o camelo arriar. O que fazemos agora?

— Tome o seu vinho devagar e tente parecer um pouco menos c-conspirador — disse Justino, com uma risada.

Ficaram sentados algum tempo, tomando calmamente o vinho e conversando sobre a possibilidade de tempo bom para a colheita e assuntos parecidos, até que Justino chamou o dono da adega com o dedo.

— Agora, acho que já é hora de irmos andando.

O outro concordou sem dizer palavra, empurrando o copo vazio. Cada um pagou a sua conta e, levantando-se juntos, saíram, Justino à frente e o outro, logo atrás, para a noite abafada de verão.

Dentre aqueles que, depois do escurecer, iam e vinham da casinha ou da câmara secreta no velho teatro, nenhum seguia um caminho reto, para evitar serem seguidos; nessa noite, devido à inquietude que a presença de Serapião lhe causara, Justino levou o companheiro por um caminho ainda mais tortuoso do que de costume. Mas, quando finalmente desceram o escuro corredor estreito até a porta do pátio, uma sombra que estivera atrás deles o caminho todo, desde o Golfinho, ainda estava atrás deles. Justino parou junto à porta, tentando escutar, como sempre, algum som de que estivessem sendo seguidos. Mas não havia som nenhum, nada se movia na obscuridade que se amontoava no beco; entretanto, quando ergueu a trava e entrou com o jovem centurião, deixando o ferrolho cair em silêncio atrás de si, uma das sombras se destacou do resto e disparou, com a rapidez de um lagarto, pela porta.

O pequeno pátio estava às escuras, mas a luz da Lua que nascia tarde e que mal passara de cheia branqueava a crista da parede do velho teatro acima deles, e os ramos superiores da pequena macieira junto ao poço estavam tocados de prata, de modo que as maçãs meio crescidas eram como as maçãs do amado ramo de prata de Culen. Justino parou de novo, tentando escutar com intensidade forçada, nascida daquela estranha inquietude de que não conseguia se livrar. Mas a sombra no beco não fez mais barulho que as outras sombras e, com um "por aqui" murmurado, levou o companheiro até a porta da casa.

Estava destrancada, assim como a porta do pátio, à espera de Fedro, que viria mais tarde, e ele a abriu e mostrou o caminho.

A porta do pátio abriu-se numa rachadura atrás deles e fechou-se de novo, tão silenciosamente quanto se abrira. Nada se moveu no pátio, a não ser uma mariposa prateada em meio aos ramos de prata da macieira.

XII

UM BROTO DE GIESTA

Uma fresta de luz mostrou-se amarelada sob a porta diante deles e a pequena sala pareceu muito clara quando Justino ergueu o ferrolho e entrou. Flávio lá estava com Paulinus, e o tabuleiro de xadrez sobre a mesa entre eles mostrava como passaram o tempo à espera de Fedro, do *Berenice*.

— Ah, você voltou — saudou-o Paulinus, e depois, ao ver a figura atrás dele —, e quem é esse que veio com você?

— Outro para seguir o caminho de sempre — disse Justino.

— É mesmo? Então veremos o que pode ser feito. — Paulinus moveu a peça um pouco distraído. — Notícias do último?

— Desembarcado em segurança.

Flávio observava o recém-chegado.

— Foi você que desagradou o Divino Alecto diante do templo de Júpiter, ontem — disse ele de repente, e se pôs de pé, balançando o tabuleiro e fazendo uma expressão dolorida surgir por um instante no rosto de Paulinus.

O recém-chegado deu aquele sorriso tenso e rápido.

— Também estava na multidão?

— Estava — disse Flávio. — Gostaria de ter coragem de fazer o mesmo, se fosse a minha coorte que estivesse cuidando da rua ontem.

Por um instante ficaram parados, entreolhando-se dos dois lados da lâmpada sobre a mesa, Flávio com as roupas grosseiras de trabalhador braçal, cabeludo e nada limpo. Ainda assim, o recém-chegado disse, com apenas meia pergunta na voz:

— Você fala, creio eu, como membro da irmandade.

— Ano passado, por essa mesma época, eu comandava uma coorte na Muralha.

Paulinus, que estivera observando o recém-chegado, soltou um leve grunhido de aprovação.

— Soube da história desse desagrado do imperador. Pouco sábio, meu caro rapaz; mas no geral... hã... louvável, muito louvável mesmo. E então, agora acha que a Gália seria lugar melhor para você do que a Britânia?

— Pode me conseguir isso?

— Posso conseguir — disse Paulinus tranquilamente — se tiver paciência durante alguns dias, nos quais temo que será meu hóspede em... hã... aposentos bem próximos. — E, assim dizendo, levantou-se e começou a se agitar com o seu jeito suave, quase como uma galinha mãe. — Mas por que vocês todos estão em pé aqui? Sentem-se, sentem-se. Logo estará aqui mais um de nós e, quando ele chegar, se me der licença, vou levá-lo para aqueles aposentos próximos de que falei. Nesse negócio, o melhor é que ninguém saiba mais do que precisa. Não, não, não. Enquanto isso, já ceou? Um copo de vinho, então? E, por favor, sente-se.

O recém-chegado não queria vinho nem ceia, mas sentou-se. Todos sentaram-se em torno da mesa e, depois de um instante de pausa, ele disse:

— Sinto que a coisa a fazer é não perguntar nada, e portanto nada perguntarei... Não vão continuar o jogo?

Paulinus lhe deu um sorriso.

— Ora, ora, se tem certeza de que não acha descortês... Não haverá mais tempo para xadrez quando o nosso... hã... amigo chegar, e confesso que detesto deixar um jogo inacabado, ainda mais quando estou ganhando. Flávio, acredito que é a sua vez.

Fazia muito calor na salinha iluminada com as janelas fechadas, muito silenciosa além do zumbido de uma varejeira entre as traves do telhado e o leve barulhinho das peças a serem movidas no tabuleiro. O jovem centurião sentou-se com os braços sobre os joelhos, muito sério, com os olhos fixos à frente. Justino, observando o jogo, começou a ficar muito sonolento, de modo que as peças dançavam um pouco no quadriculado branco e preto, e o barulhinho do seu movimento parecia se afastar cada vez mais...

Mas, no fim das contas, aquele jogo de xadrez nunca terminaria.

De repente, Justino estava bem acordado outra vez, com o som das tábuas afastadas no depósito e, no instante seguinte, Fedro, o capitão do navio, surgiu entre eles, trazendo consigo uma urgência desesperada, um cheiro de perigo mortal que os fez pular de pé antes mesmo que ele desse, ofegante, o alerta.

— A guarda bárbara está cercando a casa toda. Na rua, e o pátio está cheio deles! Eu quase dei direto com eles, mas pela graça dos deuses consegui vê-los a tempo e vim pelo Caminho do Pardal.

O pequeno silêncio que se seguiu não poderia ter durado mais que um piscar de olhos, mas para Justino pareceu inchar cada vez mais, como uma bolha gigante; uma bolha de total imobilidade. E no meio dessa imobilidade, Paulinus disse calmamente:

— Justino e Flávio, fariam o favor de trancar as portas externas?

Eles pularam para fazer o que ordenou; e foi bem na hora, pois assim que Justino deixou cair no lugar a trava da porta do pátio — uma trava extremamente forte para uma residência — uma saraivada de golpes caiu sobre ela, fazendo as tábuas rangerem e vibrarem sob sua mão, e um rugido de vozes guturais se elevou lá fora.

— Abram! Abram, ou derrubaremos as portas! Abram, homens que abrigam traidores, ou poremos fogo no telhado e os forçaremos a sair!

A trava aguentaria algum tempo, embora o fim fosse certo. Ele voltou correndo para a sala, ainda iluminada e comum, com o jogo de xadrez pelo meio sobre a mesa e os deuses domésticos pintados nos nichos da parede, bem a tempo de ouvir o centurião dizer:

— A culpa é minha. Alguém deve ter me seguido. Vou sair e me entregar, senhor.

E Paulinus respondeu:

— Não, não, isso acabaria acontecendo a qualquer momento, e quanto a se entregar a eles: meu bom rapaz, acha que se contentariam com você?

Justino fechou a porta da sala e encostou-se nela. Flávio estava encostado da mesma forma na porta que dava diretamente para a rua, e atrás dele também se elevava o clamor da matilha. Paulinus deu uma olhada rápida em cada um dos companheiros e fez um sinal brusco com a cabeça.

— É, todos vocês são magros e ágeis; ainda bem que é você, Fedro, e não aquele gigantesco Cerdic. Rápido, pelo Caminho do Pardal, vocês quatro, e corram para o estaleiro de Cerdic.

— E você? — retrucou Flávio.

— E eu lá tenho corpo para o Caminho do Pardal? Vão logo; esperem por mim no estaleiro, e assim que puder vou encontrá-los lá.

— Como? — perguntou Justino rispidamente, mantendo a posição, a mão na adaga no cinto. — Acho que ficaremos com o senhor e lutaremos j-juntos.

Os golpes tinham se estendido agora para a janela alta e trancada, e na rua e no pátio cresceram os berros da matilha.

— Tenho outra rota de fuga — disse Paulinus, rapidamente —, que sempre guardei para mim porque sou gordo e velho demais para a outra. Mas só posso usá-la sozinho. Quer desperdiçar a vida de todos nós?

— Isso é verdade? — perguntou Flávio.

— É verdade. Ouçam: a porta vai ceder a qualquer momento. Fora! É uma ordem!

— Muito bem, senhor — saudou Flávio, como a um oficial superior, e virou-se para a porta da cozinha, diante da qual estava Justino.

Este, o último dos quatro a sair, olhou mais uma vez para trás e viu Paulinus em pé, ao lado do jogo de xadrez inacabado. Seu rosto estava muito rosado com o calor e, como sempre, parecia levemente ridículo: um homenzinho gorducho e comum numa salinha gorducha e comum, cuidando deles. Mais tarde, ao lembrar esse momento, Justino sempre achou estranho que Paulinus ainda parecesse ridículo. Ele devia parecer... Justino não sabia direito, mas não ridículo, e deveria haver em torno dele um brilho que não vinha da lâmpada. Com o trovão dos golpes e as vozes guturais nos ouvidos, eles seguiram para a escuridão abarrotada do depósito.

— Vá primeiro; você conhece o caminho melhor do que todos nós — cochichou Flávio ao pequeno marinheiro. — Fico na retaguarda.

— Certo. — O sussurro veio do negrume e, um após o outro, enfiaram-se pela escadaria. Justino ouviu Flávio puxar alguns cestos por cima do buraco, atrás deles — não que isso tivesse alguma utilidade quando a maré de bárbaros invadisse. No poço escuro da escadaria, o rugido ameaçador ficou abafado, mas, quando chegaram à câmara superior, chegou a eles com toda a força, numa explosão, e Justino viu o brilho vermelho das tochas, refletido de baixo, a se misturar com a luz branca da lua quando se deitou de barriga e se esgueirou atrás do jovem centurião pelo buraco na parede.

Houve uma pausa enquanto Flávio recolocava as tábuas soltas, que podiam ser abertas dos dois lados; depois, seguiram com a máxima atenção. O Caminho do Pardal nunca fora agradável, e para Justino, que nunca se sentira bem com a altura, era muitíssimo desagradável, mesmo quando não tinha de ser percorrido acima das cabeças de uma turba de mercenários saxões aos gritos, passando por cornijas que cintilavam com a luz refletida das tochas, onde um deslizar da mão ou um passo em falso na inclinação do telhado poderia, a qualquer momento, atrair a caçada para eles.

Mas conseguiram cruzá-lo em segurança; e muito depois, pelo que parecia, jogaram-se da última cornija e caíram com suavidade numa pilha de lixo, atrás da entrada meio desmoronada do teatro.

Ainda mais tarde, tendo em seu meio Cerdic, o construtor de barcos, os quatro se juntaram num grupo bem unido, à espera junto da cabana de teto de capim perto da cidade, onde Justino e Flávio tinham morado todos esses meses.

Estavam praticamente em silêncio, atordoados pela subitaneidade do que acontecera, o olhar tenso atraído por um brilho vermelho que surgira no céu acima de Portus Adurni. Justino tremeu um pouco no ar frio do charco. Os saxões teriam incendiado a casa? Ou isso teria algo a ver com a rota de fuga de Paulinus? Quando tempo demoraria para Paulinus chegar?... ou... será que chegaria? Não, não deveria pensar assim; afastou a ideia, apressado. Paulinus jurara que havia outra saída...

Flávio, franzindo a testa para o luar, disse, de repente:

— Fedro, já ouviu falar dessa outra rota de fuga? Essa por onde só alguém sozinho pode passar?

O marinheiro balançou a cabeça.

— Não. Mas ele disse que a guardara para si. Vai ver é por isso que nenhum de nós ouviu falar dela.

— Espero que tenha razão — disse Flávio. — Os deuses queiram que você tenha razão.

Quase enquanto falava, algo se moveu na sombra das dunas, e o coração de Justino deu uma sacudidela de alívio.

— Aí vem ele!

Então, quando a coisa que se movia oscilou ao luar, tropeçando na areia macia e solta, viram que não era Paulinus, mas o menino Miron.

Flávio assoviou baixinho, e o menino ergueu os olhos, avistou-os e seguiu com velocidade aumentada; quando se aproximou, puderam ouvi-lo ofegar, meio que soluçando enquanto corria.

— Em nome do Trovão! O que aconteceu? — disse Flávio baixinho, correndo para recebê-lo.

E, de repente, estavam todos na areia macia, e no meio deles o menino Miron arfava com palavras entrecortadas que, a princípio, mal conseguiram entender.

— Ah, graças aos deuses vocês estão aqui! A cidade toda está cheia daqueles demônios, e nada pude fazer... eu... eu... — e ele começou a chorar.

Flávio segurou-o pelos ombros.

— Haverá tempo suficiente para isso depois, se for necessário. Conte o que aconteceu.

— Paulinus! — O menino deu uma inspiração entrecortada. — Mataram Paulinus... eu vi.

Justino não conseguiu falar; ouviu Fedro soltar um som áspero pela garganta e, depois, Flávio disse, com voz dura e fria:

— O que você viu?

— Voltei cedo, porque tinha me esquecido de encher as lâmpadas, e ele detestava que secassem no meio da noite. E estava quase lá quando ouvi os gritos e vi as chamas. E me esgueirei até mais perto para ver... bem junto da porta do pátio... e o pátio estava cheio daqueles demônios saxões com tochas, e o telhado estava em chamas e tudo... e bem quando cheguei lá, a porta da casa se abriu e... Paulinus saiu... só saiu para o meio deles, e o mataram... como se mata um texugo.

Houve um silêncio longuíssimo. Nenhum som no mundo inteiro, a não ser a imobilidade suspirante, cantante, infestada de ar do pântano sob a lua. Nem mesmo o chamado de um pássaro. Então, Flávio disse:

— Então no fim das contas não havia outra saída... ou, se havia, algo deu errado e ele não pôde usá-la.

— Havia outra saída... era aquela — disse Justino lentamente.

O jovem centurião, que ficara totalmente imóvel o tempo todo, disse bem baixinho, como para si mesmo:

— Ninguém tem amor maior... — e Justino achou que ele citava outra pessoa.

O menino Miron chorava desconsolado, repetindo várias vezes num sussurro entre soluços:

— Não pude fazer nada... não pude...

— É claro que não. — Justino abraçou-lhe os ombros. — Fomos nós que o abandonamos.

Flávio fez um gesto ríspido de negação. — Nós não o abandonamos. Ele nos ordenou que saíssemos, para que pudéssemos continuar o trabalho depois dele. Foi por isso que ele nos recrutou. Então, agora continuamos o trabalho. — Então, parecendo lembrar-se, pela primeira vez, do estranho que estava entre eles, virou-se para o rapaz e disse: — Sinto muito, mas a sua viagem para a Gália vai ter de esperar um pouco.

O jovem centurião virou-se para o mar, a cabeça erguida no sopro leve do vento da noite.

— Posso mudar de ideia sobre a Gália?

— É tarde demais para voltar atrás — disse Flávio.

— Não peço para voltar atrás. Peço para fazer parte do grupo de vocês.

— Por quê? — perguntou Flávio rudemente, depois de uma curta pausa de espanto.

— Não... não falo de pagar minhas dívidas: há dívidas que não podem ser pagas. Quero entrar para o grupo porque me parece que vale a pena.

Ao amanhecer, a bela casinha de Paulinus era uma ruína estripada, a câmara secreta aberta para o céu, a macieira do pátio feita em pedaços na pura alegria desumana da destruição; e os bárbaros de Alecto investigavam como cães de caça todas as esquinas de Portus Adurni, sem saber direito em busca do quê.

E, agachado a sotavento do galpão de Cerdic, com a leve cerração a se erguer em torno deles enquanto a noite se aproximava da aurora, Flávio falou diretamente àqueles do bando com quem tinham conseguido se reunir, com o braço nos ombros de Justino enquanto falava, como se quisesse deixar claro que os dois eram um só na liderança que, com a morte de Paulinus, recaíra sobre eles.

— Todos vocês sabem o que aconteceu; conversar não vai mudar nada. Agora temos de planejar a continuação do trabalho no futuro.

Houve um murmúrio entrecortado de concordância vindo das formas escuras e amontoadas, e o dono do Golfinho disse:

— Isso, e a primeira coisa de que precisamos é de um novo quartel-general. E suponho que, depois do que aconteceu esta noite, Portus Adurni não seja mais lugar para isso durante um bom tempo.

— Algum lugar mais para o interior — disse outro homem rapidamente.

Flávio lhes deu uma olhada à luz da lua baixa.

— Penso da mesma forma — disse ele.

— Alguma sugestão? — Quem falou foi Fedro, inclinado para frente, com os braços em volta dos joelhos dobrados.

— Tenho — disse Flávio, e Justino sentiu o braço sobre seu ombro se contrair um pouco. — Assim como Paulinus usou a própria casa com esse propósito, estou pensando, a menos que algum de vocês apresente razões contra o plano, em usar a minha.

Era a primeira vez que Justino ouvia essa ideia, mas na mesma hora soube que estava certa; o plano todo parecia certo e adequado.

— E onde será que fica a sua casa? — perguntou Cerdic, o construtor de barcos, no trovão grave que sempre parecia vir de algum ponto bem no fundo do seu peito largo.

— Lá na greda, dez ou doze milhas a nordeste daqui. É uma boa posição estratégica, tão perto de Clausentium quanto aqui, mais próxima de Regnum e de Venta. É de fácil acesso pelas planícies ou pela antiga trilha de Venta; e tem a floresta como esconderijo, caso haja problemas.

Houve um certo volume de conversas urgentes em voz baixa antes que tudo ficasse combinado, mas nenhum dos homens ali reunidos encontrou no plano alguma falha específica e até, depois de alguma discussão e troca de argumentos, acharam que era bom. A casa junto ao teatro nunca fora um verdadeiro ponto de encontro; na verdade, era o ponto onde os fios se juntavam. E desde que ficassem reunidos em algum ponto razoavelmente próximo do centro da teia, pouca diferença fazia o lugar exato.

— Então é um bom plano, e vamos segui-lo — disse Fedro, finalmente. — Mostre-nos como encontrar esse lugar.

E assim, à luz enevoada da lua e com os primeiros fios finos e cinzentos do alvorecer, Flávio lhes fez um mapa em relevo na areia, para que soubessem como encontrá-la. A grande elevação curva junto às planícies, que subia um palmo acima do capim do pântano, com as sombras suaves do luar em seus vales minúsculos; e a marca do dedo passado na areia eram as grandes estradas e as trilhas que já eram antigas antes que as estradas fossem novas. E para a fazenda propriamente dita, um ramo de giesta, com areia entre as folhas e uma fagulha de flor. E quando todos memorizaram com atenção o mapa, ele o desfez completamente.

— Então, isso é tudo. Justino e eu vamos agora para o interior tomar providências, mas voltaremos no máximo em dois dias. Acho que o recruta mais novo vem conosco. Ele é conhecido demais nestas paragens.

Justino deu uma olhada numa figurinha desolada, encolhida contra a parede do galpão, e disse depressa, meio entredentes:

— Miron também. Ele não tem onde ficar, nem ninguém a quem voltar em Portus Adurni, e não está em condições de ser visto pelos nossos inimigos.

Flávio assentiu.

— É, tem razão. Não podemos deixá-lo aqui. Miron também, então.

A luz aumentava e já era hora de se separarem, mas no último momento ele os deteve.

— Esperem; tem mais uma coisa. Depois disso é melhor mudarmos o sinal. Agora pode haver outros, além de nós, à procura de ramos de azevém.

— Então, o que será? — disse Fedro.

Foi Justino, no ato de virar-se para buscar na cabana o adorado estojo de instrumentos, que pegou o ramo de giesta que fora usado para marcar a posição da fazenda e sacudiu lhe a areia.

— Que tal isso? É fácil de encontrar, e todos os homens a conhecem.

— Pois serve — disse Flávio. — Espalhe a notícia no litoral, Fedro.

Ao meio-dia, bem longe, na crista antes da planície, Flávio parou algumas horas, não querendo chegar à fazenda, onde sem dúvida achavam que ele e Justino estavam na Gália, sem avisar e à luz do dia.

Havia campânulas no capim acastanhado do prado e as borboletas azuis da região da greda dançavam ao sol; a terra estava morna ao toque e com aroma de tomilho; e pareceu insuportável a Justino que fosse assim depois da noite anterior — depois de Paulinus. Ele sabia que Paulinus estava no pensamento de todos — aquele homenzinho tímido que se certificara da segurança dos seus seguidores e depois saíra tranquilamente para a morte — mas não falavam do que aconteceu. Era como Flávio dissera: "Todos vocês sabem o que aconteceu; conversar não vai mudar nada." Não falaram de nada. Não sabiam, enquanto estavam em marcha, que estavam cansados; mas agora que tinham parado, de repente sentiram-se exaustos. O menino Miron, que parecia completamente estonteado, simplesmente desmoronou onde parara e adormeceu quase antes de tocar o chão; e os outros três, revezando-se na vigilância, seguiram o seu exemplo.

Justino ficou de vigia pela última vez e, quando chegou a hora, o calor do meio do dia já passara havia muito tempo e a luz do sol se engrossava num brilho âmbar sobre os morros. Agora que dormira, a bestialidade acumulada da noite anterior se afastara um pouco, e ele conseguiu dizer à voz que o acusava por dentro: "Não, tomei todo o cuidado possível para ter certeza de que ninguém me seguia. Quem quer que fosse, foi mais esperto do que eu. É só isso." E conseguiu saber que era verdade. Mas a voz dentro dele continuou a acusá-lo do mesmo jeito, de modo que teve de repassar tudo na cabeça várias vezes, até a cabeça doer tanto quanto o coração. Finalmente, desesperado para ter algo a fazer com as mãos que o impedisse de pensar, soltou a aljava gasta do estojo de instrumentos, arrumou o conteúdo no capim, à sua frente, e com o pano macio em que ficavam envolvidos, passou a polir as ferramentas do seu ofício. Não que precisassem de polimento, pois as mantivera brilhantes como vidro durante todos aqueles longos meses, como se assim agindo mantivesse a fé em algo dentro de si, algo que servia para curar e criar e tornar novamente são, num mundo que parecia tudo destruir.

Nisso, percebeu que Antônio, o jovem centurião, não dormia mais, mas apoiara a cabeça no braço para observá-lo.

— É uma mancha de ferrugem que você esfrega e esfrega com tanto desespero? — perguntou o centurião, quando os seus olhos se cruzaram.

Justino disse, devagar:

— Acho que estou tentando limpar o fato de saber que... que fui eu quem levou os lobos à porta de P-Paulinus ontem à noite.

— É mais provável que tenha sido eu. Peguei aquela pequena sombra egípcia de Alecto me vigiando mais de uma vez, depois do problema nos degraus do templo. Isso devia ter me posto mais em guarda.

A sombra egípcia, pensou Justino; sim, isso combinava perfeitamente com Serapião. Ele acertara ao farejar perigo quando avistou a criatura no séquito de Alecto. Perigo e morte; vieram depressa.

— Mas, seja quem for que estivessem seguindo, ainda fui eu quem mostrou o caminho — disse ele, arrasado, incapaz de fugir facilmente da culpa e deixá-la sobre os ombros do outro.

— Paulinus não culpou nenhum de nós — disse Antônio baixinho. — Ele sabia que isso poderia acontecer qualquer dia, sem que fosse culpa de ninguém do grupo. Era um risco que ele estava disposto a correr, assim como... como você está correndo, a partir de agora.

E, de algum modo, essas últimas palavras nada reconfortantes confortaram um pouco Justino, como nada mais conseguiria fazer. Ele baixou o instrumento que estava polindo e pegou outro.

O jovem centurião observou-o em silêncio por algum tempo e depois disse:

— Eu queria saber o que havia nesse estojo que você leva com tanto cuidado.

— As ferramentas do meu ofício.

— Ah! Então é cirurgião?

Justino olhou as mãos, vendo-as endurecidas e calosas depois de nove meses nos estaleiros e cordoarias de Adurni, cortadas e enegrecidas de piche; com as pontas dos dedos bem menos sensíveis do que eram.

— Eu... eu era cirurgião, quando Flávio era comandante de coorte — disse ele.

Antônio pegou um dos pequenos instrumentos brilhantes, examinou-o e deixou-o de novo sobre o tomilho miúdo.

— Você tem sorte — disse ele. — Tem muita sorte. A maioria de nós só consegue quebrar coisas.

Nisso, Flávio também acordou e, com o sol baixando atrás de Vectis, despertou Miron, que não se mexera desde que dormira, e os pôs todos de pé.

— Se partirmos agora, talvez cheguemos à fazenda no crepúsculo... Vejam como a ilha está se afastando lá no mar Finalmente vai chover.

E choveu, e naquela noite, no átrio da velha casa da fazenda, conseguiram ouvi-la sussurrando e golpeando o telhado e as folhas largas da figueira lá fora; e o pequeno sopro de ar que vinha da porta aberta e que mal agitava a chama da lâmpada sobre a mesa trazia consigo o cheiro mais maravilhoso de todos, o cheiro que prende o coração e a garganta da chuva sobre a terra quente e sedenta.

Tinham acalmado o estômago vazio com coalhada, pão ázimo e carneiro frito; deixaram Miron adormecido outra vez diante do fogo baixo nos aposentos do capataz e agora ali estavam, no velho átrio, com o pessoal da fazenda em volta deles, em obediência ao chamado de Flávio. Justino, olhando em volta os homens reunidos à luz fraca da lâmpada, achou-os pouco mudados desde a licença que passara entre eles havia um ano e meio. O próprio Sérvio, sentado num tamborete por respeito ao cargo de capataz; Kindilan, com o rosto largo e agradável meio perdido numa nuvem de barba loura; Buic, o velho pastor, com os olhos enrugados de uma vida inteira passada fitando a distância para achar as ovelhas, com o cajado ao lado e o cão pastor de olhos cinzentos junto aos joelhos; Flann, o lavrador, e o resto, todos confortavelmente sentados nos baús e nos fardos de lã ainda da última tosquia. Também havia duas ou três mulheres, reunidas junto a Cuta, perto da porta. A primeira agitação de espanto com a chegada deles já desvanecera e o grupo sentado olhava o dono do lugar com leve curiosidade apenas; uma atenção tranquila que, de certa forma, parecia ser a mesma da quietude imutável da própria planície.

Flávio sentou-se de lado na mesa, junto à lâmpada, balançando o pé enlameado enquanto olhava a todos. E disse:

— Vocês devem estar se perguntando para que tudo isso, e por que Justino e eu não estamos na Gália, e não posso lhes contar. Na verdade, não vou lhes contar, pelo menos por enquanto. Mas preciso da sua ajuda. Nenhum de vocês jamais me faltou, e confio que não me faltarão agora, portanto terão de confiar em mim. Acontecerão coisas estranhas, estranhos indo e vindo na fazenda. Em geral, estarão usando um ramo de giesta em algum lugar do corpo, assim... — Ele afastou a dobra da capa grosseira e mostrou o raminho verde com a sua fagulha de flor ainda agarrada, preso no broche do ombro. — Justino e eu também estaremos indo e vindo; e nada se deve dizer sobre isso fora da fazenda; nem uma palavra. É um caso de vida ou morte. Dependo da lealdade de vocês, a mim e a Justino, que está comigo nisso. — Ele olhou em volta com um sorriso. — Isso é mesmo tudo o que eu queria dizer.

Houve um longo silêncio enquanto o grupo pensava e o som da chuva entrou na sala. Justino esperava que Sérvio falasse pelos outros, pelo mesmo direito que tinha de sentar-se no tamborete; mas foi Buic, o pastor, por direito de idade, que falou pelos companheiros, na fala suave do seu povo, que lhe vinha à língua mais prontamente do que o latim.

— Conhecemos o seu pai, meu caro, e o conhecemos desde o terceiro dia depois que nasceu, e também conheci o seu avô bastante bem. Assim, creio que confiaremos em você e não haverá perguntas; e creio que não lhe faltaremos.

Quando o capataz e o pessoal da fazenda se foram, e os três ficaram sozinhos no átrio escurecido pela fumaça, reuniram-se junto ao pequeno fogo que Cuta lhes acendera na lareira, pois com a chuva a noite estava ficando fria.

Antônio, que ficara de lado, observando a cena em silêncio, disse, de repente:

— Você tem sorte por poder confiar tão completamente no seu pessoal. — E, dali a um instante: — Nenhum deles, creio eu, é escravo?

Flávio olhou-o, surpreso.

— Escravos? Oh, não, não há escravos na fazenda; nunca houve. Aqueles eram todos homens e mulheres livres e... amigos bastante queridos.

— É mesmo? Pois penso que este deve ser um lugar feliz — disse Antônio. Olhou um e outro, inclinando-se um pouco, a mão direita movendo-se lentamente pelo joelho para desenhar alguma coisa na cinza branca junto à lareira.

E Justino, observando, viu que a coisa que ele desenhava era um peixe.

Já tinha visto esse símbolo antes, na Judeia. Tinha algo a ver com um homem que chamavam de Cristo, executado havia mais de duzentos anos; mas parecia que ainda tinha seguidores. Seria preciso ser um bom líder, pensou Justino de repente, para que as pessoas ainda o seguissem duzentos anos depois; não só sacerdotes atrás de ganhar alguma coisa, nem mulheres tolas, mas homens como Antônio.

Os olhos do jovem centurião cruzaram-se com os seus e fitaram-nos um instante, com uma sombra de pergunta; depois passaram para Flávio, que ajeitava o broche do ombro e nem parecia ter notado. Depois ele passou a mão sobre a lareira e o peixe sumiu outra vez.

XIII

O RAMO DE PRATA

Naquele verão, os lobos do mar, depois de passarem pela guarda enfraquecida das galeras, vieram atacar bem acima dos rios do litoral sul, queimando e saqueando pelo interior da planície até as florestas de Weald. Era como fora antes da chegada de Caráusio; e pior, porque agora os mercenários saxões de Alecto estavam soltos pela região. Piratas e mercenários lutavam até a morte quando se encontravam, como duas matilhas de lobos que caçassem no mesmo território. Mas, para os caçados, em geral não havia muita diferença entre uma matilha e outra.

A fazenda, perdida em seu vale baixo, conseguiu escapar. O verão passou; eles colheram o trigo na planície e o trabalho pelo qual Paulinus dera a vida continuou. Mas, enquanto o verão se transformava em outono, o ramo de giesta começou a significar algo mais vasto do que no princípio.

Tudo começou com três jovens irmãos do Vau da Lontra, cuja fazenda fora queimada sobre suas cabeças por um bando de mercenários bêbados, que foram pedir a Flávio refúgio e a oportunidade de pagar na mesma moeda a dívida com Alecto.

— Se os aceitar — disse Sérvio, como aviso —, terá uma legião antes de perceber o que está acontecendo.

E Flávio, com as sobrancelhas ruivas mais erguidas do que nunca, respondeu:

— Pois que seja. Teremos uma legião!

Quando chegou a época de salgar a carne para o inverno, a legião já tinha mais de vinte integrantes, inclusive o menino Miron; homens sem posses, homens com ofensas a vingar, fugitivos de todo tipo, com alguns legionários "perdidos" por vontade própria para enrijecer o grupo, que se escondia nos quilômetros de floresta em volta — a floresta que sempre foi amiga dos homens procurados. Mais tarde, Kindilan foi até Flávio, com três trabalhadores mais jovens da fazenda atrás dele, e disse:

— Senhor, o meu pai e seu capataz está velho agora, e enrijecido demais pelas velhas feridas para lhe ser útil; mas nós quatro, que somos os mais jovens da fazenda, gostaríamos que soubesse que nossas lanças são afiadas e estão prontas, e se precisar de nós, também pertencemos à sua matilha.

E poucos dias depois disso, Justino acrescentou um gladiador abandonado ao grupo que crescia.

Encontrou-o em Venta, no dia dos Jogos, em pé à sombra da entrada principal do anfiteatro; uma criatura magra e esfarrapada, afastada do resto da multidão, com a cabeça voltada para o vislumbre distante da arena e, no rosto, um ar de desespero absoluto que pareceu a Justino tirar todo o lustro do dia brilhante de outono.

Seu primeiro impulso fora perguntar "O que há? Há alguma coisa, qualquer coisa, que eu possa fazer para ajudar?", mas algo naquele homem fez com que se refreasse.

— O programa de hoje é bom — disse em seguida —, não é comum ver tigres líbios por aqui. Vai entrar?

O homem sobressaltou-se e olhou em volta.

— Não — disse ele, e uma postura de desafio surgiu, como escudo, sobre o desespero visível do seu rosto.

De algum lugar abaixo deles, além dos portões trancados do covil dos animais selvagens, um lobo começou a uivar, a nota selvagem e lamentosa erguendo-se acima do clamor dos bancos lotados. O homem disse:

— *Aye*, até os lobos conseguem sentir.

— Sentir?

— A coisa que corre pelos covis lá embaixo. Mas o que você sabe disso? — O homem olhou Justino novamente, com desprezo. — Como poderia conhecer os últimos momentos de espera antes que soem as trombetas? Todos testam as armas outra vez, embora já as tenham testado cem batimentos do coração atrás; e talvez a mão da espada fique meio úmida, e é preciso esfregá-la na areia para aumentar as chances de sobreviver. Cada um ocupa o lugar na fila que está se formando, pronto para marchar até a arena; e escuta a multidão se juntando, mil, vinte mil pessoas, não importa... quantas couberem... e sabe que vieram para assistir. E o pão e as cebolas que comeram de manhã foram mais gostosos do que todos os banquetes de quem espera comer de novo. E o sol que entra pelas grades no alto brilha mais do que para os que pensam em vê-lo nascer amanhã; porque todos sabem que, mesmo que não queiram, vão morrer, lá na areia, com vinte mil pessoas olhando... Se não for nessa luta, será na próxima, ou na centésima. Mas há sempre a chance de ganhar o gládio de madeira.

— Ave, César, os que vão morrer o saúdam — disse Justino, baixinho. — M-mas para você, foi o gládio de madeira.

O homem lhe deu uma olhada rápida, claramente espantado ao perceber até que ponto se traíra.

— *Aye*, no inverno passado me deram o gládio de madeira, nos Jogos em homenagem ao novo imperador, lá longe, em Londinium — disse, um instante depois.

— E agora você está livre.

— Livre? — disse o outro. — *Aye*, estou livre. Livre daquilo tudo, livre para passar fome numa vala, livre para seguir a minha estrada. E todas as estradas são iguais e cinzentas.

Justino ficou em silêncio, abatido com aquele terrível "todas as estradas são iguais e cinzentas" e com sua própria incapacidade de ajudar.

O outro o olhou e começou a rir com desdém.

— É isso. Agora, dê sugestões úteis. Tome um denário; vá comprar algo para comer. Querem homens nas tinturarias, por que não vou lá pedir emprego? Não quero o seu denário, e não gosto do trabalho rotineiro. Pode me dar o tipo de trabalho que sei fazer? Pode me dar um risco para correr? Uma aposta de vida ou morte pendendo da queda dos dados? Se puder...

De repente, Justino viu a luz.

— Não tenho certeza — disse. — Mas acho que talvez possa.

Com o fim da primavera, os boatos que tinham sido muitos na Britânia durante todo o inverno tomaram corpo e certeza. César Constâncio começara a construir embarcações de transporte em Gesoriacum. O próprio imperador Maximiano vinha para o norte, para assumir a defesa do Renus! As embarcações de transporte estavam prontas para zarpar —

uma grande frota com galeras de escolta, aguardando em Gesoriacum e na foz do Sequana! Então, um pouco depois da tosquia, chegou, pelos caminhos selvagens, a notícia de que Alecto, que vinha reunindo as suas tropas ao longo do litoral sudeste, com o quartel-general em Rutúpias, retirara mais da metade dos soldados da Muralha.

Algumas noites depois disso, chegaram as notícias seguintes. Eles estavam em Caleva, Justino e, dessa vez, Flávio também, em busca de armas para a sua legião esfarrapada. Houvera muitos recrutas nas últimas semanas e, embora alguns tivessem armas próprias, outros tinham chegado sem nada além de uma lança de caça que teria pouca utilidade na batalha. Um saxão emboscado aqui e ali ajudara a aumentar o arsenal, mas ainda tinham muito poucas armas, e assim a segunda pulseira de opala da tia-avó Honória, cuidadosamente guardada para uma necessidade súbita, fora vendida a um joalheiro em Clausentium; e, nos últimos dias, vários armeiros e espadeiros daquela cidade, de Regnum e Venta e, agora, de Caleva, tinham recebido visitas de dois estranhos que compravam aqui uma espada simples mas usável, ali uma lança pesada. Agora a coisa terminara, e, no início da noite, Justino e Flávio viram a última compra ser embalada em jarras de óleo para lâmpadas, prontas para serem levadas em duas mulas de carga que um bom amigo, perto do Portão Sul, lhes emprestara. Fizeram uma refeição apressada numa casa de pasto bem ao lado do Fórum, que pertencia a um ex-legionário caolho, e já se preparavam para buscar as mulas quando um homem passou por eles, meio correndo, e lhes gritou:

— Já souberam? As velas de Constâncio foram avistadas ao largo de Tânatos! — e correu para espalhar a notícia. — Parece que compramos o nosso óleo na hora certa — disse Flávio quando ele se afastou. — Fico contente porque tia Honória está em segurança em Aqua Sulis; aconteça o que acontecer, devem ficar fora de perigo por lá. — Pois tinham passado pela casa dos Áquila mais cedo, naquele mesmo dia, e viram-na toda fechada, obviamente sem ocupantes vivos.

Na rua larga que seguia, reta como a haste de um pilo, do Fórum até o Portão Sul, havia algumas pessoas do lado de fora, apesar da hora tardia e da garoa que começara a cair, formando grupinhos meio ansiosos, meio animados diante das lojas e nas esquinas, com um ar de expectativa, como quem espera a queda de uma tempestade.

Estavam a meio caminho rua abaixo quando, com um burburinho de gritos e pés a correr, vindo de uma rua lateral escura bem à frente deles, surgiu uma figurinha fantástica com um bando de saxões uivando atrás. O fugitivo era rápido e leve como um gato, mas os caçadores estavam quase sobre ele e, assim que ganhou a rua, com um grito de triunfo, o que estava mais à frente o pegou pelo pescoço, quase o derrubando, e na mesma hora estavam todos à sua volta. Por um instante, enquanto o jogavam ao chão, Justino vislumbrou o rosto desesperado do homenzinho, virado para cima sob a luz do lampião que pendia acima da porta de uma loja: um rosto estreito e sem barba, de olhos enormes. E no mesmo instante, ouviu o grito de Flávio:

— Pelos deuses! É Culen!

E aí saíram correndo.

— Aguente firme, Culen, estamos indo! — gritou Flávio, e no instante seguinte entraram na briga. Eram quatro saxões, mas a surpresa estava do lado dos salvadores, e o próprio Culen brigava como um gato selvagem. Flávio jogou um homem por sobre o quadril — um golpe do treinamento — e ele caiu com um fragor espantoso, levando outro consigo. Uma faca relampejou à luz do lampião e Justino sentiu o vento dela no rosto ao desviar-se e pular sob a guarda do saxão... E aí, de algum modo — exatamente como foi, ele nunca soube — os três estavam correndo para salvar a vida pela ruela escura, com os pés pesados dos perseguidores bem atrás.

— Por aqui — disse Flávio, ofegante, e viraram para a esquerda num abismo de escuridão que se abria entre as casas. Por um caminho estreito acima e outro abaixo mergulharam, passando pela sebe de jardins tranquilos, virando e voltando pelo caminho, sempre com o clamor da perseguição crescendo atrás deles. Flávio tentava alcançar a parte norte da cidade, na esperança de escapar dos perseguidores e conseguir chegar, pelo outro lado, às mulas e às preciosas jarras de óleo. Mas quando deram numa rua que levava na direção certa, havia mais saxões com tochas um pouco acima e, quando deram meia-volta pelo vazio escuro entre duas lojas, uma gritaria redobrada lhes revelou que tinham sido avistados.

Agora, mais do que perseguidos, estavam sendo caçados. Parecia que de todos os cantos de Caleva os saxões tinham se posto à caça, parte com intuitos mortíferos, parte por diversão que poderia ser igualmente mortífera, aproximando-se deles, afastando-os cada vez mais na direção do ângulo sudeste das antigas muralhas. E, para piorar as coisas, o pobre e pequeno Culen, que fora duramente caçado antes que o encontrassem, estava quase esgotado. A forma escura de um templo assomou diante deles, que o contornaram e mergulharam nas sombras espessas sob a colunata, encolhendo-se, paralisados, por alguns segundos latejantes, enquanto os caçadores vinham uivando; então se ergueram de novo, correndo, quase carregando Culen entre eles, seguindo para a massa escura de sempre-vivas e rosas maltratadas atrás do prédio. Ali mergulharam, avançando de rastros até o âmago mais profundo do emaranhado, e ficaram deitados, quietos.

A qualquer momento a caçada recomeçaria, mas ali, naquele pequeno momento, houve um alívio; o clamor da caçada morrendo a distância, apenas o sussurro do vento pelos ramos de sempre-vivas em torno deles e o cheiro marrom-escuro de folhas secas velhas e raízes expostas; até a garoa se calou. O pequeno Culen estava deitado de barriga, os flancos pulsando como os flancos de um animalzinho caçado. Justino forçava os ouvidos para perceber qualquer som da volta da caçada acima das batidas enjoativas do seu coração. A qualquer momento, agora... Bem, a cobertura era bastante densa; talvez tivessem sorte.

Então, de repente, os cães voltaram a latir, na frente deles e atrás, em vários lugares ao mesmo tempo; e Justino, tenso sob o emaranhado de folhas, percebeu o brilho vermelho de uma tocha e depois outra; e ouviu Flávio respirar com força.

— Demônios e fúrias! Chamaram todos os amigos para nos procurar!

E era isso mesmo. Justino pensou, com bastante calma: "Acho que é o fim. Será conosco como foi com Paulinus, como foi com o próprio imperador; a luz da tocha e as lâminas nuas dos saexes. Como será que é?"

Mas Flávio estava agachado acima deles, sussurrando com urgência:

— Venham! Temos mais uma chance. Vamos, Culen; é o último trecho; você consegue, tem de conseguir!

E, ao lado dele, Culen se levantou outra vez, com um soluço áspero de pura exaustão. E de algum modo avançaram novamente, serpenteando de barriga por entre os arbustos, rumo aos velhos baluartes.

— Onde? — sussurrou Justino com urgência.

— A nossa casa... vazia... — conseguiu ouvir, e o resto se perdeu no vento entre os ramos de azevinho e os gritos da caçada atrás.

As tochas brilhavam na rua além das casas e a caçada se aproximava pelos jardins do templo de Sul Minerva quando chegaram ao abrigo das coisas muito crescidas no pé do jardim dos Áquila e seguiram para a casa.

Alguns momentos depois, estavam na colunata, e a ala da casa escura e silenciosa estava entre eles e as tochas distantes, estendendo-se como um braço protetor para afastar o perigo e lhes dar um pouco de tempo.

— Dá para entrar... pela casa de banhos, se não consertaram a janela — disse Flávio, ofegante, correndo pela colunata.

— Se estão vasculhando... tudo atrás de nós... vão vasculhar a casa também — retorquiu Justino rapidamente.

— É provável que não olhem no hipocausto... não é assim que se aquecem as casas além do Renus. Vamos.

Então, a porta do átrio se abriu, deixando cair no pátio uma onda suave de luz de lampião, fazendo brilhar as rosas brancas da colunata, e tia Honória surgiu, evidentemente atraída pelo clamor que se aproximava, e disposta, se preciso fosse, a tomar providências, pois tinha numa das mãos uma pequena lâmpada em forma de flor e, na outra, uma velha adaga militar. Seu olhar caiu, com a luz, sobre os três fugitivos esfarrapados e ofegantes, e ela se enrijeceu, os olhos um pouco arregalados. Mas Justino acertara na avaliação que fizera dela no primeiro encontro. Ela jamais perderia tempo com surpresas nem perguntas inúteis. E disse, naquela sua voz rouca e lapidada:

— Ora, meus sobrinhos-netos... e mais um. — Então, com um gesto da mão da adaga na direção do clamor que subia com o tom inconfundível da caçada: — É por sua causa?

Justino fez que sim, amortecido, a respiração grossa demais na garganta para falar. Flávio disse:

— Sim, saxões.

— Para dentro, já. — Ela deu um passo atrás e no instante seguinte estavam no átrio, e a porta fechada e trancada atrás deles. — O hipocausto — disse tia Honória. — Graças aos deuses é verão e o fogo não está aceso.

— A senhora e eu sempre pensamos igual — disse Flávio, com uma risadinha sem fôlego, as costas contra a porta —, mas achamos que a casa estava vazia. É melhor sairmos pelos aposentos dos escravos e continuar fugindo. Poremos a senhora em risco se ficarmos.

— Flávio, querido, não é hora para nobrezas — disse tia Honória, e o seu olhar brilhante caiu sobre o pequeno bobo, quase desmaiado entre os outros dois. — Além disso, um de vocês não consegue mais correr. Depressa. — E, de algum modo, enquanto ainda falava, sem que nenhum deles, a não ser ela, soubesse como acontecera, ela os levara atrás dela pela porta no final do átrio até um corredor, depois por uma porta externa, descendo três degraus até o depósito de carvão, estreito e sem janelas. A luz da pequena lâmpada mostrou lenha e carvão estocados contra a parede caiada e a porta quadrada de ferro da caldeira. O clamor da caçada não parecia mais próximo, talvez ainda estivessem vasculhando os jardins do templo ou procurando em outras casas. Flávio inclinou-se e abriu as portinholas de ferro.

— Você primeiro, Justino.

De repente, o antigo horror de Justino a lugares fechados, lugares dos quais não conseguiria mais sair quando quisesse, agarrou-o pela garganta, e ele fez o que pôde para engatinhar e passar por aquele quadrado de escuridão que era como a boca de uma armadilha, a boca de um túmulo.

— Agora você — disse Flávio, e ele ouviu o pequeno Culen vindo atrás, e depois a voz de Flávio de novo, em voz baixa e apressada: — Tia Honória, vou ficar de fora para poder ajudá-la se for necessário... e correr o risco.

— Quer mesmo nos matar a todos? — disse tia Honória rispidamente. — Entre aí com os outros e que nenhum de vocês tente sair antes que eu venha buscá-los.

E então os três ficaram juntos no espaço fechado. A porta de ferro se fechou atrás deles e ficaram numa escuridão tal que Justino nunca achou que seria possível existir. Uma escuridão negra, que apertava o globo ocular como uma venda. Ouviram de longe tia Honória empilhando achas contra a porta.

— Avancem um pouco — sussurrou Flávio.

Justino conseguiu sentir que tinham chegado num lugar mais amplo. Ali, deviam estar bem sob o piso do átrio. Esticou a mão e tateou um dos pilares de tijolos queimados sobre os quais o piso descansava, pilares fortes e tão baixos que, se alguém tentasse se erguer, o piso lhes bateria nos ombros. Justino tentou não pensar nisso. Tentou escutar. Ouviu os passos de tia Honória lá em cima e vozes de mulheres em algum lugar. Conseguiu ouvir a caçada também, agora muito perto. Era estranho ouvir tanto quando parecia que estavam quilômetros abaixo do mundo dos viventes. Os sons deviam vir pelos canos nas paredes, pensou, como o ar. Vinha muito ar pelos canos das paredes; não precisavam sentir que não podiam respirar. "Não seja bobo", disse ele zangado a si mesmo. "Você pode respirar perfeitamente; só está um pouco sem ar por causa da corrida, é tudo; e o chão do átrio também não vai cair em cima de você. Respire devagar... devagar. Não dá para entrar em pânico aqui, Justino, seu covarde miserável; a situação já está bastante ruim para os outros sem isso."

Quanto tempo ficou suando, com a escuridão macia, nojenta e sufocante em torno dele, ele não fazia ideia; mas não podia ser muito tempo, porque o ofegar exausto do pequeno Culen mal se reduzira quando houve batidas furiosas em alguma porta do átrio, e um barulhão, e depois o ruído de pés quase acima da cabeça e um jorro entrecortado de vozes, tantas e tão guturais que chegaram aos três escondidos apenas como um rugido confuso. Depois, a voz de tia Honória, um pouco mais alta que a quietude de sempre, nítida e imperiosa.

— Alguém dentre vocês vai me dizer o que isso significa?

Uma voz grave, quase ininteligível em sua espessura, respondeu.

— *Ja*, procuramos três homens que correram para cá. Será que a senhora não os escondeu aqui?

— Três homens? — disse tia Honória friamente. — Não há ninguém aqui, só eu e essas minhas escravas, quatro velhas, como podem ver.

— Assim diz você, sua velha, sua vaca magra! Vamos procurar.

Foi nesse momento que Justino percebeu que Culen não estava mais ao seu lado. E nada podia fazer, a não ser rezar para que o homenzinho não fizesse nenhuma bobagem.

A voz de tia Honória soou outra vez, fria como sempre.

— Então procurem, mas já estou avisando que, se querem achar esses homens, sejam quem forem, é melhor procurar noutro lugar.

Houve um grunhido de vozes e risos grosseiros e, outra vez, o pisotear rápido dos pés acima da cabeça. E, no mesmo instante, de algum lugar diante dele na escuridão do próprio hipocausto, veio um leve rangido, um som ao qual Justino não saberia dar nome, a não ser que era como se algo tivesse se mexido. Em nome de Esculápio, o que Culen estava fazendo? Ficou tenso, esperando o que viria a seguir, mas da escuridão não veio mais nenhum som. Uma mulher soltou um guincho agudo; depois, de repente, os passos estavam por toda parte, e uma confusão gutural de vozes chamando-se entre si, rindo, selvagens. Dali a algum tempo, Justino sentiu o pequeno Culen esgueirar-se de volta até o seu lado.

Os passos iam de um lado para o outro no chão do átrio, abafados e amortecidos num tipo de acolchoado trovejante no espaço fechado ali embaixo, morrendo e voltando outra vez, enquanto os saxões se espalhavam revistando a casa, como cães de caça puxando uma cobertura densa. Houve um barulhão em algum lugar e gargalhadas; e um murmúrio crescente de outras vozes, agudas e assustadas, que deviam ser as escravas da casa. Mais uma vez, a voz de tia Honória soou. Mas os três que escutavam no escuro com ouvidos atentos pouco puderam entender do que se passava. Então, quase de repente, pareceu que acabara.

O murmúrio distante e angustiado de vozes femininas ainda lhes chegava bem fraco, mas os tons guturais dos saxões tinham se desmanchado na noite e os passos acolchoados não soaram mais sobre a cabeça. As vozes assustadas das escravas caíram pouco a pouco no silêncio; e mais uma vez, aguardaram.

Então, bem de leve, pela porta de ferro, ouviram as achas sendo afastadas. A porta de ferro se abriu; a luz da lâmpada explodiu sobre eles num raio ofuscante e a voz de tia Honória disse:

— Sinto muito ter deixado vocês aí tanto tempo. Demorei bastante para acalmar as bobas das minhas escravas e levá-las de volta sãs e salvas para os seus aposentos.

Alguns momentos depois, os três, cobertos de cinzas e pó de tijolo carbonizado, estavam em pé no depósito de lenha, e, com a sensação abençoada de ter espaço acima da cabeça e ar para respirar, Justino ficou parado, respirando fundo como se tivesse corrido. Flávio disse, rapidamente:

— Não se machucou, tia Honória?

— Não me machuquei. Foram só alguns minutos meio angustiantes, e só.

O átrio, para onde voltaram dali a instantes, testemunhava a passagem dos saxões, com móveis quebrados e cortinas arrancadas, lama espalhada no piso de mosaico e a massa pintada de uma das paredes riscada com uma adaga, no puro prazer maldoso de quebrar e destruir. Tia Honória não desperdiçou nem um olhar sobre os danos quando seguiu até o santuário dos deuses domésticos e pôs no altar a lâmpada em forma de flor.

— Que bom que os nossos deuses domésticos são só de bronze — disse ela. — A lâmpada do altar era de prata. — Então, virou-se para os personagens sujos e esfarrapados atrás dela. — Quando voltaram da Gália?

— Não estivemos na Gália — disse Flávio. — Demos melhor uso para as suas pulseiras deste lado do mar, tia Honória.

Ela examinou o rosto dele com aqueles lindos olhos, tão brilhantes sob as pálpebras enrugadas e a pintura.

— Então estiveram na Britânia todo esse tempo? Um ano e mais meio ano? E não poderiam ter dado um jeito de me mandar notícias, apenas uma vez ou duas, em todo esse período?

Flávio balançou a cabeça.

— Estivemos ocupados, Justino, eu e mais alguns; ocupados no tipo de trabalho para o qual ninguém se arrisca a levar a família.

— Ah — disse tia Honória, e o seu olhar caiu sobre o pequeno Culen, com a roupa de retalhos esfarrapados, no limite da luz da lâmpada. — E este, é um desses outros?

Justino e Flávio viraram-se para olhar o pequeno bobo como se, pela primeira vez, tomassem realmente consciência dele. De algum modo, depois daquele momento espantado de descrença quando a luz do lampião lhes mostrou o rosto enquanto ele brigava com os seus captores, não houvera tempo para surpresa. Mas agora, de repente, perceberam a coisa espantosa que acontecera. Esse era Culen, o bobo de Caráusio, que pensavam que não estivesse mais entre os vivos, já que o seu senhor estava morto.

Foi o próprio Culen o primeiro a responder.

— *Na*, senhora, sou Culen, que era o cão de Curoi, o imperador. E embora por muito, muito tempo tivesse procurado esses dois, foi só hoje à noite, por todas as estrelas que giram no céu, que os encontrei de novo numa hora de aflição.

— Você estava nos procurando? — perguntou Flávio.

Com veemência, o homenzinho fez que sim.

— Procurando sem parar, porque o meu senhor Curoi me pediu.

— O imperador lhe pediu? Quando... O que quer dizer?

— Dois anos atrás, na última época da semeadura, ele escreveu uma carta, e quando terminou ele me deu, e me pediu que a levasse a vocês, caso ele... morresse. Ele me deu porque sabia que podia confiar em mim; disse que eu era o mais fiel dos cães de caça. Mas quando foi morto — Culen mostrou os dentes, como fazem os cães —, me pegaram e me mantiveram cativo por algum tempo e muito tempo, para que eu os fizesse rir. E quando finalmente fugi, fui para o Norte; o meu senhor disse que eu os encontraria na Muralha. — Ele parecia meio ofendido. — Mas vocês tinham sumido, e não consegui notícias suas ainda por um bom tempo, até que uma mulher na rua do Gafanhoto Dourado, em Magnis, me disse que tinham ido para o Sul, na estrada para a Gália. Então vim para o Sul... e hoje à noite, os que antes tinham me mantido cativo me reconheceram nas ruas de Caleva.

Flávio assentiu.

— E a carta? Ainda está com ela?

— E eu viria sem ela? — perguntou Culen. Do peito da roupa esfarrapada, tirou algo longo e curvo, bem envolto em trapos, e, desenrolando-o com delicadeza, como uma mulher que soltasse o bebê dos cueiros, desnudou o seu ramo de prata.

Justino espantou-se com o silêncio nas mãos dele até que viu fiapos de lã de ovelha saindo pela abertura da maçã maior, e percebeu que, além do envoltório, cada maçã fora enchida de lã para silenciar-se.

— Outras coisas levei para o meu senhor Curoi neste esconderijo. É um bom esconderijo — ia dizendo Culen. Ele fez algo na ponta do cabo esmaltado e tirou dali um rolo de papiro, só um pouco mais grosso que o dedo de um homem. — *Sa*, aqui está, onde ficou em segurança durante mais de dois anos.

Flávio o pegou e desenrolou com todo o cuidado, virando-o para a pequena lâmpada do altar. O papiro era tão fino que a chama brilhou rosada através dele, até que o inclinou para que a luz caísse sobre a superfície. Justino, olhando sobre o seu ombro, viu a letra ousada de Caráusio reluzir em negro na folha frágil.

— Ao centurião Marcelus Flavius Áquila e a Tiberius Lucius Justinianus, cirurgião da coorte, da parte de Marco Aurélio Caráusio, imperador da Britânia, saudações — leu.

— Se um dia lerem esta, será porque o homem contra quem buscaram me alertar conseguiu se esgueirar sob minha guarda. E, como se isso importasse, se eu não tiver mais conversas com vocês neste mundo, não quero que pensem que os afastei de mim com raiva. Jovens tolos, se eu não os mandasse para a Muralha como se não me servissem mais, estariam mortos em três dias. Saúdo-os, meus filhos. Adeus.

Houve um longo silêncio. Só o leve sussurro da chuva e os distantes sons noturnos da cidade. O barulho da caçada praticamente morrera. Flávio deixou o papiro fino enrolar-se sozinho, com muita suavidade. Justino fitava a chama da lâmpada; uma chama esbelta, em forma de lança, de âmago azul, perfeita. Havia um pequeno nódulo dolorido na sua garganta e, nalgum ponto mais abaixo, uma pequena alegria doída.

— Então ele a-acreditou em nós — disse finalmente. — Ele sabia o tempo todo.

— Um grande homem, o nosso pequeno imperador — disse Flávio, com voz rouca, e enfiou o rolo no peito da túnica esfarrapada.

XIV

UMA INSÍGNIA ANTIGA

Assim que o fez, de algum lugar logo abaixo dos pés deles veio um baque, seguido do barulho de reboco caindo.

— O que foi isso? — disse Flávio, depois de um momento de espantado silêncio.

O pequeno Culen encolheu-se de leve, como o cão que se encolhe como desculpa quando sabe ter feito o que não devia.

— Talvez seja a pedra que desloquei num dos pilares que sustentam o chão. Quando estávamos lá embaixo avancei um pouco para ouvir melhor o que acontecia, e ela se moveu debaixo da minha mão quando tateei no escuro. Talvez eu tenha mexido em alguma coisa.

Então fora isso o som na escuridão do hipocausto.

— Tudo bem, melhor a casa cair do que mais saxões — disse Flávio, e estendeu a mão para a lâmpada no altar. — Tia Honória, posso levá-la? Talvez seja melhor eu ver o que aconteceu. Culen, venha me mostrar.

Tia Honória, que tinha se sentado na única cadeira que não fora quebrada, levantou-se.

— Enquanto estiverem lá, vou buscar comida para vocês.

Justino não foi com a tia-avó nem com Flávio. Não havia razão para ir com nenhum dos dois, e de repente foi tomado por uma estranha paralisia, a certeza de que algo muito estranho estava para acontecer. E ficou em pé, ao lado do pequeno altar, esperando que acontecesse. Sem a lâmpada, estava quase tão escuro ali quanto lá no hipocausto. Ele ouviu o vento, a chuva e o silêncio de expectativa da pobre casa ferida. Ouviu os outros dois se movendo sob o chão, um grunhido que só podia ser de Flávio, o som suave e sem forma de algo a ser movido, seguido por uma exclamação abafada; e dali a pouco, o barulho do movimento que se afastava rumo à porta.

E logo os outros dois voltaram, as sombras girando e correndo diante da lâmpada na mão de Culen. Flávio trazia outra coisa, um tipo de embrulho disforme, e quando Culen pôs a lâmpada de volta sobre o altar e a luz se firmou, Justino, com um olhar questionador para o primo, espantou-se com o ar de empolgação no rosto dele.

— Está tudo bem? — perguntou.

Flávio fez que sim.

— A casa não vai cair. A lateral de um velho esconderijo, num dos pilares do hipocausto, desmoronou; a massa deve ter se esfarelado. E lá dentro havia... isso.

— O que é isso?

— Ainda não sei. — Flávio voltou-se para a lâmpada e começou a abrir, com o máximo cuidado, as dobras escuras com cheiro de mofo do tecido em que a coisa estava embrulhada. — A lã está se desfazendo de tão podre — disse. — Mas vejam essas dobras internas, iluminadas pela lâmpada. Olhe só, Justino, dá para ver que foi escarlate!

Justino olhou; depois, estendeu a mão para pegar a massa de pano apodrecido quando as últimas dobras se desfizeram; escarlate, escarlate como as capas militares.

Flávio segurava uma águia de bronze dourado. Manchada do verde do azinhavre onde o dourado se fora, machucada, mutilada... pois onde as grandes asas de prata viradas para trás deviam sair de seus ombros, só havia buracos vazios fitando como olhos cegos; mas, desafiadora no seu orgulho furioso, ainda uma Águia, inegavelmente.

Justino respirou fundo.

— Mas é uma Águia! — sussurrou, incrédulo. — Quer dizer... É a Águia de uma Legião!

— *Sa*, é a Águia de uma Legião — disse Flávio.

— Mas... só uma Águia dessas se perdeu na Britânia.

Eles fitaram o objeto em silêncio, enquanto o pequeno Culen, com o ar de estar muito satisfeito consigo mesmo, afinal de contas, ficou parado, balançando atrás de si o rabo de cachorro com pequenos movimentos do quadril, e fitando os dois. A Nona Legião perdida, a Hispana, que marchara para as brumas no Norte e nunca mais voltara...

— Mas como pode ser? — sussurrou Justino finalmente. — Quem a teria trazido de volta para o Sul? Nenhum deles retornou.

— Não sei — disse Flávio. — Mas o pai de Marcus sumiu com a Nona, lembra? E sempre correu na família aquela história sobre a aventura no Norte... Talvez ele tenha ido descobrir a verdade e acabou trazendo a Águia de volta. Uma Águia romana nas mãos do povo pintado seria como um poderoso grito de guerra. Justino, você se lembra de certa noite na fazenda, em que estávamos nos perguntando como é que tudo começou? Como ele ganhou do Senado a pensão e as terras? Não vê que tudo se encaixa?

— Mas... mas se ele a trouxe de volta, por que a escondeu aqui? Por que não v-voltaram a formar a Legião?

— Ela não estava exatamente escondida, estava sepultada diante do altar — disse Flávio. — Talvez tenha caído em desgraça. Nunca saberemos. Mas deve ter havido alguma razão.

— No círculo de luz da lâmpada, uma suave rosa amarela de luz na casa escura, os dois se entreolharam com empolgação e certeza crescentes, enquanto o pequeno Culen ficava ali ao lado, balançando o rabo de cachorro atrás de si. — E aposto tudo o que tenho que esta é a Águia perdida da Nona Legião!

Tia Honória, que, sem ser notada por nenhum deles, voltara um pouco antes, pousou a comida numa mesa próxima e disse:

— Então acharam uma Águia perdida sob o assoalho. Em outra época, eu ficaria maravilhada, espantada e interessada, mas agora me parece que não é boa hora para encontrar Águias perdidas. Aqui tem comida; a caçada pode recomeçar a qualquer momento, daqui a uma hora vai amanhecer, e depois dessa confusão só as Parcas sabem a que horas Volúmnia e as outras vão acordar; é melhor comerem e irem embora.

Flávio não pareceu ouvir a última parte do discurso. Estava com a cabeça erguida e os olhos subitamente faiscantes sob as sobrancelhas ruivas e altas. Segurou o objeto surrado junto ao peito.

— Mas está na hora de todos os outros descobrirem Águias perdidas! Temos a nossa legião improvisada, e agora os deuses nos mandam um estandarte para seguirmos, e quem somos nós para recusar um presente dos deuses?

— Então, fique com ela. Mas leve-a logo, e vá embora!

Flávio se virara para o santuário, a Águia ainda junto ao peito, olhando a pequenina chama de açafrão da lâmpada, ou para as figurinhas de bronze dos deuses domésticos em seus nichos, Justino não tinha certeza; ou através delas, para algo além.

— Levo-a de volta ao velho serviço — disse.

E, como resposta, vieram pelo vento, de longe e bem baixinho, as notas longas e repetitivas do toque da alvorada do campo de treinamento fora da Muralha.

— Flávio, querido — disse tia Honória, com muita delicadeza —, tive uma noite difícil e a minha calma não está muito segura dentro de mim. Quer fazer o favor de ir antes que eu a perca e lhe esmurre as orelhas?

Assim, dali a instantes estavam prontos para partir: Flávio com a Águia novamente embrulhada nos restos da antiga capa militar, Justino com a trouxa de comida debaixo do braço. Tia Honória levara a lâmpada para outro cômodo, para que não os delineasse no portal, e saiu primeiro para ver se estava tudo tranquilo antes de acenar para que a seguissem. No último instante, quando estavam na porta do átrio com a chuva fina batendo no rosto, Flávio disse:

— Ouviu a notícia de que as velas de Constâncio foram avistadas ao largo de Tanatis?

— Ouvi, sim. Quem não ouviu?

— Achamos que vocês estavam em Aqua Sulis, em segurança e fora do caminho.

— Ah, sempre detestei ficar fora do caminho quando as coisas acontecem.

— Pois provavelmente haverá muita coisa acontecendo em breve — disse Flávio, e, muito sério, beijou-a na face. — Que os deuses guardem a senhora e Volúmnia quando tudo começar a acontecer.

Justino, saindo por último, hesitou, depois se curvou e lhe deu um beijo tímido e desajeitado, e com isso ela riu de um jeito inesperadamente jovem e suave enquanto fechava a porta atrás deles.

Encontraram o amigo que morava perto do Portão Sul esperando ansioso com as mulas prontas e carregadas e, quando os portões se abriram às primeiras luzes, saíram sem problemas, levando os animais, com o pequeno Culen entre eles, com a cabeça recatadamente baixa e as dobras de um manto de mulher puxadas sobre os seus trapos coloridos, que se recusara a despir.

E, duas noites depois, chegaram à crista das planícies, de onde o caminho descia até a fazenda. O vento que, havia vários dias, soprava e deixava de soprar ficara mais forte, e agora vinha com força de sudoeste, trazendo diante de si, como um cão que pastoreia ovelhas, as ondas de névoa e as nuvens baixas. A chuva fina batia no rosto, chuva que, nos lábios, tinha um leve gosto de sal, e a luz já estava sumindo; mas Justino, forçando os olhos na distância enevoada e ondulante, não conseguia ver sinal da luz de Vectis.

Com o olhar seguindo na mesma direção, Flávio disse:

— Mau tempo em torno da ilha. Acho que esta noite a frota de Vectis será impedida de interceptar o que quiser passar por essa parte do litoral.

E deram as costas para o mar e desceram pelo último trecho do caminho de casa, instigando as mulas cansadas à frente. Antônio os recebeu na parte mais baixa dos terraços das vinhas, seguido pelo menino Miron, que raramente ficava longe dele.

— Tudo bem? — perguntou.

— Tudo bem, embora tenha havido momentos empolgantes. E aqui?

— Recebemos nove recrutas novos nos últimos dias e apareceram vários do grupo antigo, de Regnum e de Adurni. Mais do que nunca, o "óleo para lâmpadas" será muito bem-vindo, ainda mais se metade dos boatos que passam pela floresta forem verdadeiros.

O jovem Miron avançara para cuidar das mulas e, enquanto as levava embora, Flávio disse:

— Eis mais um para a irmandade, este que foi o cão de caça de Caráusio e não tem amor nenhum por Alecto.

— Ora, a cada hora estamos mais próximos de uma Legião completa — disse Antônio. E continuou: — Pândaro e eu já reunimos o bando e os alojamos na fazenda. Achamos melhor não esperar as suas ordens, caso houvesse pouco tempo para reuni-los depois.

Flávio assentiu.

— Ótimo. Agora vamos entrar e comer. Até já me esqueci do jeito da comida.

Antônio virou-se para trás a seu lado.

— Há um homem à sua espera na casa. Está aqui desde ontem e não quis dizer a ninguém o que queria.

— Que tipo de homem?

— Um caçador. Um camarada grande, de aparência bastante esplêndida, com uma grande lança.

Justino e Flávio se entreolharam à luz do crepúsculo, com um único pensamento rápido e tácito entre eles. Então, Flávio disse:

— *Sa*, vamos até lá ver esse caçador. Antônio, leve Culen e alimente-o; vamos lá buscar comida daqui a pouco.

— Guardaremos um pouco de carne de veado para vocês — disse Antônio. — Venha, Culen, cão de Caráusio.

Assim, enquanto Antônio e o pequeno bobo seguiam rumo ao terreiro da fazenda, abaixo do terraço, onde estavam assando um veado morto por Kindilan, Flávio e Justino seguiram até a casa, em busca do estranho com a lança.

Um personagem moreno, de cócoras no terraço diante da casa, saiu das sombras quando se aproximaram e ficou em pé no brilho fraco do portal, que brilhava como cobre na juba leonina do seu cabelo e tocava com o mais pálido ouro lunar o colar de penas de cisne branco no pescoço da grande lança em que se apoiava.

— *É* Evicatos! — disse Flávio, pronunciando o que ficara tácito na mente dos dois. — Evicatos, pelos deuses! — E saiu correndo. — Em nome de tudo o que é mais maravilhoso, o que o traz aqui?

Justino não sentiu nenhuma grande surpresa. Depois de Culen, de certo modo aquilo parecia natural e adequado; uma reunião dos que tinham se envolvido desde o princípio, agora que o fim estava à vista.

— Alecto retirou da Muralha metade da guarnição e há histórias, muitas histórias, na charneca — disse Evicatos.

— Por isso, deixei outra vez os meus cães com Cuscride, o Ferreiro, e vim para o Sul com a minha lança, para participar da última luta, para que de Alecto não reste nada que um dia possa se unir aos pictos contra o meu povo.

— Ora, mas como soube onde nos encontrar? Como soube que não estávamos na Gália?

— Ouvem-se coisas — disse Evicatos, vagamente. — Ouvem-se coisas na charneca.

— Seja como for que encontrou o caminho, ficamos contentes em vê-lo! — disse Flávio, com a mão no ombro do caçador. — Você e a sua grande lança. Mas teve uma longuíssima espera depois de uma longa trilha, e estão assando um veado lá embaixo. Depois conversaremos sobre muitas coisas; mas agora, vamos comer.

Mas, antes de sentar-se para comer com o resto do grupo, Flávio foi buscar no depósito um cabo de lança novo, de freixo; e depois que a refeição terminou, procurou o velho Tuan, o ferrador de cavalos, e pediu-lhe que acendesse o fogo da forja para fazer uma barra de ferro com um soquete para prendê-la à ponta do cabo da lança, e quatro cavilhas de bronze. Mais tarde, naquela noite, quando todo o resto do bando se deitou para dormir nos estábulos e celeiros e nas alas da casa principal, levou todas essas coisas até o átrio. E lá, agachados junto ao fogo baixo, com o pequeno Culen, que se recusara a se afastar deles, encolhido no canto feito um cão, o ramo de prata, livre agora da lã de ovelha que o emudecia, brilhando em sua mão, Flávio e Justino montaram a alquebrada Águia de bronze no cabo da lança, passando as cavilhas de bronze pelos furos das garras para prendê-la.

Desde o princípio, Justino tivera absoluta fé que a Águia era o que Flávio supunha ser, mas qualquer dúvida que tivesse teria se dissipado naquela noite, enquanto trabalhava à luz mortiça do fogo, com o leve vento sudoeste enchendo a noite lá fora. Aquele objeto era estranhamente poderoso em suas mãos. Quantas coisas deve ter visto — coisas amargas, sombrias, gloriosas — esse pássaro aleijado de bronze dourado, que fora a vida e a honra de uma legião perdida! E agora, pensou, devia sentir que os velhos tempos tinham voltado. Mais uma vez, enquanto trabalhava, teve aquela sensação de parentesco com o jovem soldado que fizera o seu lar nesse vale das planícies, o jovem soldado que, certamente, trouxera a Águia perdida de uma legião perdida de volta ao seu povo, de modo que a Águia e a fazenda estavam ligadas, e era justo que o antigo estandarte partisse dali para o último voo. A sensação de parentesco foi tão forte que, quando terminaram a tarefa e alguém assomou no portal aberto, ele ergueu os olhos quase esperando ver o outro Marcus ali de pé, com a escuridão ventosa atrás dele.

Mas foi Antônio quem entrou, sacudindo a chuva do cabelo escuro e áspero.

— Há uma luz, algum tipo de fogo, ardendo na greda — disse Antônio. — Venham dar uma olhada.

A noite estava mais clara do que antes e, no canto do aprisco, acima da casa da fazenda, quando lá chegaram, conseguiram ver uma pétala vermelha de fogo na crista da greda, bem longe, a sudeste.

— É mesmo — disse Flávio.

— Fogo do acaso ou de sinalização? Eis a pergunta. — Ergueu a mão e afastou o cabelo dos olhos. — Mas não há nada que possamos fazer para descobrir; a fogueira está a mais de um dia de marcha daqui.

Justino, forçando os olhos para leste, avistou outra fagulha, bem além da primeira, infinitamente pequena e fraca, mas lá, com toda a certeza.

— Fogo de sinalização — disse ele. — Há outro. É uma série de fogueiras.

O fogo já se transformara em brasas rubras e o átrio estava quase escuro quando voltaram, mas o brilho fraco da lareira foi suficiente para mostrar a Águia na haste da lança quando Flávio a pegou e segurou para que Antônio a visse. Antônio a olhou de perto, em silêncio. Depois, disse:

— Um estandarte para amanhã?

— Um estandarte para amanhã. — Flávio sorria um pouquinho.

O outro passou os olhos de Flávio para o objeto que segurava e para ele de volta.

— E acho que é um estandarte que vem de ontem... de um ontem há muito tempo — disse, finalmente. — Não, não vou perguntar nada, nem os outros perguntarão, embora eu ache... alguns de nós talvez adivinhem... Temos um estandarte para seguir, e isso é bom. Isso é sempre bom.

Virando-se para sair, ergueu a mão em saudação, como um soldado diante da sua Águia.

No cinzento da madrugada, Justino acordou com um barulhão e ouviu os cascos velozes de um cavalo que vinha da greda a todo galope, rumo à fazenda. Jogou longe a coberta e, com certo esforço, se levantou. Flávio chegou à porta antes dele, e os outros já estavam de pé, correndo para a garoa. Dali a um momento, um cavaleiro num pônei espumejante entrou com um giro no terreiro da fazenda e, puxando as rédeas da montaria e fazendo-a empinar, apeou.

O pônei ficou onde tinha resvalado até parar, com a cabeça baixa e os flancos ofegantes; e Fedro, do *Berenice*, já chamava todos quase antes que os seus pés tocassem o chão.

— Eles chegaram, rapazes! Chegaram, finalmente!

Na meia-luz, vinham homens de todas as direções, para se juntar em torno dele. Fedro se virou para Flávio e Justino, respirando fundo.

— Constâncio e os seus legionários estão aqui! Devem ter conseguido passar pela frota de Vectis nas trevas de ontem à noite. Vi quando levaram os barcos de transporte até terra firme, no alto do porto de Regnum, por volta da meia-noite, protegidos pelas galeras!

Justino recordou as fogueiras à noite. Eram fogos de sinalização, isso mesmo. Velas ao largo de Tanatis e agora um desembarque no porto de Regnum. O que isso significava? Um ataque em dois pontos? Talvez em muitos pontos? Bem, logo saberiam.

Houve um momento de silêncio; os homens se entreolharam com bastante incerteza. Os anos de espera tinham acabado. Não estavam meramente chegando ao fim, tinham *acabado*, terminado. E durante os primeiros instantes, não conseguiram entender direito.

Depois, enlouqueceram. Rodearam Fedro, rodearam Flávio, falando como uma matilha de cães.

— César Constâncio! César veio! O que estamos esperando? Vamos nos unir a ele, Flávio Áquila! Brandiram-se escudos, ergueram-se lanças à luz cinzenta da aurora. De repente, Justino virou-se e abriu caminho pela multidão, de volta à casa. Pegou a Águia Sem Asas em seu canto, no meio dos baús e pilhas de implementos agrícolas, rindo, quase chorando, e voltou outra vez, segurando-a bem no alto, acima da cabeça.

— Vejam aqui, meus caros! M-Marcharemos, e eis o estandarte para seguirmos!

Justino parou acima deles, na beira dos degraus do terraço, erguendo bem a Águia alquebrada em sua haste de lança. Tomou consciência repentina de que Flávio e Antônio estavam ao seu lado, e dos rostos que olhavam para cima; um mar encapelado de rostos. Homens que tinham marchado tempo demais com as Águias para não reconhecer o que era aquele estandarte, para os quais significava a honra perdida e os velhos hábitos do serviço militar; homens para quem, sem entenderem direito, ele era algo que os unia, que os empolgava. Uma multidão impulsiva e esfarrapada de legionários desertores, fazendeiros e caçadores com contas a acertar; um ladrão descuidista, um comandante de navio, um gladiador, o bobo de um imperador... O clamor das vozes o atingiu como uma onda sólida de som, quebrando-se contra ele e fazendo-o sentir-se mergulhado nela.

Mas Flávio erguera o braço e estava calando o clamor.

— *Sa, sa, sa*! A espera acabou, e nos uniremos a César Constâncio; mas antes, vamos comer. Pelo menos, eu vou! Calma! Calma, rapazes! Marcharemos daqui a uma hora.

Aos poucos, o tumulto se acalmou, e os homens começaram a se separar, seguindo para o refeitório. Pândaro, o gladiador, parou para colher uma rosinha amarela do arbusto abaixo do terraço, sorrindo para eles.

— Quando eu era espadachim, antes do gládio de madeira, gostava de ter sempre uma rosa para a arena! — e prendeu-a no broche do ombro da capa, enquanto seguia atrás dos outros.

Flávio observou a partida deles com olhos estranhamente brilhantes.

— Pelos deuses, que ralé! — disse. — Uma legião perdida, com toda a certeza! Uma legião de homens alquebrados. É bem adequado seguirmos uma Águia sem asas! — E o seu riso foi quase uma gargalhada.

Antônio disse, bem baixinho:

— Você os trocaria pela melhor coorte da Guarda Pretoriana, se pudesse?

— Não — disse Flávio. — Não, pelos deuses, não trocaria. Mas isso não explica por que quero chorar feito uma menininha. — Ele jogou o braço pesado sobre o ombro de Justino.

— Foi um ato de nobreza, meu velho. Você trouxe a Águia no momento perfeito, e agora eles a seguirão pelos fogos de Tofé, se for preciso... Venham, vamos comer alguma coisa.

XV

A VOLTA ÀS LEGIÕES

A garoa finalmente passara e o vento se reduzira; e o céu se abria quando o bando de guerreiros esfarrapados atravessou a estrada do litoral e seguiu para a última serra baixa e coberta de florestas entre eles e o mar. Na crista da elevação, os carvalhos torcidos pelo vento e os espinheiros sumiram de repente, e, diante deles, a terra descia suavemente até os pântanos junto ao mar; lá longe, para oeste, onde o terreno subia um pouco além da área banhada pelas marés, implacavelmente quadrado em meio às linhas desfocadas e fluidas do pântano, o contorno de um acampamento romano, tendo além dele, como um cardume de animais marinhos perdidos na linha da maré, as formas escuras das embarcações de transporte e, ainda mais além, ancoradas bem afastadas do porto, as galeras de proteção. Justino, examinando o mar oleoso que ainda se erguia inquieto ao largo, mal conseguiu perceber, bem longe, além da entrada do porto, as manchinhas escuras de duas galeras de patrulha, em guarda, supôs, contra a frota de Alecto.

— Lá estão — disse Flávio. — Lá... estão! — E um murmúrio profundo percorreu o bando esfarrapado atrás dele.

A cerca de cem passos do Portão Direito do acampamento, foram detidos por piquetes com pilos erguidos.

— Quem vem lá?

— Amigos, em nome de César — gritou Flávio em resposta.

— Que dois de vocês avancem.

— Esperem aqui — disse Flávio ao resto do bando, e ele e Justino avançaram juntos.

Na ferradura de terra que protegia o posto avançado, o óptio os recebeu e perguntou o que queriam.

— Somos reforços — disse Flávio, com suprema segurança. — E queremos falar com César Constâncio.

O óptio olhou além dele e deu um risinho.

— Reforços, é? Então temos certeza da vitória. — Ele voltou o olhar para o rosto de Flávio. — Mas quanto a César Constâncio... você escolheu o exército errado. Somos a tropa ocidental.

— É mesmo? E quem está no comando aqui?

— Asclepiodoto, o seu prefeito pretoriano.

— Então falaremos com Asclepiodoto.

— Falarão? — disse o óptio. — Ora, sobre isso eu nada sei. — Em seguida, depois de estudar os dois mais uma vez e dar outra longa olhada nos homens atrás dele, disse: — Bom, seja como for, pode levar esse seu bando de ladrões até o portão. Vou mandar um dos meus homens com vocês.

No Portão, foram parados pelo óptio encarregado, que também os examinou e mandou chamar o centurião, que mandou chamar um dos tribunos; finalmente, passaram por debaixo das cabeças erguidas da bateria de catapultas que protegia a entrada.

Dentro da estacada fortemente guardada — era óbvio que o acampamento estava preparado para enfrentar um ataque a qualquer momento — havia uma atividade organizada que, na verdade, parecia pulsar. Bandos de homens labutavam sob o comando dos óptios, empilhando rações e material bélico; os armeiros de campanha trabalhavam, e os cavalos, ainda tontos da viagem, eram tirados das galeras ancoradas e conduzidos pelo portão que dava para o mar, e a fumaça dos fogos de muitas cozinhas subia no ar da manhã; enquanto aqui, ali e por toda parte iam e vinham os penachos púrpura dos centuriões, supervisionando tudo. Mas, em meio a tudo isso, a Via Princípia estava quase vazia, enquanto avançavam por ela. Uma rua larga e reta de terra batida, ao longo da qual, apoiados em suportes de lanças amarradas, ficavam os estandartes das coortes e centúrias, azuis e violeta, verdes e púrpura, balançando um pouco com o vento leve que ainda suspirava pelos pântanos. E, bem ao lado da tenda do próprio comandante, quando pararam diante dela, a Águia de asas abertas da Legião.

O tribuno falou com o sentinela de vigia na abertura da tenda e entrou; e eles ficaram à espera. Justino ergueu os olhos para a grande Águia dourada, lendo o número e os títulos da Legião. A Décima Terceira, Úlpia Victrix; a legião do baixo Renus que, certa vez, caíra sob a influência de Caráusio, e o flanqueara de perto; era, evidentemente, uma tropa mista, formada por várias legiões; e o estandarte de um vexilário, trazendo o número e a insígnia do centauro de uma legião gaulesa que seguira o pequeno imperador nos primeiros dias. De certo modo, parecia adequado.

Nisso, o tribuno voltou.

— Os dois líderes podem entrar.

Flávio deu uma olhada rápida em Antônio e disse, muito sério por trás do sorriso:

— Mantenha-os em boa ordem, pelo amor dos deuses!

— E a Justino: — É agora!

Avançaram juntos pela sentinela até as sombras castanhas do interior da tenda, e pararam com precisão militar, a cabeça erguida e os calcanhares unidos, logo depois da entrada. Um grande homem rosa e dourado, sentado à mesa de campanha, com uma tira de papiro numa das mãos e um rabanete meio comido na outra, ergueu os olhos quando assim fizeram, e disse, numa voz de leve indagação que fez Justino se lembrar um pouco de Paulinus:

— Querem falar comigo?

Os dois rapazes puseram-se em posição de sentido e saudaram; e Flávio, como sempre o porta-voz, disse:

— Senhor, em primeiro lugar lhe damos a notícia, se é que o senhor ainda não a recebeu, de que as velas de César Constâncio foram avistadas há vários dias ao largo de Tanatis; e que nessa última noite arderam fogos de sinalização pela greda.

— Para assinalar a notícia do nosso desembarque, é o que quer dizer? — disse o homem grande, com interesse gentil.

— Acho que sim.

O homem grande fez que sim, com ênfase.

— A primeira dessas coisas, sabemos; a segunda, ainda não. O que mais querem me dizer?

— Trouxemos um bando de... — Flávio hesitou uma fração de segundo com a palavra — ... de aliados, senhor, para servir nessa campanha.

— É? — Asclepiodoto examinou-os em silêncio. Era um homem muito grande, alto e curvado, começando a engordar, com um ar de suave preguiça que, mais tarde, descobriram ser enganoso. — Suponhamos, só para começar as negociações, que vocês me digam, em nome de Tifão, quem e o que são... começando por você.

— Marcelus Flavius Áquila — disse Flávio. — Há um ano e meio, eu era centurião da Oitava Coorte da Segunda Legião Augustina, estacionada em Magnis na Muralha.

— Hum... — disse o comandante, e os olhos de pálpebras pesadas moveram-se para Justino.

— Tiberius Lucius Justinianus, cirurgião da mesma c-coorte na mesma época, senhor.

Asclepiodoto ergueu as sobrancelhas.

— É mesmo? Isso tudo é bem surpreendente. E nesse último ano e meio?

Rápida e calmamente, com o ar de quem faz um relatório formal, Flávio explicou o último ano e meio, enquanto o prefeito pretoriano permanecia sentado, fitando-o como se estivesse perdido num leve devaneio, o rabanete ainda na mão.

— Então as informações ocasionais e os... reforços... que nos chegaram de tempos em tempos vindos desta província foram obra sua?

— Pelo menos alguns, senhor.

— Muito interessante. E esse bando? Qual o efetivo, e de que se compõe?

— Pouco mais de sessenta homens. Na maior parte, homens das tribos, com o reforço de alguns legionários que desertaram. — De repente, Flávio sorria. — Outro centurião de coorte, um ex-gladiador e o bobo domado de Caráusio para completar... Ah, é uma legião excelente, senhor. Mas todos sabemos lutar, e a maioria de nós tem boas razões para lutar.

— Ora, então me mostre.

— Se o senhor vier à abertura da tenda, vai vê-la em toda a sua glória.

Asclepiodoto deixou o rabanete meio comido no prato de pãezinhos e queijo da refeição matutina atrasada que estava fazendo quando chegaram, pousou cuidadosamente o papiro exatamente em cima de outro e se levantou. O corpanzil preencheu quase inteiramente a abertura da tenda, mas Justino, espiando ansioso por detrás dele, conseguiu avistar uma fatia do bando, em forma do lado de fora. Antônio, ereto e rígido como qualquer centurião de coorte do império nos desfiles; Pândaro, com sua rosa amarela e a jactância facinorosa da antiga profissão em todos os seus traços; o pequeno Culen, com o ramo de prata no cinto da roupa colorida e esfarrapada, mantendo orgulhosamente erguida a Águia sem asas, mas em pé numa perna só, como uma garça, o que praticamente estragava o efeito; Evicatos ao seu lado, apoiado na grande lança de guerra, cujo colar de penas de cisne branco se agitavam e tremulavam com a brisa. E, atrás deles, o resto — toda a malta esfarrapada, temerária, execrável.

Asclepiodoto olhou-os, pareceu ruminar uns momentos sobre a Águia alquebrada e voltou ao fardo de mula no qual estivera sentado.

— É, entendo o que quer dizer. — Ele pegou o rabanete outra vez, fitou-o um instante como se fosse continuar com o desjejum e depois pareceu mudar de ideia. De repente, arregalou ambos os olhos para os dois rapazes à sua frente, e foi como se, por um instante, a lâmina nua faiscasse atrás da bainha peluda. — Agora, me deem uma prova de que são quem afirmam ser. Deem-me uma prova de que há um grão de mostarda de verdade nessa história que andaram me contando.

Flávio disse, meio sem entender:

— Que prova podemos lhes dar? O que mais seríamos?

— Até onde sei, vocês podem não passar de um bando de ladrões e renegados em busca de pilhagens fáceis. Ou podem até ser um cavalo de Troia.

Fez-se absoluto silêncio na tenda de sombras castanhas; e em volta dela, até o grande acampamento ficou calado, num daqueles estranhos silêncios que às vezes acontecem sem razão nenhuma num lugar movimentado. Justino conseguiu ouvir o som leve e inquieto do mar, e a reverberação zombeteira de guizos além da porta da tenda, quando Culen trocou uma perna cansada pela outra. "Tem de haver alguma coisa certa a dizer ou fazer", pensava. "Tem de haver uma resposta. Mas se Flávio não consegue pensar nela, tenho menos chance ainda."

Nisso, soaram passos do lado de fora e alguém assomou na abertura da tenda. Um homem magro e moreno, com a farda de primeiro-centurião de coorte, entrou e saudou, deixando algumas placas na mesa, diante do comandante.

— Lista completa, senhor. Creio que o senhor sabe que há um estranho bando de guerreiros cômicos, com algo que lembra muito os restos mortais de uma Águia romana amarrado numa haste de lança, diante do fórum. — Então, quando o olhar rápido percebeu os dois rapazes de pé nas sombras mais profundas, soltou uma exclamação de espanto. — Pela luz do Sol! Justino!

O olhar de Justino se fixara no recém-chegado desde o primeiro instante em que surgira. "Agora são três", pensava. "Culen, Evicatos e agora... Tudo vem sempre em trios, coisas e pessoas. Ah, mas isso é maravilhoso, realmente maravilhoso!"

— Sim, senhor! — disse.

— Conhece esses dois, centurião Licinius? — interrompeu o comandante.

Licinius já pegara a mão de Justino.

— Esse aqui, pelo menos, eu conheço, embora ele agora se pareça mais com um bárbaro cabeludo. Era ajudante do cirurgião da minha coorte, em Berseba. Roma Dea! Rapaz, você faz parte daquele bando de selvagens lá fora?

Os cantos da boca larga de Justino foram se erguendo e suas orelhas lamentáveis ficaram vermelhas de contentamento.

— Faço, sim, senhor. E esse meu primo também.

— É? — Licinius examinou Flávio e cumprimentou-o bruscamente com a cabeça quando o outro fez a saudação militar.

— Quando vocês terminarem o reencontro — disse Asclepiodoto —, diga-me, *primus pilus*: você confiaria nesses dois?

O centurião moreno e esguio olhou o comandante com um leve sorriso nos olhos.

— No que eu conheço, confiaria em qualquer lugar, em quaisquer circunstâncias. Se ele garante o outro, como parece ser o caso, confio nele também.

— Pois então, que seja — disse Asclepiodoto. — Precisamos de batedores que conheçam a região; e também de mais cavaleiros. Houve alguma época em que as legiões não precisassem de mais cavaleiros? — Puxou placas e estiletes para si e rabiscou algumas palavras na cera mole. — Levem esses

219

seus selvagens até os estábulos e assumam as montarias e o equipamento dos dois esquadrões de cavalos dacianos que chegaram na noite passada da guarnição de Portus Adurni; eis a autorização. Depois, preparem-se e aguardem as ordens.

— Senhor. — Flávio pegou as placas, mas manteve a posição.

— Mais alguma coisa?

— Permissão para abrigar a nossa Águia na Via Princípia, junto das outras, senhor.

— Ah, sim, essa Águia — disse Asclepiodoto, refletindo.

— Como a encontraram?

— Foi achada num esconderijo, debaixo do santuário da casa da minha família, em Caleva.

— É mesmo? É claro que sabe o que é...

— É o que resta de uma Águia legionária, senhor.

Asclepiodoto pegou a lista que o primeiro-centurião deixara na mesa.

— Só uma dessas Águias se perdeu nesta província.

— Também sei disso. Um dos meus antepassados se perdeu com ela. Creio que, na época, o Senado soube que ela voltara.

Eles se entreolharam com firmeza. Então, Asclepiodoto assentiu.

— A reaparição súbita de uma Águia perdida é assunto sério, tão sério que proponho não saber nada sobre isso... Permissão concedida, na condição de que ela seja... digamos, "perdida" de novo quando tudo acabar.

— De acordo, e obrigado, senhor — disse Flávio, fazendo a saudação.

Tinham se virado para a abertura da tenda quando o comandante os deteve outra vez.

— Ah, centurião Áquila, convoquei o conselho para se reunir aqui ao meio-dia. Como homens que conhecem a região e como... hã... comandantes de uma tropa aliada, espero que ambos compareçam.

— Ao meio-dia, senhor — disse Flávio.

Encontraram o decurião encarregado dos cavalos, mostraram-lhe a autorização do comandante e assumiram devidamente as belas montarias meio árabes da cavalaria daciana. O auxiliar de pernas arqueadas que fora instruído a lhes mostrar os depósitos de equipamento e os fardos de forragem era uma alma amistosa, felizmente mais interessado em falar do que em perguntar. Em comum com metade do acampamento, ainda não se recuperara da difícil travessia.

— Minha *cabeça*! — disse o auxiliar de pernas arqueadas. — Parece a oficina de um armeiro. Bangue, bangue, bangue! E o chão ondula quase como no convés daquele maldito barco de transporte. Que sorte a minha estar na tropa ocidental, com a longa travessia desde o Sequana... e eu, o pior marinheiro do império!

Flávio, mais interessado no movimento das tropas do que nos sofrimentos do auxiliar de pernas arqueadas, disse:

— Suponho que César Constâncio e a tropa oriental zarparam diretamente de Gesoriacum...

— É... Constâncio zarpou antes de nós, é o que dizem; e as galeras que estavam com ele para ir à frente e proteger os barcos de transporte foram depois; por isso suponho que *ele* ficou no mar tanto tempo quanto nós, ou mais... mas os barcos de transporte dele ficaram apenas algumas horas, e é nesses barcos que estou interessado...

Juntos, Justino e Flávio entenderam bem melhor a situação geral quando, ao meio-dia, viram-se na excelsa companhia de meia dúzia de tribunos do estado-maior, vários primeiros-centuriões e o legado da Úlpia Victrix, reunidos em torno da mesa improvisada diante da tenda do comandante.

Asclepiodoto iniciou os trabalhos, sentado com as mãos pacificamente cruzadas sobre a barriga.

— Creio que todos sabem que as velas de Constâncio foram avistadas ao largo de Tanatis há vários dias. Creio que não sabem que, com toda probabilidade, Alecto já foi alertado do nosso desembarque por fogos de sinalização. Concordarão que isso torna imperativo que marchemos para Londinium sem demora. — Ele se virou para o primeiro-centurião. — *Primus pilus*, em quanto tempo estaremos prontos para marchar?

— Precisamos de dois dias, senhor — disse Licinius. — Tivemos uma travessia horrível, e tanto os homens quanto os cavalos estão em mau estado.

— Estava achando que diria isso — disse Asclepiodoto, queixoso. — Não consigo imaginar *por que* pessoas ficariam enjoadas. — (Nisso, o legado da Úlpia Victrix, ainda meio esverdeado, tremeu visivelmente.) — Nunca enjoo.

— Nós não temos a sua firmeza de espírito, senhor — disse Licinius, com um traço de riso no rosto rijo. — Precisamos de dois dias.

— Cada hora de atraso aumenta o perigo, entre outras coisas, de sermos atacados ainda no acampamento. Vou lhe dar um dia.

Houve um momento de silêncio e, depois, Licinius disse:

— Ótimo, senhor.

O conselho continuou, seguindo a ordem costumeira desses conselhos, enquanto a sombra curta da Águia da Úlpia

Victrix ao meio-dia se esgueirava lentamente pelo grupo diante da tenda do comandante. E Justino e Flávio não participaram até que Asclepiodoto tratou da questão das rotas.

— Há dois caminhos possíveis para o nosso avanço, e deixamos a escolha de lado até agora, já que é uma questão que depende das circunstâncias. Mas chegou a hora de pensarmos no assunto; entretanto, antes de escolhermos uma estrada, acho que devemos ouvir o que tem a dizer quem a conhece região — e, com um dedo gorducho, apontou Flávio, que, com Justino, estava em silêncio na ponta do grupo.

A cabeça de Flávio se ergueu com uma sacudidela.

— Eu, senhor?

— Você mesmo. Venha cá e nos dê o seu conselho.

Flávio foi para o meio do círculo e ficou em pé ao lado da mesa improvisada; de repente, mais parecido com um centurião de coorte, sob a aparência externa bárbara; de repente, seriíssimo e bastante pálido, ao olhar em volta os homens de rosto grave, com o bronze e a púrpura do alto comando. Uma coisa era comandar o bando de foras da lei que trouxera naquele dia para servir nas fileiras de Roma; outra bem diferente era ser chamado de súbito para dar conselhos que, se fossem aceitos e se mostrassem falhos, poderiam levar o exército à destruição.

— Como diz o prefeito, há duas estradas que vão daqui a Londinium — disse Flávio, depois daquela pausa de um instante. — Uma parte de Regnum, a umas duas milhas daqui, a leste; a outra passa por Venta e Caleva. Eu escolheria a estrada de Venta e Caleva, embora talvez seja algumas milhas mais longa.

Licinius assentiu.

— Por quê?

— Pela seguinte razão, senhor: depois do primeiro dia de marcha pela greda, a estrada de Regnum entra pela Floresta de Anderida. É uma região densa e selvagem, ideal para emboscadas, ainda mais com os mercenários de Alecto, acostumados à guerra nas florestas da sua própria terra. E o senhor terá de passar por ela até onde as escarpas ao norte da greda sobem como baluartes, a apenas um dia de marcha antes de Londinium. Já a estrada de Venta cruza a planície arborizada quase imediatamente, e o maior risco de emboscada está nas primeiras quarenta milhas, na parte mais distante da força principal de Alecto e, portanto, menos sujeita a ataques.

— E depois dessas primeiras quarenta milhas? — perguntou Asclepiodoto.

— Caleva — disse Flávio. — E meia marcha depois de Caleva, já se chega ao vale do Tamesis. Ali também há floresta, em parte, mas é floresta aberta: árvores grandes, e não espinheiros úmidos e carvalhos, e trigais abertos. E o senhor estará no coração da província, onde será realmente difícil que alguma defesa possa lhe fazer frente.

— É, você tem mesmo bons olhos para a região — disse Asclepiodoto, e fez-se silêncio. Um ou dois homens junto à mesa assentiram, como se concordassem. Depois, o comandante voltou a falar. — Obrigado, centurião, por enquanto basta. Se precisarmos mais de você, mandarei chamá-lo.

Então, acabou.

Mas, na manhã seguinte, quando a tropa ocidental marchou para Londinium, foi pela estrada de Venta e Caleva.

Flávio, por conhecer bem a região, foi mandado para cavalgar com Asclepiodoto, deixando Justino e Antônio para comandar os dois esquadrões de cavalaria esfarrapada em que agora o bando se transformara; e, dando uma olhada neles, Justino sentiu que, levando tudo em consideração, por mais esfarrapados e desprezíveis que fossem, faziam boa figura, bem montados, armados adequadamente agora com espadas longas de cavalaria — todos menos Evicatos, que recusara toda arma que não fosse a sua amada lança, e o pequeno Culen, que era o portador da Águia. Seu olhar pousou um instante no bobo, que cavalgava à frente da companhia, controlando a montaria com uma só mão e facilidade surpreendente, enquanto com a outra firmava no alto a Águia sem asas, a haste de lança agora adornada com uma guirlanda de giesta amarela, ali pendurada por Pândaro à guisa de zombaria temerária, para imitar as guirlandas e medalhões de ouro da Úlpia Victrix.

Aos poucos, o terreno começou a subir, e já tinham saído do pântano quando uma exclamação de Antônio, que cavalgava a seu lado, fez Justino olhar por sobre o ombro na direção do acampamento deserto atrás deles. O fogo recebeu o seu olhar; fogo rubro e faminto, subindo rumo aos céus dos barcos de transporte encalhados, e fumaça escura se afastando para os lados no vento do mar.

Foi como se o prefeito Asclepiodoto dissesse às suas legiões:

— Adiante, agora! À vitória! E vitória terá de ser, pois não há como dar o toque de retirada *nesta* campanha.

XVI

"CARÁUSIO! CARÁUSIO!"

As notícias os alcançaram durante a marcha, notícias trazidas por batedores, por caçadores nativos, por desertores do exército do usurpador; e algumas não eram boas. Os barcos de transporte da Força Oriental não tinham conseguido fazer contato com Constâncio no mau tempo; e sabendo que o jovem César não podia forçar o desembarque sem os seus soldados, Alecto apostara tudo na tentativa louca de acabar com Asclepiodoto antes que chegasse a hora de voltar-se contra o outro. Corria para oeste, pela antiga trilha que partia de Durovernum, sob a escarpa ao norte da greda, forçando todos os músculos para chegar ao desfiladeiro da planície antes que as forças vingadoras de Roma o alcançassem, e com ele todos os combatentes de que conseguira lançar mão. Doze mil homens ou mais, diziam os relatos: mercenários e marinheiros, em sua maioria. No máximo, seis ou sete coortes das legiões regulares. As coortes da Muralha ainda não o tinham alcançado e, mesmo que conseguissem chegar até ele a tempo, havia tanta hostilidade entre as legiões que parecia muito duvidoso que ele ousasse empregá-las.

De certo modo, isso era bom, pensava Justino sentado, sopesando o bom e o mau, duas noites depois, observando as fogueiras do acampamento do exército amontoado no desfiladeiro estreito da planície, onde a antiga trilha subia para cruzar a estrada de Caleva. Na verdade, não duvidava do resultado da batalha do dia seguinte; tinha fé em Asclepiodoto e no poder das legiões. Mas ainda era verdade que, como Constâncio não conseguira desembarcar, no dia seguinte só teriam metade das tropas para enfrentar tudo o que Alecto pudesse trazer contra eles; e, sobriamente, percebeu que não seria uma vitória fácil.

O exército avançara em marcha forçada, cobrindo em três horas as 15 milhas desde Venta, coisa terrível no calor de junho, com os homens muito carregados. Mas tinham conseguido, e agora esperavam — uma espera longa e monótona — em torno das fogueiras dos bivaques, enquanto Alecto, vencido naquela corrida desesperada pelo desfiladeiro estratégico, também acampara, a cerca de duas milhas dali, para descansar as hostes fatigadas, e também na esperança de atrair as forças de Roma para fora da sua boa posição.

Asclepiodoto, não se sentindo atraído, usara o tempo para construir obras firmes de defesa, com espinheiros derrubados, na abertura do desfiladeiro, para ali basear as operações no dia seguinte. E agora o acampamento estava completo; as fogueiras dos bivaques brilhavam rubras na escuridão lavada pela lua e, em torno delas, os homens descansavam, todos com a espada na cinta e o escudo e o pilo ao alcance da mão, à espera do dia seguinte. Do lugar onde estava sentado com o resto da Legião Perdida, em volta de sua própria fogueira acima do campo principal, Justino podia ver o rastro de lesma prateada que era a lua na estrada pavimentada de Caleva, a 6 milhas dali. Mas aquele outro caminho mais antigo, que vinha das terras baixas, estava oculto pela névoa que subia, névoa que já pendia como o fantasma de um mar esquecido sobre as terras baixas do vale do Tamesis, sobre o grande acampamento onde Alecto aguardava com suas hostes.

Figuras iam e vinham como sombras entre ele e as fogueiras, vozes baixas trocavam senhas. Os cavalos batiam os cascos e mudavam de posição de tempos em tempos, e certa hora ele ouviu o berro de uma mula zangada. Mas a noite em si estava muito silenciosa, além dos sons do acampamento. Uma noite maravilhosa, ali acima da névoa; os fetos da encosta congelados numa imobilidade de prata sob a lã escura dos espinheiros que cobriam o alto dos dois lados da encosta, a lua ainda baixa num céu faiscante que parecia ter sido escovado com o pó de ouro das asas das mariposas. Em algum lugar lá embaixo, no vale que se alargava, uma raposa chamou o companheiro, e de certo modo o som deixou o silêncio vazio.

Justino pensou: "Se formos mortos amanhã, a raposa ainda vai chamar o companheiro pelo vale. Talvez tenha filhotes em algum lugar entre as raízes emaranhadas da floresta. A vida continua." E, de certo modo, foi uma ideia reconfortante. Flávio fora ao Pretório, receber a nova senha e o grito de batalha do dia seguinte; e o resto do bando estava espalhado perto do fogo, aguardando a sua volta. Culen estava sentado ao lado da Águia alquebrada, que tinham enfiado ereta na terra, o rosto absorto e feliz enquanto tocava quase sem som as maçãs do seu querido ramo de prata; e ao seu lado — um par improvável, mas reunido pelo laço do sangue hibérnio, como conterrâneos numa terra estranha — sentava-se Evicatos, com as mãos em volta do joelho erguido, o rosto virado para o Norte e para oeste do Norte, como se olhasse para os seus próprios morros perdidos. Kindilan e um dos legionários jogavam cinco-marias. Pândaro, com os fiapos secos da rosa amarela da véspera no alfinete da capa, encontrara uma pedra adequada e afiava a adaga, dando a si mesmo um sorrisinho horrivelmente alegre. "O pão e as cebolas que comemos de manhã foram mais gostosos do que todos os banquetes de quem espera comer de novo, e o sol que entra pelas grades no alto brilha mais do que para os que pensam em vê-lo nascer amanhã", dissera Pândaro certa vez. Em seu caso, Justino achou que saber que era muito provável que o matassem no dia seguinte era um preço alto a pagar pela consciência súbita e penetrante do mundo enluarado e pelo leve aroma de madressilva no ar noturno, e da raposa que chamava o companheiro. "Mas aí acho que sempre fui covarde... talvez seja essa a verdadeira razão pela qual nunca quis ser soldado. Não admira mesmo que o meu pai ficasse tão desapontado comigo", pensou o pobre Justino.

Alguém veio em sua direção, depois de visitar os postos avançados, assoviando uma música entredentes, e parou ao seu lado. Justino ergueu os olhos e viu um elmo com penacho delineado contra a lua, e se levantou num instante quando a voz de Licinius disse:

— Está agradável aqui, acima do acampamento, posso ficar um pouco com você?

— Claro, senhor. Sente-se aqui — e Justino indicou o pelego onde estava sentado, e com uma palavra de agradecimento o *primus pilus* sentou-se nele, dizendo aos do bando que, atentos à antiga disciplina, tinham-se levantado ou começavam a se levantar:

— Não, continuem como antes. Só vim como hóspede que se convidou, não em missão oficial.

Justino disse, depois de alguns minutos:

— Tudo parece tão tranquilo. E a essa hora, amanhã, estará tranquilo outra vez.

— É, e é bem provável que o destino da província seja decidido entre esses dois momentos.

Justino assentiu.

— Estou contente porque a Pártica e a Úlpia Victrix estão aqui.

— Por quê?

— Porque já serviram sob o comando de Caráusio. Parece adequado que as suas legiões o vinguem.

Licinius lhe deu uma olhada de esguelha por debaixo da aba do elmo.

— Quando for para a batalha amanhã, será por Roma ou por Caráusio?

— N-não sei — disse Justino, com dificuldade. — Acho que será pela província da Britânia. Ainda assim... acho que, entre os homens que serviram sob o seu comando, haverá muitos que se recordarão do pequeno imperador.

— Então pela Britânia, e por um imperadorzinho meio pirata, e não por Roma — disse Licinius. — *Sa, sa*, a grandeza de Roma é coisa do passado.

Justino arrancou uma folha de feto ao seu lado e começou a tirar da haste os pequenos lobos.

— Certa vez, Caráusio disse algo parecido a mim e a Flávio. Disse que, se a Britânia ficasse forte o bastante para se aguentar quando Roma caísse, algo t-talvez se salvasse das trevas, caso contrário... as luzes se extinguiriam por toda parte. Disse que, se conseguisse evitar um punhal nas costas antes que a obra terminasse, deixaria a Britânia forte assim. Mas no final, ele não o evitou; portanto, agora lutamos outra vez nas fileiras de Roma.

Ficaram calados por algum tempo, até que Licinius esticou as pernas.

— Tudo bem. Acho que ficamos falando sobre traição, eu e você. E agora, preciso ir.

Quando ele se foi, Justino ficou algum tempo sentado, fitando o fogo. Suas poucas palavras com o antigo comandante tinham trazido Caráusio bem vivo diante dele: o terrível e pequeno imperador que ainda assim pensara em escrever a carta que Flávio levava no peito da túnica esfarrapada.

Quando voltou a erguer os olhos, Flávio vinha na sua direção por entre as samambaias.

— Pegou a senha?

— Senha e grito de guerra, são iguais — disse Flávio. Olhou a multidão em volta à luz do fogo, os olhos com a luz mais ardente sob o tufo rebelde de cabelo flamejante. — Irmãos, a senha de hoje à noite e o grito de guerra amanhã são "*Caráusio!*"

A primeira luz da manhã seguinte brilhava pálida como água acima da floresta quando Justino desceu com Flávio e os outros pelos fetos e pelas jovens dedaleiras que balançavam à altura da barriga junto às patas dos cavalos, até o lugar designado na ala direita da cavalaria auxiliar. O orvalho pesado da manhã de verão estava cinzento sobre as frondes dos fetos e voava em borrifos brilhantes quando passavam;

de repente, embora ainda não houvesse sol, o ar brilhava, e uma cotovia saltou na manhã, largando o seu fio ondeante de música sobre as legiões reunidas, enquanto o bando desprezível, hesitante, levava os cavalos até a sua posição, atrás de um esquadrão de cavalaria gaulesa.

Depois disso, veio a espera outra vez... a espera.

Então, de repente, a cabeça de Flávio se ergueu.

— Escutem! Ouviram isso?

Justino prestou atenção, o coração disparado. Só havia o tilintar dos arreios quando um dos pôneis se moveu, o latido distante de uma ordem na frente de batalha e depois o silêncio outra vez. Então, em algum lugar bem abaixo deles, na neblina que ainda pendia no terreno mais baixo, um murmúrio leve e grave, como o trovão distante que é sentido, ainda longe demais para ser ouvido. Só um instante, antes que se perdesse em alguma ondulação da terra; então, enquanto ainda se esforçavam para escutá-lo, a tensão percorrendo as coortes reunidas como uma onda de vento no trigo alto, veio de novo, mais claro, mais perto: o som do avanço das hostes com muitos cavalos.

— Agora, não vai demorar — disse Flávio.

Justino concordou, passando a ponta da língua pelo lábio seco.

Mais perto, mais perto rolava o trovão confuso dos cascos e dos pés em marcha; então, bem longe, onde os infantes auxiliares mantinham a primeira linha de defesa, uma trompa cantou e, de mais longe, outra respondeu, como o galo canta em desafio a outro galo ao alvorecer.

Parecia a Justino, olhando de cima e de longe, como faria Júpiter, que as fases de abertura daquela batalha eram bastante irreais; coisa de movimentos ordenados de grandes blocos de homens, mais como um jogo de xadrez imenso e fatal do que a luta por uma província. Um jogo controlado pela figurinha minúscula, feito brinquedo de criança, no morro oposto, que ele sabia ser o prefeito Asclepiodoto com o seu estado-maior em volta. Viu, bem longe, a linha ondulada e crescente onde as tropas de escaramuças leves dos dois exércitos se juntaram; viu, mais perto, os blocos sólidos, de armadura cinzenta, das coortes, cada uma com o seu estandarte, com a Águia da Úlpia Victrix na vanguarda. Viu os auxiliares, depois de cumprir o seu papel, recuarem, lenta e firmemente, passando com perfeição pelos espaços abertos para eles entre as coortes; viu os espaços se fecharem como portas. E agora as trombetas davam o toque de avançar, e com uma certeza lenta e comedida que, de certo modo, era mais terrível do que uma carga enlouquecida, toda a frente de batalha adiantou-se para enfrentar a outra hoste que, escura, avançava na direção deles, na linha da antiga trilha, do outro lado distante da encosta coberta de fetos dos dois lados.

Mais uma vez as trombetas cantaram, soando no céu da manhã, agora as da cavalaria, e a longa espera terminou.

— Vamos, meus heróis! Agora é a nossa vez! — gritou Flávio; e com as notas ardentes das trompas ainda soando nos ouvidos, os cavalos passaram da imobilidade ao meio-galope, e lá se foram adiante para guardar os flancos das coortes, enquanto o vale se alargava e os espinheiros protetores caíam dos dois lados. Agora o sol estava bem alto; lá longe, à frente deles, faiscava nas pontas de lança e na borda dos escudos, na lâmina dos machados e nos elmos de ferro cinzento, provocando fagulhas de luz no bronze polido dos ornamentos dos cavalos. Justino viu as bandeiras com o javali negro dos saxões, o enxame dos esquadrões de cavalaria. Conseguiu perceber o amontoado mais denso de estandartes no meio das hostes inimigas, as linhas mais rígidas de marinheiros e legionários e o brilho do ouro e da púrpura imperiais onde o próprio Alecto cavalgava junto à sua horda bárbara e selvagem. Vagamente, no torvelinho que o cercava, percebeu as duas linhas de batalha rolando, uma na direção da outra, e os ouvidos se encheram de um som que nunca escutara: o rugido de fornalha, estrepitoso e excruciante, da batalha total.

Agora, para Justino, a batalha, cujos movimentos iniciais tinham parecido um jogo de xadrez, tornou-se uma confusão brilhante e terrível, reduzindo-se ao seu papel nela, enquanto tudo o mais deixava de fazer sentido. Para ele, a grande batalha pela província da Britânia, travada naquele lindo dia de verão, foi um rosto contraído de olhos azuis e cabelo liso e louro; foi um escudo cravejado de coral e uma lâmina de lança arremessada e a crina agitada e ondulante de um cavalo. Foi um trovão de cascos e os giros e regiros da cavalaria enlouquecida entre as samambaias, e a mancha vermelha crescendo em sua espada. Foi Flávio, sempre uma cabeça de cavalo à sua frente, e a Águia sem asas no grosso da confusão, e o nome do pequeno imperador berrado acima do tumulto como grito de guerra: "Caráusio! Caráusio!"

Então, de algum modo, a batalha foi ficando esfarrapada, esparsa, espalhada pelo campo, não sendo mais uma batalha, mas uma contagem. E, de repente, como se uma febre ardente e brilhante se afastasse do seu cérebro, Justino percebeu que tinha espaço para respirar e que o sol já ia bem avançado rumo à noite, num céu afofado com as nuvens brancas do verão. E estavam muito para o Norte, na fímbria esfiapada das coisas; e, para o Sul, os legionários caçavam os inimigos vencidos como cães pastores conduzindo ovelhas.

Ele balançou a cabeça, como o nadador que chega à superfície, e olhou em volta de si a Legião Perdida. Estava menor do que pela manhã, e vários dos que ainda estavam montados tinham algum ferimento. O pequeno Culen, ainda portando a Águia orgulhosamente ereta, sua coroa de giesta amarela há muito arrancada, tinha um corte acima do olho; e Kindilan manobrava o cavalo com uma mão só, com o braço inútil pendendo ao lado.

Virando-se para o que restara da batalha, vieram se arrastando por uma longa elevação coberta de árvores; e da crista, viram-se fitando a estrada para Londinium.

E ao longo da estrada de Londinium, e em todo o campo abaixo deles, como um rio na inundação da tempestade, despejava-se uma enchente louca de fugitivos, provavelmente, em sua maior parte, reservas e tratadores de cavalos; mercenários que davam meia-volta e corriam da batalha; uma ralé alquebrada de bárbaros a pé e a cavalo, fugindo para salvar a vida.

De repente, Justino se sentiu enjoado. Poucas coisas no mundo podiam ser mais impiedosas do que um exército vencido e desmoralizado; e a apenas algumas milhas dali, a estrada de Londinium passava por Caleva!

Flávio rompeu o silêncio que os tomara com algo parecido com um gemido.

— Caleva! Será fogo e espada na cidade inteira se aquela ralé entrar lá! — Ele se virou para os homens que estavam ao seu lado. — Precisamos salvar Caleva! Precisamos ir com eles e torcer para termos uma oportunidade nos portões. Não há tempo de esperar ordens. Antônio, vá até Asclepiodoto e diga-lhe o que está acontecendo e suplique, em nome de todos os deuses que existem, que mande alguns esquadrões de cavalaria!

Antônio ergueu a mão e, dando meia-volta com o cavalo, afastou-se quase antes que as palavras fossem ditas.

— Culen, cubra a Águia. Agora, vamos, e lembrem-se: somos fugitivos como os outros, até estarmos dentro dos portões — gritou Flávio. — Sigam-me, e *fiquem juntos*!

Justino, como sempre, estava ao seu lado; Culen, com a Águia sob a capa esfarrapada e a haste da lança aparecendo atrás dele, Evicatos e o antigo gladiador, e o resto logo atrás, um emaranhado de cavaleiros voadores como gansos selvagens, quando saíram da cobertura da floresta e desceram a cavalo, esmagando fetos e dedaleiras como se em fuga desesperada, fazendo uma grande curva até o meio dos bárbaros em retirada.

XVII

A ÁGUIA NAS CHAMAS

A inundação de fugitivos os alcançou e os arrastou consigo para longe. Uma inundação que era desesperada — e cruel. Justino conseguia sentir o desespero e a maldade fluindo em volta dele, enquanto enfiava o calcanhar várias vezes nos flancos da égua, inclinando-se para estimulá-la, na tentativa desesperada de abrir caminho à frente, de ultrapassar o rio de morte súbita que corria rumo a Caleva e chegar aos portões antes dele.

Os portões... Ah, se os portões fossem fechados a tempo, talvez a pequena cidade ainda estivesse a salvo, pois essa ralé lupina dificilmente perderia tempo a derrubá-los, com Asclepiodoto e as suas legiões sabem os deuses a que distância dos seus calcanhares! Ah, se tivessem fechado os portões a tempo!

Mas quando a estrada se ergueu por sobre a última elevação, e Caleva surgiu diante deles em sua colina suave, Justino viu, com um sobressalto do coração, que os portões estavam abertos e que os bárbaros se lançavam por eles. Agora o campo todo fervia de fugitivos; com sombras desesperadas entre as árvores, correndo para frente, para longe; e, ainda mais espesso, aquele rio escuro de homens, afastando-se da torrente principal de companheiros, rumo ao portão aberto de Caleva, e a possibilidade de pilhagem que, para eles, valia mais do que a fuga.

Cavalgando pescoço a pescoço, com a Legião Perdida logo atrás, gritando com os outros, Justino e Flávio voaram por entre as torres do portão. Os corpos de meia dúzia de legionários e moradores da cidade jaziam junto aos portões, que talvez tivessem tentado fechar tarde demais. Alecto retirara o resto da guarda.

A larga rua principal, que partia do portão rumo ao norte, já estava apinhada de saqueadores; algumas casas estavam em chamas, e os cavalos abandonados, apavorados com o tumulto e o cheiro de queimado, corriam soltos em meio aos uivos da turba. Mas grande parte da ralé parara para saquear a grande estalagem e o posto de troca de cavalos junto aos portões que, pelo tamanho e pelo ar de importância, parecia prometer tesouros a quem fosse buscar.

— Por aqui! — gritou Flávio. — Cheguem à frente deles... — e deu meia-volta para a direita com o cavalo por um beco estreito ao lado da estalagem. Justino e os outros viraram atrás dele; um grupinho de saxões também, mas foram eliminados com rapidez e eficiência e o bando foi em frente. As ruas estreitas estavam desertas; parecia que a maioria fugira para abrigar-se na basílica. Nos jardins do templo de Sul Minerva, Flávio puxou as rédeas a pleno galope e apeou num pulo, seguido pelos outros.

— Deixem os cavalos aqui. Se o fogo se espalhar, terão uma chance de fugir — disse, ofegante. — Kindilan, venha comigo... e você... e você. — Rapidamente, ele separou do bando cerca de uma dúzia, todos homens que conheciam bem Caleva. — Justino, você leva o resto, e segurem aqueles demônios o máximo possível. Parece que a maior parte da cidade já partiu para o Fórum, mas precisamos ter certeza. Tente ganhar o máximo de tempo que puder...

Estavam seguindo para o centro da cidade, de onde o fedor de queimado e os berros e gritos dos saxões vinham mais fortes. Mais tarde, Justino recordou, embora na hora mal notasse, que Pândaro colhera uma rosa púrpura de um arbusto ao lado dos degraus do templo e o prendera no broche do ombro da capa enquanto corria. Pândaro e a sua rosa para a arena!

O caminho que seguiam os levou a outro mais largo, e dobraram à esquerda, depois à esquerda de novo, o feio tumulto crescendo a cada instante em seus ouvidos; e voltaram à rua principal. Justino avistou as colunatas brancas e brilhantes do Fórum no alto da rua, que depois ficou atrás dele quando comandou a sua pequena companhia rumo à luta que agora fervia mais abaixo.

— Amigos! Amigos! Amigos! — gritou Justino quando se lançaram entre as fileiras ralas dos defensores. — Caráusio! Caráusio!

Havia poucos cidadãos com espadas; na maioria, estavam armados apenas com o que tinham arranjado: adagas, facas e as ferramentas pesadas dos seus ofícios. Justino avistou a faixa púrpura da túnica de um magistrado, o saiote açafrão de um camponês e, em seu meio, um gigante ruivo brandindo um machado de açougueiro. Era uma defesa muito valente, mas não conseguiria durar. Já tinham sido empurrados até metade da extensão da rua. O aumento súbito das suas fileiras, com Justino e os camaradas, armados com as espadas longas da cavalaria, deteve o recuo um instante, mas seria preciso duas coortes para segurar aquela turba, agora enlouquecida pelo vinho das adegas do Guirlanda de Prata, de modo que esqueceram o perigo atrás de si, esqueceram tudo o mais na alegria louca da destruição. A rua estava cheia da fumaça das casas em chamas, e dela assomavam os saxões aos gritos, para se lançar como feras sobre os defensores; e, a qualquer momento, mais deles poderiam dar a volta pelas ruas laterais — não havia nada que os impedisse — e ficar entre os defensores e o Fórum.

Por quanto tempo detiveram a inundação bárbara, cedendo terreno lentamente, apesar de todo o desespero da resistência, lutando de casa em casa, de esquina em esquina, Justino não tinha a mínima ideia. De repente, estavam de volta ao espaço aberto que cercava o Fórum, e não fazia mais sentido deter os bárbaros, sentido nenhum além de chegar à entrada do Fórum antes de ficaram totalmente isolados.

E então Flávio estava lá, e outros com ele; Flávio a gritar em seu ouvido:

— A entrada principal... barricamos o resto.

O arco da entrada principal estava acima, pomposo, cheio de orgulho, com o seu revestimento de mármore e as estátuas de bronze, e Flávio gritava aos habitantes da cidade que estavam com eles:

— Voltem! Voltem para a basílica! Manteremos o portão para vocês! Guardem a porta para nós quando chegarmos!

E, na boca do profundo portão arqueado, a Legião Perdida virou-se, ombro a ombro, para segurar a horda ululante de bárbaros, enquanto os moradores da cidade chegavam à basílica.

Atrás dele, Justino escutou o barulho de pés em retirada ir sumindo pelo vazio do Fórum aquecido pelo sol. O pequeno Culen estava ao seu lado, a Águia alquebrada erguida bem alta entre a multidão fervilhante; Pândaro com a rosa púrpura no broche do ombro; Flávio, há muito sem escudo, a espada cortando fundo; um bando de campeões, firmes como rochas, a segurar a maré de demônios louros e enfurecidos que se atirava e se chocava contra eles.

Foi uma luta curta, mas desesperada, e vários do bando caíram, os seus lugares imediatamente ocupados pelo homem que estava atrás, antes que subisse o grito: "Tudo limpo atrás!"

E Flávio gritou:

— Recuar! De volta à basílica, agora! — e pularam para trás e viraram-se para correr e salvar a vida.

Justino corria com o resto; corria e tropeçava, com o coração a explodir, por uma extensão aparentemente interminável de pedras iluminadas pelo sol, rumo ao refúgio da grande porta oriental que parecia nunca se aproximar. Tinham alguns instantes de vantagem, pois na própria selvageria do avanço, por serem indisciplinados, os saxões tinham se prendido juntos no arco do portão, berrando, lutando, pisando-se uns aos outros em louca confusão; e o bando de homens desesperados já estava a meia distância do Fórum antes que os lobos de Alecto explodissem atrás deles como uma represa que se rompia. Agora estavam à sombra da basílica, mas com os bárbaros nos calcanhares. A grande porta se abria diante deles, com homens amontoados dos dois lados para proteger os flancos e puxá-los para dentro; e, nos degraus do pórtico, a retaguarda da Legião Perdida girou, os escudos unidos, para proteger o resto.

Justino, o ombro contra o ombro de Flávio, teve uma visão confusa da onda de bárbaros que enxameava na direção deles, as cabeças aladas e contorcidas, e a luz do anoitecer sobre lanças, lâminas de saexes e machados erguidos. A vanguarda da onda estava sobre eles, e ele atacou por sobre a orla do escudo, e viu um homem cair pelos degraus do pórtico, enquanto sentia o degrau de cima contra o calcanhar, e se movia para cima e para trás.

— *Sa, sa*! Vamos conseguir! — gritou Flávio.

As portas estavam quase fechadas, só deixando espaço para a sua passagem, quando os dois largaram a posição e pularam para trás. E no instante seguinte, com a força de vinte ombros atrás delas, as grandes portas de madeira esculpida se fecharam, e as barras pesadas caíram no seu lugar.

Lá fora, no Fórum, subiu um berro de fúria frustrada e uma saraivada de golpes contra as portas, que ecoou nos lugares altos e vazios do vasto prédio acima da cabeça da multidão ali amontoada. Um homem alto, com uma velha espada militar nas mãos, que estivera com eles na luta das ruas, virou o rosto emaciado para Flávio, que se encostara um momento na porta, ofegante.

— Em nome de todos os deuses, quem é você? — E, em seguida: — Roma Dea! É o jovem Áquila!

Flávio o empurrou para longe da porta.

— Isso mesmo, senhor. Mais tarde faremos uma apresentação completa. Agora não temos tempo a perder. A ajuda virá logo, mas temos de defender a basílica até que chegue.

Ele assumira, natural e inevitavelmente, o comando; e mesmo naquele momento de tensão, passou pela mente de

Justino, com um cintilar de riso, que se não morressem na hora seguinte, sem dúvida algum dia Flávio teria a sua Legião.

Flávio, conhecendo a basílica e os seus pontos fracos tão bem quanto todos ali, postava homens para proteger a entrada principal e as pequenas portas laterais e, nas salas dos órgãos municipais e nas câmaras do tesouro que se abriam para o lado comprido do salão, opostas à entrada; e levava as mulheres e crianças para longe dos pontos mais perigosos.

— Para trás, mais para trás aqui. Precisamos de mais espaço para lutar —. E pôs guardas nas galerias acima da nave do grande salão, para vigiar as janelas altas, caso os saxões tentassem alcançá-las pelo teto da colunata.

Justino nunca esqueceu aquela cena. Devia haver 1.800 pessoas, ou mais, escravas e livres, amontoadas na basílica. As mulheres e crianças, os velhos e doentes, se juntaram em volta do pé das colunas, no piso elevado dos tribunais dos dois lados, onde, em tempo de paz, os magistrados se instalavam para distribuir justiça, nos degraus da própria Câmara do Conselho; enquanto os homens, com as armas improvisadas, ficavam junto às portas trancadas, do outro lado das quais subiam os berros da matilha de mercenários saxões. Nas sombras, ele viu formas encolhidas e rostos pálidos e tensos; aqui, a mãe que tentava consolar uma criança assustada; ali, um velho mercador agarrado à bolsa de pedras preciosas que pegara na fuga. Também havia animais de estimação e pequenos e patéticos tesouros familiares. Uma menininha de olhos escuros tinha um passarinho na gaiola, com o qual conversava baixinho o tempo todo, e que saltitava despreocupado, cantando algumas notas de vez em quando acima dos gritos e da trovoada ocasional de golpes contra os troncos esculpidos da entrada.

Mas Justino teve pouco tempo livre para olhar em volta. Era o segundo no comando de Flávio, mas também era médico; e agora os feridos — havia muitos feridos — precisavam mais dele do que Flávio; e deixou de lado espada e escudo para fazer o possível por eles. Não era muito; não havia água nem linho para bandagens, e ele precisaria de ajuda. Olhando apressado o grande salão, seu olho percebeu uma figura acocorada nas sombras, que reconheceu como o principal médico do lugar. Ele o chamou:

— Balbus, venha me ajudar! Então, quando a figura acocorada não lhe deu atenção, pensando que talvez o homem fosse surdo, Justino se levantou de onde estava ajoelhado, ao lado de um ferido, e foi rapidamente até ele. Mas quando se inclinou e lhe pôs a mão no ombro, o outro se afastou e o olhou com o rosto cor de banha e lustroso de suor, e começou a se balançar de um lado para o outro. Justino deixou cair a mão e voltou, com uma sensação de nojo e piedade misturados. Dali, não viria nenhuma ajuda.

Mas, no mesmo instante, duas mulheres se ergueram em seu caminho, e ele viu que a da frente era tia Honória, e a outra logo atrás era a enorme Volúmnia.

— Diga-nos o que fazer e o faremos — disse tia Honória, e lhe pareceu que ela era lindíssima.

— Rasguem as túnicas — disse ele. — Quero linho para bandagens; há homens aqui que viverão se o sangramento for estancado, e m-morrerão se não for. Também precisamos reunir os feridos. Não consigo ver o que há para fazer, com eles espalhados pelo salão todo.

Outras ajudantes foram se reunindo junto dele antes que terminasse de proferir as palavras: uma mulher robusta da adega; uma escrava das tinturarias, com manchas de velhos pigmentos entranhadas na pele e nas roupas; uma mocinha branca como uma flor, que parecia nunca ter visto sangue antes, e muitos outros.

Reuniram os feridos diante do Tribunal Norte e, pelo menos, não havia mais falta de material para bandagens; bandagens de tecido mais grosseiro e do mais fino linho de verão, da cor das flores, quando as mulheres despiram as túnicas externas e rasgaram-nas para atender aos necessitados, e se puseram a trabalhar com ele vestidas com as roupas de baixo. Ele descobriu que a maioria delas sabia tratar um corte de espada ou uma cabeça ferida, e isso o deixou livre para cuidar dos feridos mais graves. Graças aos deuses, estava com o estojo de instrumentos!

Com a moça loura a ajudá-lo, acabara de tirar a ponta de um chuço do ombro de um dos irmãos do Vau da Lontra quando as batidas na porta principal, que tinham se reduzido um pouco quando os bárbaros acharam os cambistas de dinheiro e as lojas de vinho do Fórum, voltaram de repente dez vezes mais fortes. Uma nova gritaria subiu do lado de fora, sobrenatural na sua selvageria e no triunfo insano, e de repente o céu turvado pela fumaça além do clerestório se encheu de fogo. A grande porta tremeu e sacudiu-se sob o novo ataque; agora não mais o trovão ocasional de achas de guerra e traves leves arrancadas das lojas próximas, mas algo infinitamente mais letal. Os demônios saxões deviam ter encontrado a madeireira ao lado e achado lá algo para usar como aríete.

No momento, não havia mais nada a fazer pelos feridos que não pudesse ser feito igualmente bem pela tia Honória e pelas outras mulheres. Justino disse à moça pálida:

— Fique aqui com ele, aconteça o que acontecer, e se o sangramento voltar, aperte no lugar que lhe mostrei — e, agarrando espada e escudo, correu para o seu lugar junto aos homens, na entrada principal.

Flávio lhe gritou, acima do trovão rasgado do aríete, para subir até a galeria e ver o que estava acontecendo. E, alguns minutos depois, quase sem perceber os degraus íngremes atrás do tribunal, que subira de dois em dois, ele saiu bem acima da nave da basílica. A luz começava a se reduzir, sulfurosa, por trás dos rolos de fumaça; e quando ele espiou pelo lindo rendilhado sem vidro da janela mais próxima, o Fórum todo parecia um poço de fogo. Os saxões, caindo de bêbados com o conteúdo de todas as lojas de vinho de Caleva, e loucos não só pela pilhagem, mas por sangue, com o frenesi selvagem e feroz da sua raça, tinham arrastado pedaços de madeira das casas em chamas para espalhar o fogo, e corriam de um lado para o outro, as tochas improvisadas deitando chamas fumegantes atrás de si como rabos de cavalo. Lançavam material ardente contra a basílica, sem se incomodar se algum dos seus se queimava. O Fórum estava cheio de material pilhado, com vinho vazando das jarras quebradas e odres rompidos, as lojas desmoronando em ruínas rubras. E mais abaixo, oculto em parte pelo telhado do pórtico, em parte bem à vista, um grupo de homens atacava repetidamente as portas principais, balançando entre eles a grande viga de madeira — quase um tronco de árvore inteiro — que tinham achado para servir de aríete.

Mais uma vez o grupo de bárbaros avançou, mais uma vez veio o estrondo do tronco contra a porta. A madeira não aguentaria muito tempo tal castigo; mas, com certeza, a qualquer momento chegaria ajuda — ajuda que subia a estrada rumo a eles, talvez já nos portões...

— Não pode demorar muito — disse tanto para si mesmo quanto para Pândaro, que estava de guarda naquela ponta da galeria.

— *Na*, seja como for, não pode demorar muito — disse Pândaro; e olhando rapidamente em volta, Justino viu que o velho gladiador estava feliz, como não estivera desde que ganhara o gládio de madeira.

Mas Justino não estava nada feliz. A luta na planície aberta fora uma coisa, aquilo ali era outra bem diferente. De algum modo, o ambiente de mármore polido e bronze finamente trabalhado, toda a atmosfera de um lugar voltado para a dignidade, a ordem e as boas maneiras, tornava horrível e grotesco o que estava acontecendo; e o velho horror de estar num lugar de onde não pudesse sair quando quisesse lhe cutucava o cotovelo de um jeito muito desagradável. Ele disse a Pândaro algum tipo de piada apressada — nunca soube direito qual foi —, virou-se e mergulhou escada abaixo outra vez.

Não houve necessidade nem oportunidade de contar a Flávio o que vira. A porta principal cedia quando chegou ao salão; e, acima do estrondo de madeira rachada, do choque súbito de lâmina contra lâmina e da explosão selvagem de gritos quando ataque e defesa se reuniram na brecha rasgada e fumegante, ele ouviu crescer o grito de que os saxões estavam invadindo pela retaguarda o salão principal do Tribunal.

E, sem nenhuma ideia clara na cabeça a não ser que Flávio estava no comando num ponto perigoso e, portanto, o seu lugar era no outro, viu-se a correr para a nova ameaça, com um punhado de homens da Legião Perdida atrás de si.

A porta externa da sala do Tribunal se incendiara, e a fumaça ardente pendia numa névoa móvel acima da cabeça dos combatentes. E veio à sua mente, enquanto atacava para ajudar os moradores da cidade, que a basílica agora estava em chamas. Então, um gigante de cabelo brilhante, correndo como as chamas das tochas, seguiu na direção dele, com a acha de cabo longo erguida para um golpe violento; de algum modo, ele se desviou da trajetória do golpe e mergulhou, com o jovem Miron atrás dele e Evicatos ao seu lado com a grande lança bebendo fundo.

Foi um negócio desesperado e sangrento, travado em meio aos destroços lascados da mobília sólida da sala do Tribunal, enquanto o tempo todo a fumaça engrossava acima da cabeça e o brilho rubro se fortalecia nos elmos alados e nas lâminas erguidas. Muitos defensores caíram com o primeiro ataque, enquanto para cada saxão que caía parecia que mais dois pulavam pela porta rachada ou pelas janelas destruídas. E para Justino, que lutava com desespero por cada centímetro de terreno que era forçado a ceder, começava a parecer que não aguentariam segurar os bárbaros por muito tempo longe do salão principal, das mulheres, das crianças e dos feridos, quando acima do tumulto o seu ouvido captou a zombaria doce e aguda dos guizos; e Culen, o bobo, mergulhou quase sob o seu cotovelo na confusão pisoteante. De repente, acima deles, entre os rolos de fumaça, ardendo em ouro vermelho à luz das chamas de Caleva, estava a Águia sem asas.

Só os deuses sabiam o que fizera o pequeno Culen levar a Águia até eles, mas a sensação de aumento foi como o vinho, como o fogo, correndo não só pelo bando mas também pelos moradores da cidade, que nunca tinham seguido aquele estandarte alquebrado; e se enrijeceram, como se tivessem recebido o reforço de uma coorte das Legiões. Mas a próxima coisa que Justino viu foi Culen lutando corpo a corpo com um bárbaro de cabelos amarelos pela posse da Águia! E assim que pulou de lado para ajudar o homenzinho, ele sumiu completamente na confusão; e um uivo de fúria veio dos saxões, e a haste de freixo branco balançou, erguida, com a peça transversal ainda intacta, mas da Águia... nem sinal. Algo na mente de Justino entendeu bem friamente que as garras corroídas pelo tempo deviam ter se quebrado sob a pressão. Então, quando um rugido de fúria explodiu em meio aos seus homens, lá veio um tinido de guizos acima do clamor, e um figurinha se soltou da confusão, pulando sobre uma mesa virada, depois subindo de novo — e lá estava Culen na viga principal acima deles, e, em suas mãos, a Águia! Ele se pôs de joelhos na viga e ali ficou agachado, segurando-a no alto, a luz vermelha das chamas à sua volta, a Águia ardendo nas mãos como um pássaro de fogo. E o grito de fúria se transformou em berro de triunfo feroz quando mais uma vez os defensores cerraram as fileiras escassas e avançaram.

No instante seguinte, uma lança atirada atingiu no ombro o pequeno bobo. Ele balançou e pareceu desmoronar, como um passarinho vistoso atingido por uma pedra, tornando-se um mero bolo de penas coloridas; mas, por milagre, agarrou-se ao seu ponto de vantagem por tempo suficiente para deixar a Águia firme em cima da viga. Depois, caiu bem no meio da luta.

Justino, com um poder de combate que nunca soube que possuía até aquele momento, avançava em mais um ataque desesperado, levando o resto consigo. "Culen! Salvem Culen!" Mas foi Evicatos, as penas de cisne da grande lança agora púrpura, quem chegou primeiro ao local, avançando como um arado até o meio dos inimigos para se pôr de pé por sobre o pequeno corpo encolhido, enquanto o resto vinha lutando em sua esteira.

E, naquele instante, acima do tumulto do conflito, bem longe e infinitamente claro e doce, ouviram o som das trombetas romanas!

Os bárbaros também escutaram, e recuaram; e com um som que foi quase um soluço, Justino avançou em seu ataque; passou por Evicatos e prosseguiu.

Quando tudo acabou, Evicatos ainda estava com um pé de cada lado do corpo do pequeno bobo, sob a Águia na viga; uma figura grande e terrível, rubro de ferimentos da cabeça aos pés, como algum herói das antigas lendas selvagens do seu povo, como o Conal das Vitórias dos mitos de Erin.

Ele se endireitou, bem ereto, e, com um último esforço supremo, mandou veloz a amada lança atrás do inimigo voador. Mas a mira certa já se fora dele, e a grande lança errou o alvo, e esmagando-se contra a coluna de pedra além da porta que fedia, se desfez no pavimento em fragmentos de ferro, madeira e penas manchadas de sangue.

— *Sa*. Tudo bem — disse Evicatos. Ergueu a cabeça, e havia em sua voz um triunfo atordoante. — Vamos juntos, de volta ao nosso povo, ela e eu.

E assim, caiu de cabeça em meio à matança.

O pequeno Culen não tinha uma marca no corpo além do ferimento de lança no ombro e um corte acima do olho, e já gemia com vida quando o tiraram debaixo do corpo de Evicatos.

Justino o ergueu — era tão pequeno que conseguia manejá-lo com facilidade — e virou-se para a porta interna. Ouviu vagamente alguém perguntar sobre a Águia e balançou a cabeça.

— Esqueça. Já teve a sua serventia e deve voltar à escuridão. — E levou Culen para o salão.

A nave da basílica estava cheia de fumaça, e os caibros do outro lado estavam em chamas. Ali também a luta acabara, e Flávio, com o sangue pingando do rosto cortado, lutava para reunir os combatentes como um caçador que chama os seus cães.

— Deixem-nos para a cavalaria! *Deixem-nos*, rapazes; o nosso trabalho aqui acabou!

Justino levou o pequeno bobo até o Tribunal Norte e deitou-o junto dos outros. Tia Honória estava ao seu lado quando o fez; e logo atrás dela, a moça que parecia uma flor branca ainda se ajoelhava ao lado do fazendeiro do Vau da Lontra, com a cabeça dele no colo.

A basílica se esvaziava rapidamente, com as mulheres e crianças levadas para o Fórum destruído, mas o rugido do fogo aumentava a cada momento, e o homem alto que reconhecera Flávio improvisara uma linha de pessoas que passavam baldes de mão em mão para afastar as chamas da Sala dos Registros e do Tesouro, enquanto os deuses da cidade eram retirados; não havia esperanças de fazer mais do que isso — o fogo já crescera demais. Justino, amarrando a bandagem no ombro de Culen, disse ao médico, que, agora que a luta acabara, se recompusera e viera ajudá-lo:

— Está ficando meio quente. Acho que já é hora de tirarmos esse pessoal daqui.

Havia muitas mãos dispostas e a tarefa logo foi cumprida, e Justino, que ficara lá dentro até o último homem sair, estava prestes a segui-los quando algo caiu da galeria lá em cima, da qual os guardas já tinham se retirado, e pousou com um ruído mole ao seu lado, e, olhando para baixo, ele viu que era a rosa púrpura que Pândaro colhera no jardim do templo havia apenas cerca de uma hora. Instintivamente, abaixou-se para pegá-la... e a púrpura manchou os seus dedos.

No instante seguinte, ele subiu correndo a escada da galeria, chamando o nome do gladiador.

Achou ter ouvido um gemido e correu pela galeria estreita. A janela que dava para oeste, do outro lado da nave, enchia-se com o brilho misturado do fogo e do pôr do sol que fluía por ela, transformando a fumaça numa neblina castanha e regirante. A treliça mais próxima ao seu lado estava quebrada; e, sob ela, jazia um saxão morto, a espada curta ainda na mão, o cabelo espalhado no chão manchado; e ao seu lado, Pândaro, que devia ter se demorado atrás do resto, apoiado num dos braços, a vida a se esvair por um buraco vermelho sob as costelas.

Ele ergueu a cabeça com um sorriso contorcido quando Justino o alcançou, e disse, num sopro:

— *Habet*! Finalmente, para mim, é o polegar para baixo.

Um olhar disse a Justino que o ferimento era fatal e que o velho gladiador não poderia durar muitos momentos. Não havia nada que pudesse fazer por Pândaro, nada além de ficar com ele durante aqueles poucos momentos, e se agachou e reclinou o outro contra o joelho. — Nada de polegar para baixo! Isso é para o lutador vencido — disse, com veemência; depois, quando o olhar caiu sobre o saxão morto: — *Euge!* Esse foi um belo golpe.

O rugido das chamas estava bem próximo, o calor a cada instante ficava mais intenso. A fumaça passava em rolos pelo rosto de Justino, asfixiando, sufocando-o; e, quando olhou por sobre o ombro, viu que o próprio chão da galeria se incendiara, e que o fogo seguia em sua direção. Abaixo das janelas, o teto da colunata crepitava em chamas; não havia como ir por ali se a escada se inflamasse... seu coração disparou, e ele suou mais do que o calor exigia. Aquele, mais do que nunca, era o lugar de onde não poderia sair. Não enquanto Pândaro vivesse.

Ele se curvou sobre o gladiador moribundo, tentando protegê-lo com o próprio corpo do calor e das cinzas ardentes que agora caíam do teto em chamas em torno deles, lutando para afastar a fumaça com uma dobra da capa. Acima do rugido de fornalha das chamas, pensou ter ouvido algo mais. A batida de cascos de cavalos.

Pândaro virou um pouco a cabeça.

— Está ficando escuro. Que tanto barulho é esse?

— É o povo gritando por você! — disse Justino. — Todos os que v-vieram vê-lo vencer a sua maior luta!

Houve uma sombra de riso no rosto de Pândaro, a sombra de um antigo orgulho. Ele ergueu a mão, no gesto do gladiador vitorioso que agradece aos gritos da multidão; e, com o gesto a meio caminho, caiu contra o joelho de Justino, depois de realmente vencer a sua maior e última luta.

Justino o deitou e, ao descobrir que ainda segurava a rosa púrpura, deixou-a sobre o ombro do gladiador morto, com a sensação confusa de que era bom que Pândaro levasse consigo a sua rosa para a arena.

Quando se levantou, as primeiras fileiras da cavalaria de Asclepiodoto entravam no Fórum em ruínas. Achou ter ouvido alguém chamá-lo. Chamou de volta, arrastando-se para a escada, a cabeça começando a girar. A escada estreita já ardia quando começou a descer, o braço erguido para proteger o rosto. A fumaça estava cheia de pequenas línguas de fogo, levadas para cima pelo calor; este se despejava pelo vão da escada, golpeando-o, chamuscando-lhe o pulmão, enquanto descia aos tropeções, e perto do pé da escada esbarrou em Flávio, com um pano molhado sobre a boca, que subia para procurá-lo.

Ouviu um suspiro de alívio e não soube direito se era seu ou de Flávio.

— Quem mais está lá em cima? — disse Flávio num grasnido.

— Ninguém, só Pândaro, e ele está morto. — Justino inspirou com força e trêmulo, e de algum jeito chegaram ao pé da escada, agachados para pegar a corrente de ar mais limpo perto do chão. — A Águia... no teto da sala... do Tribunal... tudo bem?

— Tudo bem — disse Flávio, meio sufocado.

A basílica inteira estava coberta de rolos de fumaça, a outra ponta oculta numa cortina ribombante de chamas; e uma viga em brasa caiu com estrondo a menos de uma lança de distância deles, espalhando fragmentos rubros em todas as direções.

— Temos de sair daqui! Não podemos fazer mais nada — grasnia Flávio em seu ouvido.

A porta lateral, perto do pé da escada, estava bloqueada pelas ruínas em brasa da loja do fazedor de guirlandas, e seguiram numa corrida aos tropeções rumo à entrada principal. Parecia um caminho longo, muito longo, no final de um túnel ardente...

Então, de repente, Antônio estava lá, e Kindilan e os outros... e estavam do lado de fora, e havia ar para respirar, ar de verdade, não fumaça preta e chamas rubras. Justino puxou-o para os pulmões torturados, tropeçando, e ao achar um tipo de fardo rompido em seu caminho, sentou-se. Estava meio consciente de homens e cavalos, de uma grande multidão, do Fórum em escombros enegrecidos, e dos sons da luta na cidade em chamas, e o tamborilar dos cascos dos cavalos morrendo a distância enquanto a cavalaria voava atrás dos lobos saxões. Ouviu alguém gritar que o traidor Alecto fora capturado, mas não ligou. Percebeu, com surpresa, que o sol ainda se punha... e que, em algum lugar, o passarinho na gaiola cantava, muito doce e brilhante, como uma estrela cantante. Mas a cena toda mergulhava e ondeava em volta dele como uma grande roda.

O rosto de rato, ansioso e pontudo de Miron ondulou até a sua vista, flutuando acima dele, e Flávio estava com o braço em seus ombros e levava uma vasilha quebrada até a sua boca. Havia água na vasilha, e ele a sugou até a última gota. Alguns momentos depois, vomitou tudo o que tinha para vomitar no estômago, que não era muito além da água, porque nada comera desde antes do amanhecer; e o mundo começou a se firmar.

Ele se refez e levantou-se.

— Os meus feridos... p-preciso cuidar dos meus feridos — murmurou.

XVIII

LOUROS TRIUNFAIS

Pouco mais de um mês depois, num dia escaldante de julho, toda a Londinium aguardava a chegada de César Constâncio. A cidade se enfeitou para um Triunfo Imperial, a multidão vestida com as roupas mais bonitas e alegres. E por toda a rua larga e pavimentada, que subia do rio até o Fórum, e do Fórum direto para o centro da cidade, os homens das legiões a ladeavam; homens da Segunda Augustina e das outras legiões britânicas que tinham vindo todas para apresentar novamente sua submissão a Roma. Uma linha fina de bronze e vermelho-acastanhado subindo de cada lado da rua para segurar a multidão no dia de festa, inteiriça a não ser num lugar — um lugar de honra — a meio caminho entre o Portão do Rio e o Fórum, onde Flávio, Justino e Antônio estavam com o punhado de homens valentes e esfarrapados que tinham sobrado da Legião Perdida.

Os três ainda usavam as roupas bárbaras e grosseiras que vestiam havia tanto tempo. As sobrancelhas de Flávio, que tinham se queimado, mal voltavam a crescer; e Justino perdera quase todo o cabelo da frente, e ainda mostrava, no antebraço direito, o rosa brilhante de aparência doída da pele nova. E o pequeno bando arrojado ao seu lado, trazendo também as marcas do incêndio de Caleva, estavam tão esfarrapados e execráveis quanto eles. Mas, de um modo estranho, eram a unidade mais orgulhosa das ruas de Londinium naquele dia.

Justino, apoiado na lança, podia avistar, além do Portão do Rio, a longa ponte de madeira que vinha da estrada de Rutúpias e do litoral saxão, as faíscas e cintilações do rio à luz do sol e a proa de uma galera da marinha engalanada de verde. Mas hoje toda a Londinium estava engalanada. Era estranho pensar com que facilidade Londinium poderia ter ficado como Caleva — Caleva, como a vira por último, enegrecida e desolada sob a chuva de verão.

Asclepiodoto deixara uma companhia de pioneiros para ajudar a limpar a cidade e levara o resto das tropas em marcha forçada para Londinium. Porém, saxões que fugiam da batalha estavam bem à frente dele, e os bandos de mercenários enxameavam vindos da floresta e das fortalezas do litoral; e as legiões, apesar de toda a marcha forçada, chegariam tarde demais para salvar do fogo e da espada a maior e mais rica cidade da província. Mas os barcos de transporte desaparecidos de Constâncio, lançados pela tempestade em torno de Tanatis até o estuário do Tamesis, tinham forçado o caminho rio acima, e chegaram a Londinium na hora em que a primeira onda de bárbaros atingiu as suas muralhas. E fora esse o fim dos lobos de Alecto.

Sim, Roma vingara totalmente Caráusio. Justino recordou as execuções realizadas no Fórum em ruínas de Caleva. A de Alecto, aliás, encabeçando os outros, e Serapião entre eles. O seu temperamento não era vingativo, mas até que ficou contente com a morte de Serapião. Só que, de certa forma, ao recordar as execuções, elas não pareciam reais, não como as coisas que aconteceram antes. Ele se lembrou de erguer os olhos do trabalho e sentir o calor como a lufada de um forno aberto em seu rosto, e ver o teto da basílica inclinar-se para dentro como tela em chamas; o silêncio súbito, o mundo todo parecendo esperar, prender a respiração, e depois o fragor rasgado e estremecedor do teto em queda, e a basílica uma casca preta cheia de fogo, como uma taça cheia de vinho; e, de repente, Flávio a seu lado, chamuscado e enegrecido da cabeça aos pés, gritando-lhe acima do tumulto: "Veja! Uma bela pira para a águia perdida!" Isso fora real. Ele recordava a grande casa próxima que escapara à pior parte do incêndio, para onde tinham levado os feridos. Recordava tia Honória, com a maquiagem manchada no rosto cinzento, dizendo naquela sua voz rouca e lapidada, quando lhe contaram que a sua casa se fora: "Tudo bem, sempre tive vontade de morar em Aqua Sulis, agora posso ir para lá." Recordava os homens que morreram naquela noite sob suas mãos, e os homens que viveram. Recordava que levaram Alecto pela cidade até o campo de treinamento, para lá ser mantido preso; e o modo como o fogo que estava se extinguindo em Caleva parecia inflamar-se outra vez quando ele passava, como se conhecesse o homem que o acendera, e o saudasse com zombaria; e o vislumbre dos trapos de púrpura imperial, e o rosto branco de olhos fixos, em que o antigo sorriso encantador se tornara uma careta rígida e imóvel de raiva, orgulho ferido e desespero.

Ele recordava os vasos de rosas derrubados e quebrados na colunata da grande casa, e uma pétala de rosa púrpura que caíra no chão, atingida por um segundo pela luz oscilante de um lampião, que fizera rasgar-se nele o entendimento súbito daquilo que antes não tivera tempo de entender, que Pândaro estava morto. Pândaro e Evicatos, e o gorduchinho Paulinus, um ano atrás, e tantos outros; mas foi por esses três que, de repente, as lágrimas o cegaram.

Uma vespa listrada que zumbiu perto do ouvido o fez sacudir a cabeça, e o trouxe de volta ao presente, à rua engalanada que aguardava César Constâncio, que, obrigado a voltar a Gesoriacum porque os barcos de transporte não conseguiram fazer contato, vinha agora pessoalmente tomar posse da província perdida que voltava a fazer parte de Roma.

Justino passou o peso de um pé a outro e, com o movimento, sentiu novamente o rolo fino de papiro que enfiara no peito da túnica em farrapos. A primeira carta de casa em quase dois anos. A primeira carta recebida do pai que não o fizera sentir-se um desapontamento. "É com alívio que recebo notícias suas", escrevera o pai. "Por ocasião da sua última carta, você me garantiu que não fez nada que fosse merecedor de vergonha, e me regozijo ao descobrir que isso se confirma num certo relatório que recebi a seu respeito de meu velho amigo e seu antigo oficial comandante, Fulvius Licinius. Acredite, entretanto, que jamais corri o mínimo risco de me envergonhar de você. Houve tempo em que fiquei desapontado por você não ter conseguido seguir a tradição da família, mas sempre tive total certeza de que, sob nenhuma circunstância, você jamais me daria causa para vergonha..." E, mais adiante: "Confio que, quando nos encontrarmos novamente, conseguiremos aprender a nos conhecer melhor do que no passado."

E Justino, regirando na cabeça as frases rígidas e formais, sabia que tinha deixado de ser um desapontamento para o pai, e ficou satisfeito, com um ardor que ria um pouco dos dois, mas principalmente de si mesmo, de um modo que seria impossível há dois anos.

E então houve uma agitação, lá longe, do outro lado do rio, um som rítmico como um pulso, que crescia e se fortalecia momento a momento com o pisar cantante das legiões em marcha. A empolgação corria pelas ruas cheias, onde os homens das tribos, de calções axadrezados, e os da cidade, com túnicas romanas, se espichavam alegremente para ver melhor. Nisso, houve uma faísca de movimento na ponte — um movimento branco e de muitas cores vivas — e os legionários que ladeavam a rua se deram os braços, numa barreira mais forte. A frente da coluna que avançava já passara pela gigantesca estátua de Adriano, na extremidade mais próxima da ponte; agora passava sob o arco engalanado do Portão do Rio; e um rugido de aclamação irrompeu da multidão quando as primeiras fileiras, encabeçadas pelos magistrados que tinham ido buscar a vanguarda do exército fora da cidade, entraram na rua larga e pavimentada.

Lá vinham eles, os magistrados na dignidade das togas orladas de púrpura, o trampe-trampe-trampe dos pés das legiões crescendo num fragor pulsante de som, que não podia ser abafado nem pelo clamor da multidão. Todos jogavam ramos verdes no caminho, avançando à frente. Justino, inclinando as costas contra o avanço que ameaçava jogá-lo no meio da rua, os braços dados com Flávio, de um lado, e Antônio, do outro, foi violentamente socado entre os ombros por um cidadão entusiasmado, enquanto outro berrava bênçãos ao Salvador da Britânia em seu ouvido esquerdo. Os magistrados já tinham passado, e atrás deles marchavam os trombeteiros, de quatro em quatro, o sol faiscando nas curvas dos enormes chifres de carneiro das trombetas romanas. Então, montado num alto garanhão negro, com o estado-maior e os oficiais superiores à sua volta, veio César Constâncio em pessoa.

Erguendo os olhos além da crina negra e arqueada, Justino teve o vislumbre bastante espantoso de um rosto sob o elmo imperial ornado com a Águia, quase tão pálido quanto o de Alecto, e recordou que os soldados tinham dado a esse homem o sobrenome de Clorus, verde, devido à sua palidez. Então, César Constâncio também passou, e ouviram a onda de aclamações correr à sua frente na direção do Fórum. Justino avistou Asclepiodoto, parecendo meio adormecido como sempre; e o magro e castanho Licinius. Depois, atrás deles, passou a grande Águia de asas de prata da Sétima Legião Claudina, firme como rocha com todo o seu peso de honras douradas da batalha, levada com rígido orgulho pelo portador da Águia, com a sua pele de leão, andando em meio à escolta. E as asas abertas, brilhantes contra o céu de verão, mandaram a mente de Justino de volta a um momento de viva lembrança, até o toco mutilado de uma insígnia que já fora orgulhosa, sob a qual Evicatos morrera, a Águia alquebrada perdida para sempre sob as ruínas enegrecidas da basílica de Caleva. Então, a lembrança foi engolida pela marcha trovejante da passagem das legiões.

O dia de verão passou, com as suas comemorações arrastadas. Londinium estava ansiosa para mostrar sua gratidão e alegria num grande banquete, mas César Constâncio deixou claro, com antecedência, que não estava com espírito para banquetes naquela ocasião. "Há muito trabalho à nossa espera no Norte, e não marchamos tão depressa de estômago cheio", dizia a sua mensagem. "Comemorem quando voltarmos." Assim, depois que os magistrados fizeram os seus discursos na basílica e o touro do sacrifício foi morto diante do altar de Júpiter, ele se retirou, no fim do dia, para o forte no ângulo nordeste das muralhas da cidade, com o estado-maior e os oficiais superiores.

Abaixo do forte, fora preparado um grande campo de marcha para as legiões, fora das muralhas da cidade; e no crepúsculo abafado de verão, pouco a pouco, as fogueiras foram surgindo, e os soldados festejaram com o vinho a mais que lhes fora distribuído na ocasião. Em torno de uma dessas fogueiras, perto das cavalariças, o punhado que restara da Legião Perdida descansava; todos, menos Justino e Flávio. E esses dois, convocados para longe dos camaradas, estavam em pé no Pretório do forte, iluminado por lampiões, diante do homem exausto que usava a púrpura imperial.

César Constâncio pusera de lado o peitoral dourado e o grande elmo com a Águia, que deixara uma marca púrpura em sua testa. Estava sentado meio virado no banco acolchoado, para falar com Licinius, quase atrás dele, mas olhou em volta quando os dois se puseram em posição de sentido diante dele, mostrando um rosto que, apesar de toda a brancura, não tinha nada daquela aparência de coisa criada no escuro que estragava as feições de Alecto, e aceitou a saudação com um gesto rápido.

— São esses dois, centurião Licinius?

— São esses dois, senhor — disse Licinius, junto à janela.

— Saúdo-os. Qual de vocês é o centurião Áquila?

Flávio deu o passo à frente regulamentar.

— Ave, César.

Constâncio virou o olhar para Justino.

— E você é Tiberius Justinianus, do Corpo Médico do Exército?

— É como diz César.

— Mandei chamá-los porque andei ouvindo coisas a respeito de um certo bando de soldados irregulares, e queria conhecer os seus comandantes e agradecer-lhes pelas informações e pelos... pelos reforços que de vez em quando me chegaram, vindos desta província, durante o último ano e meio.

— Obrigado, senhor — disseram Flávio e Justino, num só fôlego. E Flávio acrescentou rapidamente: — Mas foi um antigo secretário de Caráusio que começou o serviço e... morreu por ele. Assumimos o seu papel, só isso.

Constâncio baixou gravemente a cabeça, mas Justino achou que havia uma faísca de riso por trás da seriedade.

— Não temam que eu lhes dê o crédito que pertence a outro... Ainda assim, vocês assumiram, e com bons resultados, e por isso merecem o agradecimento do Império. Em data futura, exigirei de vocês um relatório completo desses últimos anos; será uma história que valerá a pena ouvir. Mas isso pode esperar. — Ele se inclinou à frente, sobre os braços cruzados, e os estudou, primeiro um, depois o outro, num exame longo e silencioso que fez pelo menos Justino sentir, pouco à vontade, que as camadas externas dele eram tiradas como as cascas de uma cebola, que esse homem de rosto branco e traços finos podia ver exatamente o que havia no seu coração e avaliar o seu valor.

— Sim — disse finalmente César Constâncio, como se tivesse visto o que queria, e feito a sua avaliação, e levantou-se, com uma das mãos na mesa ao seu lado. — Vocês mereceriam uma longa licença, e não há dúvida de que precisam dela. Mas o Norte está em chamas outra vez; a própria Muralha está em perigo. Não há dúvida de que sabem disso. Era inevitável, com metade dos soldados transferidos para travar as batalhas de Alecto. Daqui a dois dias marchamos para o Norte, para apagar o fogo, e... precisamos de homens.

Ele ficou em silêncio, olhando de um para o outro, como se esperasse a resposta a uma pergunta. E, de repente, Justino viu que, na escrivaninha, ao lado da mão de César, havia duas placas seladas, com o nome deles escrito.

Fazia muito silêncio na sala iluminada pelo lampião, muito acima do forte. Ouviram o chamado de uma sentinela nos baluartes e o leve ondular de som que era a voz da cidade, como um mar abaixo deles, bem lá embaixo. Então, Flávio, também dando uma espiada nas placas e voltando a erguer os olhos, disse:

— Nossa ordem de marchar, César?

— Não necessariamente. Neste caso, não ordeno; deixo a decisão com vocês. Vocês fizeram por merecer o direito de recusar.

— O que acontece se recusarmos? — perguntou Flávio, sem demora. — Se dissermos que servimos o imperador Caráusio com todo o coração e que não podemos mais servir dessa mesma maneira?

César Constâncio pegou uma das placas.

— Aí abro isso aqui e amoleço a cera aqui na lâmpada, e apago o que está escrito. É só. E estarão livres para deixar as Águias com todas as honras. Mas espero que não digam isso. Espero que não, para o bem dessa província da Britânia, e um pouco, acho, para o meu bem.

Havia uma sombra levíssima de sorriso em seus olhos enquanto falava; olhando-o, Justino soube que ali estava um homem que valia a pena seguir.

Flávio deu outro passo à frente e pegou a placa que tinha o seu nome.

— Por mim, estou pronto para marchar para o Norte daqui a dois dias — disse.

Mas Justino ainda ficou em silêncio. Costumava levar mais tempo do que Flávio para ter certeza das coisas; e tinha de ter certeza, bastante certeza, neste caso. Então, teve certeza.

— P-por mim também — disse, e deu o passo à frente, e pegou a plaquinha que trazia o seu destino.

— Ótimo. Isso é bom — disse Constâncio. Passou os olhos de um para o outro. — Disseram-me que vocês dois são primos; mas acho que também são amigos, o que é mais importante. Na verdade, isso quem me contou foi o *primus pilus* aqui. Portanto, espero que não fiquem desgostosos ao terem de servir juntos novamente.

Justino virou a cabeça rapidamente para olhar Flávio, e descobriu que Flávio fizera o mesmo. Percebeu, de repente, como Flávio crescera — e ele também, supôs — desde os rapazes que eram quando se encontraram pela primeira vez diante do grande farol de Rutúpias. Tinham percorrido todo o caminho ombro a ombro, e o antigo laço entre eles assim se fortalecera.

— César é muito bondoso — disse Flávio.

— Tenho em minha mente que Roma lhes deve isso, em todo caso — disse Constâncio, com aquela sombra de sorriso de volta aos olhos. Pegou alguns papéis da mesa. — Creio que não há mais nada que precisemos conversar esta noite.

— Há mais uma coisa, César — disse Flávio, com urgência.

Constâncio baixou os papéis outra vez.

— Diga, centurião.

— César, temos quatro legionários e outro centurião de coorte ainda conosco. São tanto homens de César quanto os que fugiram para a Gália.

— Mande-os pela manhã ao meu centurião de efetivo.

— O sorriso que estivera sobrevoando brilhou no rosto de César, aliviando tanto a sua brancura fina que, de repente, ele ficou bem mais jovem e menos cansado. — Enquanto isso, extraoficialmente, você pode lhes pedir que também se preparem para marchar para o Norte daqui a dois dias... Pronto! Está tudo acertado. Vão, agora, busquem seu equipamento e dispensem esses seus selvagens. Ambos estaremos ocupados nas próximas horas. Saúdo-os, e lhes desejo boa noite.

Lá fora, por consentimento mútuo, Justino e Flávio se afastaram do alto da escada aberta até a passarela do elevado baluarte, as placas contendo seus postos ainda fechadas nas mãos, e se demoraram ali alguns momentos, precisando, ao que parecia, de um tempo para respirar entre um mundo e outro. Justino pensou: "Deveríamos voltar ao bando. Só que não é mais um bando, ou não será, depois de hoje. Apenas homens, livres para fazer o que quiserem."

A não ser pela sentinela que seguia marchando, estavam sozinhos na passarela do baluarte. Abaixo deles, a cidade às escuras estava pontilhada de luzes — os quadrados de âmbar mortiço das janelas, e as gotas douradas de luz que eram as lâmpadas e lampiões nas ruas enfeitadas. Luzes e luzes e luzes, até o rio enevoado.

— Londinium se rejubila — disse Flávio. — Com certeza não há uma única casa às escuras dentro das muralhas hoje à noite.

Justino fez que sim, sem querer falar, a mente voltando ao início de tudo: àquela conversa com Licinius, havia mais de três anos; às linhas de areia nos cantos da sala de paredes de barro, e aos chacais que uivavam. Fora naquela noite que tudo começara. Hoje era a noite em que tudo acabara. Acabara, como o breve império de Caráusio no Norte, eliminado pela mão assassina de Alecto. Mais uma vez, a Britânia fazia parte de Roma, em segurança enquanto Roma fosse forte para mantê-la assim... e não mais. Melhor, para a Britânia, correr o risco com Roma do que cair em ruínas sob Alecto e sua gente. E naquela noite, com as luzes de Londinium em regozijo espalhadas abaixo deles, e as Legiões acampadas além das muralhas, e o homem com o rosto fino de conquistador sentado à sua escrivaninha no Pretório iluminado pelas lâmpadas, a ideia de uma época em que, afinal de contas, Roma não fosse mais forte parecia tênue e remota.

Quanto a eles, tinham mantido a fé no seu pequeno imperador; e o mundo de coisas conhecidas que tinham construído, seguindo para o Sul desde a Muralha naquela névoa outonal de quase dois anos atrás, aguardava por eles, e a vida era boa.

Justino estava prestes a se afastar do muro em que se apoiara quando algo que estivera agachado nas sombras, sem ser visto, se desenrolou e ficou de pé, com um leve tilintar de sinos, à luz do portal de uma torre do portão.

— Culen! — disse Flávio. — O que faz aqui?

— Segui os meus senhores por precaução, como fazem os bons cães — disse Culen.

— Precaução? Por quê?

— Só por precaução — disse Culen, e tocou a pequena adaga ao lado do ramo de prata no cinto. — O que fazemos agora?

— Os que somos das Legiões marchamos para o Norte depois de amanhã — disse Flávio. — Quanto ao resto... a Legião Perdida acabou, se desfez, está livre para ir para onde quiser.

— Ótimo. Vou pelo caminho dos meus senhores; sou o cão dos meus senhores — disse Culen, contente.

— Mas agora você está livre — disse Flávio.

Culen balançou a cabeça com veemência.

— Curoi disse que, se ele morresse, eu seria o cão dos meus senhores.

Houve um pequeno silêncio e então Flávio disse, inutilmente:

— Culen, não somos imperadores, nem reis supremos de Erin, para precisar de um bobo da corte.

— Posso ser muita coisa além de um bobo; posso manter as suas armaduras polidas; posso servi-los à mesa, levar mensagens, guardar segredos.

— Não seria melhor ser livre?

— Livre? Nasci escravo, filho de escravos. Para mim, o que é ser "livre", além de não ter dono e, talvez, passar fome?

Mal conseguiam ver o seu estranho rosto estreito, a não ser como mancha pálida à luz refletida do portal, mas havia na sua voz algo que não podia ser negado.

Justino falou pela primeira vez e disse a Flávio, por sobre a cabeça do homenzinho:

— Nunca ficamos sem dono nem famintos, eu e você.

— Nunca sem dono, pelo menos — disse Flávio, e Justino soube que o pensamento dos dois fora, por um instante, até o homem que tinham deixado no Pretório. Nisso não havia deslealdade para com Caráusio, pois os dois sabiam que um homem pode conceder os seus serviços mais de uma vez sem ser desleal, desde que só a um de cada vez.

De repente, Flávio jogou a cabeça para trás e riu.

— Ora, é muito bom que continuemos juntos, senão teríamos de cortar o nosso cão ao meio!

— Vou com os meus senhores? — perguntou Culen. — *Sa*, isso é bom.

— É bom — disse Justino.

Flávio pôs o braço pesado nos ombros do primo.

— Vamos, meu velho. Temos de dizer a Antônio e aos outros para onde o vento sopra, e dormir enquanto é possível. Teremos um grande desafio pela frente antes de irmos para o Norte.

Viraram-se para a escada do baluarte e, descendo-a com barulho, seguiram para o portão que, naquela noite, ficara aberto, entre o forte e o grande campo de treinamento; o pequeno Culen seguia entre eles com o seu rabo de cachorro balançando a cada passo, tocando triunfante pelo caminho as maçãs do ramo de prata.

Topônimos da Britânia romana:

MANOPEIA — ilha na embocadura do rio Scheldt
GESORIACUM — Bolonha
SCALDIS — Scheldt
RUTÚPIAS — Richborough
TÂNATOS — Thanet
AQUA SULIS — Bath
VENTA — Winchester
LIMANIS — Lymne
LAIGHIN — Leinster
DUBRIS — Dover
MAGNIS — Posto na Muralha
EBURACUM — York
CALEVA — Silchester
PORTUS ADURNI — Portchester
RENUS — Reno
REGNUM — Chichester
CLAUSENTIUM — Bitterne
VECTIS — Ilha de Wight
SEQUANA — Rio Sena
LONDINIUM — Londres
TAMESIS — Tâmisa
ANDERIDA — Pevensey
DUROVERNUM — Canterbury

Este livro foi composto na tipologia Sabon LT Std,
em corpo 11/16, e impresso em papel off-white
80g/m² no Sistema Cameron da Divisão
Gráfica da Distribuidora Record.